大英图书馆

·侦探小说黄金时代经典作品集·

动物园谜案

ANTIDOTE TO VENOM

[爱尔兰] 弗里曼·威尔斯·克罗夫茨　著

林雪　译

中国青年出版社

笔者按

本书在两方面做了新的尝试：一是正反双线叙事，结合了罪犯及侦探双方视角，二是尝试从正面去讲述犯罪故事。

在此谨向E.G.布朗热先生（伦敦动物学会水族馆馆长、爬行动物管馆长）表达诚挚的谢意，感谢他通读这篇手稿，并在与动物园相关的问题上提出了意见和建议。

F.W.C

序 言

这本侦探小说由弗里曼·威尔斯·克罗夫茨先生所著，于1938年首次出版，独具匠心，不落窠臼，是“侦探小说黄金时代”的标志性作品。克罗夫茨是当时侦探小说圈里公认的先锋作家。极富盛名的大作家托马斯·斯特尔那斯·艾略特（又名T.S.艾略特）[①]便是他的拥趸，就连对传统侦探小说颇为挑剔的雷蒙德·钱德勒[②]，也力赞克罗夫茨是“侦探小说黄金时代最可靠的奠基人”。

在本书之前，克罗夫茨已经开始大胆尝试新的侦探小说创作手法。为避免结局被“一眼看穿”，他以精致的小说结构，构筑起凶手看似无懈可击的不在场证明——当然，这道防线最终会被他笔下勤奋细致的警官突破。他在

① 英国诗人、剧作家和文学批评家，现代派诗歌运动领袖，代表作品有《荒原》、《四个四重奏》等。

② 美国推理小说作家，被西方文坛称为“犯罪小说的桂冠诗人”。

1934年出版的小说《飞行疑案》中便开始改变写作手法，以凶手的视角采用“倒叙”来还原读者最初看到的案件。

《动物园谜案》又将这种倒叙向前推进了一步，用作者自己的话来说是“在两方面做了新的尝试”。故事的发生之处很不寻常——在英格兰中部城市的一座动物园内。男主人公乔治·瑟里奇是伯明顿动物园受人尊敬的园长，但他与妻子克拉丽莎的婚姻并不美满。妻子物欲旺盛，而乔治也沉迷赌博，过度挥霍使其经济状况岌岌可危。乔治有个富有的婶婶，身体状况不佳，因此他盼望着婶婶去世，好早日继承遗产。在这个节骨眼上，乔治与一位富有魅力的寡妇有了外遇，因而对金钱的渴求与日俱增。侦探小说的忠实读者们可能会预测到乔治要谋杀自己的婶婶了吧。但克罗夫茨却通过一系列巧妙的情节逆转，打破了读者这种“自信的推测”。

克罗夫茨做到了广大侦探小说迷们所期待的创新，在作品故事结构和犯罪手法上都有所体现。他把侦探的调查结果以“倒叙”的方式“直接”展现在读者面前。作品中的主人公——侦探小说迷们的老朋友——约瑟夫·法兰奇高级督察面对这起案件一筹莫展，作案手法繁琐而新奇，出人意料。整个疑案与动物园这一背景设定息息相关，丝丝入扣。为便于读者更好地理解匪夷所思的犯罪手段，克罗夫茨还在小说中配了相关图片并加以说明。

《动物园谜案》还在创作之中时，安东尼·伯克莱[①]等其他先锋侦探小说作家已经开始尝试将侦探小说的着力点从智力推理转向角色的心理活动描写。虽然克罗夫茨是地道的传统推理派，但他也主动拥抱了潮流，调整了法兰奇的取证方式。他说："心理活动描写不可小觑。事实上，伴随着法兰奇的成长，他的经历越丰富，就越明白心理活动在案件侦破过程中的重要性。"而且，克罗夫茨这一步迈得更大，他在诸多先锋作家中率先尝试在小说中注入道德观念，用他自己的话说——这是一种"从正面去讲述犯罪故事的尝试"。

弗里曼·威尔斯·克罗夫茨（1879 ~ 1957）出生于爱尔兰都柏林，17岁进入贝尔法斯特及北部县铁路局工作。他从普通员工做起，一路被擢升至副总工程师，彼时他已开始尝试创作侦探小说。由于其作品非常畅销，他55岁退休定居萨里后便一直专注于写作。

克罗夫茨的首部侦探小说《谜桶》于1920年面世，这一年，阿加莎·克里斯蒂也出版了处女作《斯泰尔斯庄园奇案》。当时，《谜桶》主人公法兰奇的风头远超赫尔克里·波洛。虽然从4年后克罗夫茨出版的《法兰奇探案集》来看，他似乎无意把法兰奇变成整个系列作品的主

① 英国推理小说作家，探求推理小说的无限可能性，提倡和实践犯罪题材创作，并创立了"侦探俱乐部"。

角，但法兰奇无疑是个成功角色。他那种坚持不懈的个性，非常适合进行琐碎的调查。一位侦探小说评论家称法兰奇为“第一个擅长做这行的警察”。而克罗夫茨自己评价法兰奇“为人正派、说话直接，还有悲天悯人的情怀”，其最重要的性格是“不撞南墙不回头、不屈不挠、恰到好处的智慧……”而且还“非常居家，最爱的事莫过于穿着拖鞋坐在壁炉边，在温暖火光的映照下，沉浸于海洋冒险的世界中”。

法兰奇性格波澜不惊，却又有发条一般的韧劲儿，其实这些特质都源自于他的创造者——克罗夫茨。克罗夫茨不喜张扬，稳重认真，深受大家喜欢。他作为侦探俱乐部（由贝克莱于1930年创建）创始人之一，也曾参与部分俱乐部解谜系列小说的创作，包括侦探小说集《漂浮的海军上将》。

《动物园谜案》以动物园中蝰蛇的致命毒液为核心，既为写实又有隐喻，最后一章更是开宗明义地点出了罪孽的“解毒剂”。虽然本书是一本侦探小说，但他对弘扬道义的大胆尝试仍然值得我们尊敬。本次《动物园谜案》时隔多年的再版重印，无疑是侦探小说领域一件令人欣喜之事。

马丁·爱德华兹

英国警衔说明

由于“侦探小说黄金时代”系列小说的故事发生地主要在英国，书中机警睿智的侦探也以英国警察为主，所以在读者阅读本书之前我们先对英国的旧时警衔和称呼做一些简略介绍，以便读者更好地理解小说背景。

英国的旧时警衔主要分为5等（从高到低）：

警察总监（Chief Constable）；

警司（Superintendent）/总警司（Chief Superintendent）；

督察（Inspector）/总督察（Chief Inspector）；

警长（Sergeant）；

警员（Constable）。

伦敦以外地区的警署还有以下几种职级（从高到低）：警察局长（Chief Constable）、警察局副局长（Deputy Chief Constable）、助理警察局长（Assistant Chief Constable）。

另外，对于担任刑事调查部门或其他某些特别部门职务的警务人员，一般会在他们的职级之前加有“侦探（Detectives）”前缀，本书中译为“警探”。此类警务人员由于职责性质特殊，所以一般不穿制服，而着便衣执行任务。

在警务人员的升迁或训练等临时过程中，他们的职级还会加有“实习（Trainee）”“临时（Temporary）”“代理（Acting）”的前缀。

目　录

第一章

家　庭

10月中旬一个寒冷的冬日，晚7点不到，乔治·瑟里奇走进了书房。他有点急躁，这是忧虑累积的结果。人总会遇到那种事事不顺心的时候，而压垮他的最后一根稻草，就是牙痛，正是这种痛楚让他从忙碌中回过神来。乔治本打算去城里看牙，但琐事接踵而至，使他无法抽身。因此他非常期待晚餐前这半小时的放松时间，能带给他胜过平日的愉悦。

但烦心的事情还没结束。他瞥一眼壁炉，皱起了眉头。屋里的壁炉灭了，房间里冷冰冰的。他恼怒地想，究竟要跟那个迷糊的女仆说多少次，她才能记住要在他回来时把壁炉烧得旺旺的？她为什么不按照吩咐做事？乔治把手伸向摇铃，却又缩了回来。有什么用呢？如果他语气太重吓到了她，她可能会离开，那他就得再给克拉丽莎一笔钱找新的女仆。他瞥一眼放柴火的箱子。凑巧，里面还有些木块。乔治不耐烦地把炭拢到一起，又扔了几根柴火。然后他穿过房间，给自己倒了一杯很浓的苏打威士忌。

乔治端着杯子走到扶手椅跟前，拿起一份刚才从外面带回来的晚报，长舒一口气，坐了下来。

他翻到金融版面。股价还在跌，但看国家经济发展的情况，他不明白价格怎么还不上涨。有评论员说经济还会有一轮衰退，这让他不安。钱对乔治·瑟里奇来说意义重大。因为他手头正紧，如果形势变糟，他的情况可就危急了。

乔治是个其貌不扬的人，在一群人中也毫不引人注目。中等个头、不胖不瘦，一张脸既不英俊也不丑陋。棕色头发，鬓角却已经花白。额头大概是这张脸最值得称颂的地方了，天庭饱满却又不显宽大，但嘴唇苍白，眼神显得有些躲闪。瑟里奇总是满面倦容，看上去很忧愁，因此显得比实际年龄更老，其实他今年才四十六岁。

尽管他看起来心事重重，熟人却会觉得他没什么可愁的。乔治有份体面的工作——伯明顿动物园的园长，这个动物园在当地人心中可是全国排名第二的动物园——或许是比伦敦动物园小些（尽管小得不是一星半点），但比英国其他地方的动物园规模更大、设施更好。这份工作让他享受着上流社会的尊敬、丰厚的薪水和免费的豪宅——正是他居住的这间，此外还有免费的炭和柴火供应。此刻，免费的炭和柴火正迸出火花，释放着热量；电流为他点亮台灯。

不消说，这个职位非常安逸，除非犯下大错，否则都无须担心失业。这份工作与乔治的个性也蛮相符。他喜爱动物，而动物们似乎也把他当朋友。直到现在，他去动物园巡查，动物们都不会攻击他或因为他而暴躁。他与职员们相处得也大体平和。如果他与妻子的关系也能够那样和谐，简直可称完美，但这只是他痴心妄想罢了。

乔治一手端着酒杯，一手拿着报纸，摆了个舒服的姿势。这片刻的小憩能让他放松一些，晚饭前就又能精神饱满了。

然而这片刻的悠闲没能持续多久。才粗略读了几行，妻子突然推门而入。她穿着外出的衣服，看样子也刚刚到家。

克拉丽莎·瑟里奇是个很注重外表的女人。她个头高挑、绰约多姿，一身剪裁合体的套装凸显出玲珑有致的身材。白白净净的鹅蛋脸，面容姣好，脸上却总挂着一副不满的表情。尽管她妆容精致——当然，她丈夫觉得多此一举——却仍旧掩饰不住额头和眼角的细纹，乌黑的秀发中也掺杂了些许银丝。克拉丽莎一脸恼火地推开门，乔治知道自己又有麻烦了。

“你在家啊？”她不客气地问，语气又硬又冷，“车又坏了，还以为回不来了呢。要不是车的毛病，那就是普拉特不会开。”

乔治的心一沉。车子的确很旧了。这些年它勤勤恳恳地为这个家服务，但终究已经用了五年了。外表虽然有点破旧，不过引擎还完好无损。最近他刚给车换了内燃机、电池、轮胎之类的配件，车况也没那么糟。

“又出什么问题了？”他不快地问。

克拉丽莎重重关上门，走进屋子：“都说了多少遍了，你到底管不管？”

“管什么？车子根本没问题。”他又低头看起了报纸，仿佛已经不想再继续这个话题，却又抬起头问，“哪里坏了？”

“我怎么知道？我又不是修车的。”妻子语气很固执，这表明话题还没结束。

“那到底怎么回事？”乔治不耐烦起来。

“抛锚了。”妻子情绪激动，又继续说下去，“刚把玛格丽特·马尔送到国王街的商店门口，车就坏在马路上了。不但警察走过来问话，推车的时候还有人围观，真是蠢透了。”

“普拉特怎么开的？”

“我根本不关心他怎么开的。我只知道这是近几个月第三次发生这种事了。”

乔治·瑟里奇猛地在椅子里动了一下。女人真是见识浅薄。“废话，”他不耐烦地说，“什么车偶尔都会出问题的。”

“才不是，我刚刚还在跟你说，它出问题也太频繁了。我提醒过你，我真是受不了这辆破车了，都已经开六年了。”

“五年吧。”

“有什么区别吗？你打算什么时候买辆新车？都说了多少遍了。”

“靠嘴说能挣到买车的钱吗？我跟你说过现在买不起新车。”

“胡说八道！你赚得可不少。如果没钱，你的钱都去哪儿了？”

乔治再拿起报纸，一副要认真看报的样子，手却又放了下来。“你想的话可以粉刷一下屋子。我的钱只够这个了。”

如果这是乔治伸出的橄榄枝，那这微小的让步没起什么作用。克拉丽莎瞪起双眼，挖苦他道：“哎呦，这么说是我的错了。粉刷！多少年都没刷过了。那明明是委员会的责任，你的所谓的朋友却都只会装聋作哑。我看他们也没钱了吧。”

“今年能拉上新的电线就已经很不错了。”

“是呀，把这地方搞得乱七八糟就撒手不管了！这猪圈一样的房子让我怎么邀请朋友来家里？”

这话触到了乔治的痛处，他恼羞成怒，冷冷地说：“没有那些朋友也不要紧。”因为心里的怨气，他的声调也不自觉地提高了。“我为了你和这个家辛辛苦苦忙了一天，回到家就想要片刻宁静，却连点自己的独处时间都没有。”

“那我呢？”克拉丽莎反驳说，“你觉得我整天无所事事吗？不是我在用那么点钱苦苦经营这个家吗？就这样你都不肯让我高兴。”

乔治·瑟里奇不禁哑然失笑，妻子所说的根本是无稽之谈。她明明生活得非常自我，有自己的小圈子，简直把这个家当成廉价的旅馆。装修过时的房子让她很没面子。“高兴？”他反驳道，“该死的，别犯傻了，你看看。”他觉得自己措辞不太恰当，心里有点儿过意不去，但也拉不下脸来道歉。“别计较我说的话了。我们偶尔也心平气和过一晚吧，我看看车怎么修理一下。”

克拉丽莎脸上挂着尖刻的笑容，嘲讽道：“你要是想一晚上都安安静静的，就不该邀请你婶婶来家里吃饭。”

“该死！我把她给忘了。”

“这次可不是因为我的朋友吧。”

乔治烦躁地挥一挥报纸。“有什么办法，必须得请她吃饭，原因你心知肚明。如果让她觉得自己被怠慢，她很有可能会改遗嘱。”

“她随时都可能看穿你的心思改遗嘱。”克拉丽莎踩着高跟鞋走出了书房，留下乔治坐在快要熄灭的壁炉前，呆呆地望着灰烬出神。

妻子刚才那一番抱怨对他没什么影响。很不幸，他已经习惯了妻子的骄纵，夫妻一场，这种争吵他早就习以为常。两人很少有意见一致、不吵不闹的时候，比今天激烈的争吵也是常事儿。

乔治的思绪回到了过去。他的童年很幸运——称职的父母、舒适的家、良好的教育以及能让自己选择心爱职业的殷实家境。他一直以来都很喜欢动物，但最开始并没想到要去当动物园园长。拿到兽医外科学学位后，乔治本打算去允许捕猎的郡县开个小店。结果一件小小的意外改变了他的生活。

当时乔治从德国旅游回来，正开车去安特卫普码头坐船，不巧与一辆车发生轻微剐蹭，结果错过了定好的航船。为了打发等下一趟船的时间，他不知不觉走进了安特卫普动物园。穿过花园，他看到一间办公室门上刻着“院长办公室”几个字，突然受到感召，决定把动物园当作职业的归宿。之后，他回到英国，第一件事就是拜访伦敦动物园的园长，向他请教这条职业之路是否行得通。

不知是不是他运气好，当时园长身边恰巧需要一名初级助理。园长当场向乔治表明此意，而乔治对动物的热爱和专业的兽医知识更让园长高兴不已。长话短说，园长提出了邀请，乔治也当即欣然应允。

年轻的乔治·瑟里奇一心扑在工作上，园长对他非常满意。六年内他连升两级，第十年就担任副园长，成为园长的左膀右臂。

然后他坠入了爱河。

那是最后一次擢升前的几个月，乔治出差去一位埃灵顿先生家中拜访，埃灵顿先生是个城市大亨，住在圣约翰伍德别墅区。这位贵绅拥有自己的水族馆，里面养了许多奇形怪状、五彩缤纷的小鱼，都是非常罕见的品种。他很想扩大馆藏规模，因此去咨询园长的专业意见，而乔治此行的目的就是来水族馆勘察，帮忙安置一些专业仪器的。

埃灵顿先生觉得这个年轻人很有意思，便留他喝下午茶，乔治就是在那里见到了埃灵顿夫人和她的两个女儿。他极为仰慕埃灵顿家的大女儿克拉丽莎，但当时也没什么想法。

新水族馆修建过程中，他又来拜访过几次，与埃灵顿一家的关系也越发亲近。乔治很快发现，埃灵顿家的两个女儿都已经订婚了，克拉丽莎的未婚夫是一位艺术家，而琼要与皇家近卫队的一名军官喜结连理。初次见面，乔治便对艺术家没有好感，私下打量比较一番后，心里轻蔑地称其为“贪财的啰唆鬼”。

渐渐地，尽管努力克制着自己的情感，乔治对克拉丽莎的仰慕还是变成了炽热的爱情。他是个正直的人，觉得自己应该减少跟埃林顿一家的接触，但出于工作原因又不得不继续前去拜访，克拉丽莎照旧留他吃午饭或喝下午茶，他也没有勇气拒绝。

这种情形又持续了一段时间。在乔治当上总助理后，事情突然发生了变化。克拉丽莎与艺术家大吵一架。乔治始终不知道两人吵架的原因，但克拉丽莎因为此事终止了婚约。

有了追求克拉丽莎的机会，乔治却有点不知所措。他刚刚获得新工作，有了娶妻生子的资本，原本无望追求的女孩也突然不再那么遥不可及了。乔治简直不敢想象克拉丽莎会接受他，因为两人社会地位相差悬殊。不过，过了一段时间，他还是鼓起勇气向她求婚了。让乔治非常惊讶的是，克拉丽莎接受了求婚，几个月后，两人便结婚了。

婚后不久，乔治的幸福想象就破灭了，心也渐渐沉到了谷底。婚前他告诫过克拉丽莎，婚后的日子与之前的生活相比会很清贫，但她欣然表示自己能够接受。他相信她是真心这么想的，但那是因为她没意识到这种落差究竟有多大。比如说，她发现二人去瑞士度蜜月坐的居然是二等座时，皱了皱眉，并没有说什么。但到了蓬特雷西纳镇，两人住进一家简陋的小旅馆后，她忍不住对着狭小的房间和公共浴室发了脾气。乔治很清楚，这与她原来的生活差别太大了，她以前从来没有过这种经历。

两人从未讨论过钱的问题，但这个问题萦绕在乔治心头，坏了他的好兴致。他觉得克拉丽莎或多或少都有点看不起他能提供的条件，于是乔治也越来越别扭和拘谨，这导致克拉丽莎更加不满。同时乔治的不满也开始累积。妻子有自己的小金库，但从未主动提起分担一些家庭开支。起初他觉得克拉丽莎是在维护他的自尊心，要是她提出支付度假花销，自己身为男人的自尊心会受到冲击。但是，妻子起码偶尔也该主动表个态吧，比如说："咱俩均摊这次费用吧"，或者偶尔度假开支不菲时，妻子能帮忙买几次单。

尽管乔治在心里替她找了很多借口，但钱的问题还是破坏了本该甜蜜的蜜月假期，以至二人踏上回程的时候居然感到松了一口气。不过后来乔治也常想，如果一开始就直言自己的难处，两人或许能够达成谅解，但他自尊心太强，始终说不出口。

两人到伦敦落脚，开始共筑爱巢——然而对她来说，这个"爱巢"又小又逼仄，囊中羞涩的问题仍然横亘在两人之间。克拉丽莎的确开始为这个家付出，但乔治渐渐意识到，这些所谓的付出实际只是为了她自己着想，而非为两个人考虑。不过，他们还是如一般夫妻那样，在伦敦站住了脚，安顿下来。表面上，两人相敬如宾，避免任何可能导致分离的争吵，实际上，夫妻同床异梦，毫无共同语言。时光逐渐磨灭了乔治对妻子的情感，开始怀疑妻子到底有没有爱过他。

婚后八年，乔治在工作方面取得了不菲成就：成为伯明顿动物园的园长。走马上任后，新的房子、新的环境将原有状态打破，乔治渴望这一切能换取妻子多一点的和解与陪伴。不论从什么角度看，他都是前程似锦，夫妻俩在激动的心情中搬到了中部的伯明顿。

但乔治又一次失望了。尽管从个人职业角度看，他此时功成名就，但这个变化却对他的家庭造成了更大的冲击。克拉丽莎来到新城市后，很想念过去的朋友，甚至无法接受中部地区的人。她习惯了那种大都市的标准，觉得中部的人都是乡巴佬。而当地人也很快察觉到了这种不屑，对她的态度急转直下，让克拉丽莎越发孤独和怨愤。

这倒不是说她交不到朋友。她和乔治都认识了不少朋友，但与朋友的交往费时耗力，让人憔悴。

与在瑞士和伦敦的情形相似，夫妻二人在伯明顿仍旧因为钱的问题而争吵不断。乔治当园长的收入比以往丰厚许多，还有免缴房租、财产税的特权及一系列额外津贴。

如果克拉丽莎满足于之前的生活标准，那他会轻松不少，甚至能未雨绸缪攒些积蓄。然而工资越高，克拉丽莎的要求也越多，他的全部收入也只能勉强维持二人更高品质的生活标准。

在伯明顿的十年，夫妻二人关系持续恶化，乔治现在对妻子已是深恶痛绝。尽管二人还没发生什么直接冲突，但他也不能无视这种冲突随时爆发的可能性。

乔治·瑟里奇坐在书房里，呆呆地盯着快要熄灭的火焰，脸色有点阴沉。此时此刻，一种苍老消沉之感浮上他的心头。无力感压迫着他，让他觉得自己所做的一切并不值得，忙碌半辈子还不如好吃懒做。除了家庭不幸，乔治还面临一个更严重的问题。他心想，自己真是够傻的，居然想通过在俱乐部赌博来娱乐和放松。赌博输掉的钱已经远远超过自己能负担的范围，然而他却着魔似的沉溺其中，无法自拔。虽然在俱乐部认识的那群人好像挚友般亲切，乔治却意识到必须与他们断绝联系，因为严峻的财务状况已经不允许自己在赌局中豪掷千金了。他几个月前就有这种感觉，但接到邀请却又情不自禁去赴约，每次都安慰自己这次会赢，如果赢了这局，就再也不碰扑克牌了。

那个萦绕心头的想法又冒了出来。要是婶婶死后把钱都留给他就好了！婶婶的闺名是露西·潘特兰小姐，虽然不是富得流油，但也有一笔不菲的财富，还几次三番强调会选他做继承人。更关键的是，她身体不好，寿命不长了。要是她现在就去世该有多好！

瑟里奇站起来，有点不齿自己刚才的想法。他绝不想让这位老妇人受到任何伤害，恰恰相反，希望她健康长寿。不过说真的，人到了一定的岁数就会失去价值。在他看来，婶婶早就超过那个岁数，谈不上享受生活了。而要是她死了，自己反倒能得到不少恩泽呢！

胡思乱想到这里，瑟里奇突然想起婶婶正在来的路上。今晚还得尽心伺候，她有点耳背，很难被取悦，不过谢天谢地她吃完就早早回家，不至于让他觉得受不了。

喝完杯中最后一点威士忌，瑟里奇上楼，去换晚餐要穿的便服。

第二章

工　作

第二天一早9点刚过，乔治·瑟里奇就离开了家。他的家坐落在动物园一隅，房前有苏格兰冷杉丛与外界隔开。他沿着一条隐秘小径走向不远处的办公室。办公室周围也种着植物，不过是普通的树篱。动物园的办公室地势较高，如果坐在桌前，就能越过树篱看到主干道的花径。动物园的花径又宽又长，一直延伸到园区正门。乔治看了一眼主干道上的游客，又看了一眼壁炉架上的钟表。长年累积的经验让他能根据人流量准确估算出一段时期内的游客人数和大概的收入，这些对动物园来说都是非常重要的指标。

他像往常那样跟外面办公室的职员打了招呼："早安，哈利。"又向前台秘书问候了一声："早安，赫普沃思女士。"然后走进了自己的办公室。这间办公室的家当一应俱全、非常舒适。壁炉内火苗旺盛，书架上的书本纸张摆放整齐，窗明几净，一尘不染。一切都表明，他受到了精心照料。气派的桌上铺着吸墨水纸，纸上放着几封打开的信，左手边是今天的报纸和几本最新的期刊。乔治于壁炉前停留片刻后，在桌前坐下，按下按铃。赫普沃思女士拿着铅笔和记事本走了进来，默默地坐到了书桌旁的小桌上。

赫普沃思女士绝不是那种蠢笨的女人。她衣着干净整洁，看上去非常干练，尽管算不上是美人，但身上散发出冷淡、不近人情的气息。对乔治来说，这女人像个迷，他永远猜不到她在想什么——如果她真想过什么工作以外的事的话。他也不知道赫普沃思女士是不是喜欢自己，虽然并没把这个放在心上，但还是有些好奇。她好像一台机器，将园内的行政事务都安排得井井有条。

乔治惯常从信件开始看起。有一封是利物浦的胡珀先生寄来的，为给猴子和部分鸟类供应发霉坚果一事辩解，提议在价格上便宜一些以表诚意。“毫无诚意。”瑟里奇说道，“明明应该把问题坚果回收，再发新的来。否则就别想再接到动物园的订单，生病的猴子够多了。”

他把这封信放在一边，知道要不了多久，面前就会摆好一封开头是“关于你司本月15日的来函，抱歉地通知您……”的信。赫普沃思女士刚来的时候，她会将“你司”称为“贵司”，并在“来函”后加上“已收悉”三个字，但乔治已经教会她省略这些繁文缛节了。不过他没能教她改变开场白，或把“来函”这个字眼换成“信件”。

第二封是紫星轮船公司利物浦办事处的办事员寄来的，上写道：“谨此通知，我司德里号将于本月24日（周五）上午7点泊靠利物浦安布尔赛德码头，标准时间本月7日承运贵方的两头大象也已到港。恳请贵方当日7点后尽快前来接收，不胜感激。”

这个问题乔治已安排妥当。横跨英格兰运送两头大象可不是件简单的差事。大象体格太大，无法通过铁路运输，而货车运输价格不菲。因此，他安排让大象走160多公里到伯明顿。他安排好了每晚的住宿，这样大象便可以从容地赶路。除两名印度饲养员外，他还派自己的心腹阿甲及几名助手协助，以备不时之需。

还有几封涉及日常事务的信件，比较重要的是食物问题。大型食肉动物喜食的多筋肉不难买，而食草动物在冬天对食物的需求就较难满足了。某些动物对特定食物的需求量很大。比如，动物园每年要消耗数十吨鱼。每只帝企鹅每天要吃十二条鲱鱼，有时甚至一餐就能吃二十四条。新鲜优质的鸡蛋、面包、牛奶、水果的消耗量也是天文数字。动物园的食品加工部门每天都开足马力运转，乔治派了一名助理操持日常工作，但对新的或超大宗的合同还是会亲自审阅。

还有想把宠物送走的人写来的信，不过这些宠物倒不如说“曾经是宠物”。饲主认为伯明顿动物园是“抛弃”宠物的理想场所。最为常见的是小熊，还是可爱小毛球时被人买回家，但随着体型增长，最终长成一个令人尴尬的庞然大物。有人会从国外偷偷携带猴子回国，到后来猴子把其心爱之物撕成碎片或咬出大洞时，就觉得猴子还是在动物园比较好了。其他的，是些询问动物相关问题的信件：“朋友送了女儿一对比利时兔，您觉得怎样喂养它们最好？”对于这类信件，乔治都是蜻蜓点水、快速处理。

看完了信件，接下来还有各种会面。饲养员们来汇报园内的各种问题，大多是响应某种号召，但偶尔也会提到他们自己的建议——只要他们觉得自己的事足够重要，可以拿到园长面前来说道说道。他们会讨论生病动物的情况，如何处理动物烦躁的情绪，或是其他人提到的某些观点。还需考虑需要进行改造或是加固的建筑。园丁定好了明年的种植计划，并向领导提起一个棘手的问题：砂砾路要不要换成柏油路。乔治一般会在例行检查的时候把需要特别关注的问题列出来，因为自己的时间并不宽裕。

“都完了吗？”他终于说。

“约翰·科克伦还等着见您呢。”赫普沃思女士说，似乎是在责备他不该忘记这次会面。

乔治其实没有忘记，只不过这是他最不想处理的事情之一，为了熬过这艰难的十分钟，他在心里暗暗给自己打气。“请他进来。”话音刚落，门口走进来一个消瘦的中年男子，50岁出头，脸色蜡黄，显得有些垂头丧气。

科克伦是动物园的守夜人，已经在这里做了六年。他很普通，不喝酒，做事谨慎，要不是因为最近发生的那件事，乔治一直都觉得他很可靠。通常，科克伦都默默地做好分内之事，很少出现在乔治面前，今天却不同。令人遗憾的是，这个堪称模范员工的人居然也会玩忽职守。

一星期前，瑟里奇去伦敦办事，不巧错过了常坐的那趟火车。以往他晚上11点就能到伯明顿火车站，这次却凌晨3点才到。没想到，虽然时间晚了，下车的乘客却比平常还多，而出租车更是少得可怜。没办法，他只得与另外一位比他近的客人共乘一辆车。离动物园差不多800米的地方，他就下了车，想步行回去。

他刚转过街角，迎面撞见了一个人，那人赶忙想用手遮住脸，但为时已晚，乔治认出了他。

“你在这里做什么，科克伦？”乔治问，“你请假了吗？”

科克伦大吃一惊，半天说不出话来。然后他承认自己没请假也没找人代班就溜出来了。乔治当即命令他停职，并让他第二天早上来办公室做出解释。

第二天，科克伦给出的解释很坦率，乔治相信了。他说妻子生病，每隔四小时就需要吃一次药，不分昼夜。她自己没法去买药，而自己只有白天能照顾她。晚上因请不起护士，就付给邻居几先令，拜托她在自己值班时帮忙照顾妻子。前一晚那位邻居突然被家人打电话叫走了，他听说后立刻想再找个人帮忙，但并没有找到。他承认，自己做了个错误的决定，在九小时的值班中间偷偷溜回了家。但给她喂药后又马上赶了回来，而且他家离动物园不远，预计往返的时间应该不超过一小时。

乔治很不高兴，越想越觉得事态严重。作为园长，不能仅考虑某个员工的家庭状况，而应该为其他所有员工负责。如果发生火患，结果可能是灾难性的。严重的经济损失不消说了，危险的动物还可能会逃出动物园，造成普通民众的伤亡。乔治告诉科克伦，会咨询主席的意见，但主席基本不可能同意保住他的工作，因此劝他早做打算。

乔治很努力地想找到给科克伦太太看病的医生来证实他说的事情，没想到那人就是他的朋友马尔医生，就住在动物园附近，医生证实科克伦说的是实话。

“很遗憾他会因此丢了工作。”医生说，“尽管我跟他不太处得来——他没礼貌，你知道的——但他的家人很体面。科克伦太太是个贤惠的女人，他的儿子和女儿也都不错。女儿在本那比家工作，你肯定不止一次见过她，儿子也有份好工作，在汽修厂上班。”

本那比父女也住在动物园附近，他们一家是瑟里奇家的朋友。瑟里奇见过他家的女仆，再回想起擅离职守的守夜人，不禁感叹女儿与父亲长得很像。他觉得可以让科克伦停职一周后复职，但与科洛内尔·柯克曼主席讨论后，乔治发觉柯克曼态度十分坚决：一个应该坚守重要岗位的人擅离职守，不该让他再有留在动物园的机会。如果他妻子需要的药那么重要，科克伦显然应该与上级沟通，妥善安排工作才是。

“我们不是不讲理的人。”柯克曼说，“如果他请假肯定会得到允许。真不知道你怎么想的，瑟里奇，你居然还想留下他。委员会不会姑息擅离职守的员工。”自从被撞见后，科克伦就一直处于停职状态，今天乔治叫他来是为了当面向他宣布这个决定。

这次见面比乔治设想的情况更糟。科克伦简直无法接受这个决定，他苦苦哀求，但乔治也爱莫能助。

“抱歉，科克伦。”乔治说，“你仔细想想，就会知道我别无选择。我们会付你一些钱，去找哈利先生领吧。另外我想说，如果需要写推荐信，我一定会鼎力相助。”

找人接替科克伦工作一事本该立刻处理，但乔治决定暂缓此事，因为他的总助理伦肖正等着陪他去做日常检查。

动物园正在进行装修翻新，要将过时的规划改造成现代布局，给动物提供更大的活动空间，尽力还原它们在自然界的生活环境。因此，目前很多动物展区都混在一起，只用小型铁围栏隔开。新开辟的8公顷毗邻土地也成为了原有面积仅1.6公顷的动物园的组成部分，只要财务状况允许，动物不久就会迁入新建成的场馆。乔治非常热衷于这些工作，他的热情也感染了动物园的职员们。

虽然正在改建，不过主干道依然是游客瞩目的中心。其右侧的五间建筑是大象馆以及大型猫科动物馆舍——美洲狮、美洲虎、猎豹、老虎、狮子都生活在那里。这些建筑后面是一片绿地，有三个池塘，分别是北极熊、企鹅和海豹的家。池塘另一边又有七间建筑环绕，分别住着蛇、小型印度动物、小猴、大猴、双峰骆驼、单峰驼和犀牛。整个园区的布置如同字母D，生活着大象等动物的五间建筑分布在垂直的那条线上，三个池塘位于中心，其余建筑沿着圆弧的形状分布。而沿圆弧分布的建筑中，蛇馆位于D字母圆弧开始的顶点，也是离瑟里奇办公室最近的一个馆。在大猴馆和小猴馆中间，位于D圆弧中心的位置，有一个小便门可以通向动物园外面的路，这个门一般不对公众开放，基本是上锁的。

瑟里奇一般习惯从蛇馆开始每天的日常检查，然后沿着弧线走上一圈，最后再走直线完成整个流程。蛇馆里蛇的种类非常丰富，可以说是动物园最好的一个馆。馆内有两条巨蟒，长度接近7.6米，一餐能吃掉一头小绵羊。此外还有英国蝰蛇、来自南非的致命吹气蝰、褐蛇、黑蛇、青蛇、金蛇、鞭蛇、眼镜蛇及响尾蛇等。两条南非环斑眼镜蛇是非常可怕的爬行动物，能在三米开外喷射出毒液，准确击中猎物的眼睛，它们的捕食对象大多是无害而可爱的小动物。瑟里奇觉得它们状态都不错。不知是因为伯明顿的水土适合它们生长，还是得到了饲养员内斯比特的精心照顾，乔治内心觉得，伯明顿动物园的蛇馆要比世界上任何动物园的蛇馆都好。

正因如此，本那比才定居在了这一区。那个被解雇的守夜人的女儿，就是在这家帮佣。本那比先生是利兹大学的病理学教授，最近刚刚退休。他的后半辈子都在钻研如何用蛇的毒液治疗人体疾病。多年来他一直盼着早点退休，好把精力都投入自己的著述中去，因为研究成果的发表可以让他得到更多关注。他知道伯明顿动物园的蛇馆在业界久负盛名，为了继续研究毒液相关课题，他向乔治请求用特殊仪器在蛇馆的蛇身上做实验，乔治在获得委员会批准后，同意了他的要求。于是这位老人买下了附近的一幢房子，建起了实验室。有了女儿帮他料理家务，本那比便专心投入工作中。他不但拿到了蛇馆和部分笼子的钥匙，甚至还可以自由出入小便门，不必沿着主干道走上一圈。

瑟里奇和伦肖继续检视小型印度动物，然后又继续前往猴馆，这边的情况就比不上蛇馆了。最近很多猴子得了疑似流感的疾病，一只狨猴和一只狐猴已经病死，其他有那么一两只也状况堪忧。两人都非常担心猴群的病症会蔓延。

“如果这周末情况还没有好转，我就给希伯特打电话。”瑟里奇说的这位希伯特，是伦敦动物园的首席兽医，瑟里奇想打电话向他咨询猴群生病的问题，两人最近已经讨论过这件事。“不是说你管得不好，而是我觉得也应该听听他们的意见。”

“非常欢迎。”伦肖赞同道。

两人继续巡视，一路都在处理各种各样的问题，毕竟这是个很大的园区，而且规模还在不断增加。巡视完毕，瑟里奇回到办公室，还有一个小时才吃午饭，于是他决定先开始做月报，下次委员会汇报时好用。

他已经好几年不在家吃午餐了，而是去市中心的俱乐部。表面上这是去谈工作——与城里的其他有头有脸的大人物保持联系，以便了解些最新的消息；实际上，他去那里的目的却并非如此。与妻子的相处对他来说已经是一种束缚，只要能避开她怎么都行。他觉得妻子应该也喜欢这样，除了这个相同的原因外，这样也能让她更自由，少点麻烦。

当下他离开办公室，走向几百米开外的俱乐部。平常他总是跟莫宁顿同行，此人是艺术家，也住在动物园附近，基本是在家工作，所以很珍惜每天这点难得的外出社交时间。但今天莫宁顿好像还没出来，乔治便自己去了。

乔治边走边想着自己目前的情况。缺钱的压力越来越大，他可以果断采取一些措施亡羊补牢，比如说不再参与赌博，但除非万不得已，他都不想放弃这个嗜好。倒不是为了追求赌博带来的刺激，尽管他也很享受这种刺激的感觉，但实际上是更喜欢这种呼朋唤友的感觉。还有一个更重要的原因是，他现在欠了一大笔钱，如果不继续玩的话，就不得不赶紧去借钱还债。而如果继续玩牌，说不定哪天运气上来，之前的债务就能够一笔勾销。这种事发生过三次了，每次他都赢回不少钱。没有理由说这种运气不会再有。运气好的话，等他还清债，就不再赌了。

还有他婶婶的遗产。他不知道婶婶手上究竟有多少钱，但肯定有好几千英镑，估计最少也是七八千英镑。等她去世，绝大多数钱就会转到他的名下——至少婶婶是这么说的。他能拿到多少呢？办完葬礼等身后事，打发用人们再花点，剩下的钱应该都归他，至少也有5000英镑。5000英镑！有了这笔钱，干什么不行？不仅能还清他欠下的赌债，还能给克拉丽莎买辆新车，再买点她想要的其他东西。他们可以去好好度个假；她一直很希望去加利福尼亚拜访几位好朋友；而且出于工作上的需要，他一直想去趟南非做考察。只要有钱，他生活中鸡毛蒜皮的烦心事都能消解。老太太一闭眼，他梦想的这些就将成为现实！昨晚她看起来似乎病得很重，脸色苍白，乔治从没见过她那么虚弱的样子。他又一次提醒自己，他并不想伤害她，但是事实摆在眼前，假装看不见也是很愚蠢的。只有她死了，自己才能重新立足。

乔治走进俱乐部，一眼就看了马尔医生。他大概50岁上下，又高又瘦，看上去很精干，一脸和蔼的笑容，所以就算换上严肃的表情，身上还是散发着友善的气息。乔治从很多人尤其是他的病人那里听到的评价都是：马尔是个正直的好人。

乔治喜欢拿马尔先生的生活与自己相比，两人在很多方面都有着天壤之别。马尔家庭幸福：玛格丽特·马尔是个很贤惠的女人。马尔医生诊所规模很大，似乎挣了很多钱，当然乔治也承认这是他努力工作换来的。他还在政府身兼数职，包括担任本区警医。马尔医生并不喜欢在俱乐部吃午餐，在这个世界上，他最喜欢的地方大概就是自己家了。

“没想到会在这里见到你。”乔治上前打了个招呼。

“可不是嘛，”医生答道，“我要跟奥姆斯比–莱恩共进午餐，他从伦敦来伯明翰向我请教点事情。你最近有什么好消息？解雇可怜的老科克伦了吗？”

他们简单聊了几句这件事，乔治一直在想怎么能谈起他婶婶这个话题，因为马尔医生是婶婶的家庭医生。他得谨慎措辞才行，可不能让马尔医生觉得他在打婶婶钱的主意。

“昨晚库珀讲他们在西奈考古成果的时候，没见到你。”他接着说，“他讲的东西很有意思，照片也拍得很好。“

“我本来很想去的，”乔治回答说，“但可惜去不了，我婶婶来家里吃饭了，就是潘特兰小姐，你认识她的。”

“哦，没错，我前几天还去看她了。”

乔治马上趁热打铁：“我希望只是去看看她吧？她昨晚看起来有些疲倦，倒看不出什么病症。”

医生耸了耸肩，说：“老人家嘛，你懂的。”他停顿了一下，又摇了摇头，然后就说起了其他的话题。

乔治心里突然咯噔一下。他知道马尔是个乐观的人，但他刚刚的话和表情似乎明确了一件事。医生也觉得露西·潘特兰的健康状况正在变差。乔治很想再问出更多准确的信息，但在他斟字酌句的当儿，话题已经变了。马尔打断了他的话，“奥姆斯比–莱恩来了，不好意思了，老兄，我得去他那边了。”

午饭时间，没发生什么别的事情，在吸烟室与人聊了一会儿，乔治便走回了办公室。这个时间他偶尔会去城里转一圈，两周去打一次高尔夫，但今天他没有跟别人约好，于是便与莫宁顿结伴回去了。

下午的事情不少，他一直很忙：准备各种报告、数据、预算，还要读杂志上的技术文章。此外，他还要为动物学会写一篇文章，讨论环境对家养动物的影响，就把自己已经想好的要点整理整理。

尽管如此，他脑海里却始终浮现着马尔的话和他的动作。对乐观者来说，也许这并不意味着什么，而马尔更是不可能夸大病人的情况。而乔治也不傻，作为兽医，他也了解人类的各种小病症，所以他可以肯定地说，老太太的情况已经不妙了……

而这就意味着：5000英镑在向他招手！

第三章

一个眼神

接下来的一周，乔治终于迎来了他一直期待的赌运亨通。他在俱乐部的纸牌游戏连赢两晚，奖金不但足够解决燃眉之急，还稍有盈余。虽然自己的“金融危机”已经暂时结束，但他自嘲地说不消多久，这危机又会卷土重来。乔治又去探望婶婶，并且止不住地偷乐——她去见上帝的日子似乎越来越近了。他忍不住想，婶婶到底还能撑多久，尽管一直提醒自己真心不希望她受到任何伤害，但这种喜悦之情却无法掩饰。

动物园工作方面，他所担心的猴群传染病继续扩散。又有三只猴子染了病，另一只已经病死。病死的那只是体弱多病的老年暹罗长臂猿，这对动物园来说是极大的损失。猴群的病情是个严肃的问题，园方必须立刻采取果断行动。乔治给伦敦动物园的兽医希伯特打了电话，没想到他不在伦敦，于是他又打电话给爱丁堡的兽医，这次总算得到个满意的结果。根据秘书反馈，爱丁堡动物园的兽医专家麦克劳德将尽快赶来，他们的动物园也有过类似传染病暴发的经历，所以会带着能有效遏制疾病传播的血清前来。麦克劳德医生认为这种血清也能治好伯明顿动物园的猴子。

收到这个消息那天下午，乔治犯了严重的头疼。于是，完成重要的工作后，乔治决定休息一会儿再去火车站接麦克劳德医生。他在园子里逛了一圈，观察观察园里的游客，放松一下，因为了解人与动物的相似之处对他来说很有趣。不管是人还是动物，都会出于相同的动机做相同的事情，尽管人类会试图掩盖其动机，而动物却不会。他边想边露出一丝苦笑，怎么看动物都比人类好得多。

他的目光掠过几位游客，最终停在了一名女子身上。她脸上挂着愉快的笑容，正在看馆内的企鹅游泳、潜水，一惊一乍的。这名女子有张“看着很舒服”的脸，她的个头稍微有点矮，身材圆润得恰到好处，黑色头发，一张明智、精干、友善的脸，虽然算不上是美人，却极富个性与魅力。一身非常合体的打扮，正是最初引起乔治关注的原因。乔治能看出来，她的衣服既不时髦也不昂贵，但却散发出乔治从未感受过的优美和品位。

他站在那里，注视这名女子良久。多么平和的一张脸！乔治很想去跟她搭话，稍微犹豫了一下，他还是上前去了。

“你喜欢动物吗？”他有点不好意思地问，“我是这里的园长，刚才一直在看你，你观察它们的样子很认真，不像是在打发时间。”

“哦，不过我的确是在打发时间。”她回答，乔治从来没有听过这么悦耳的声音，低沉、温柔，无比动听，与克拉丽莎那些聒噪的朋友们截然相反。“我爱动物，我不信动物只靠本能活着，它们肯定有自己的思想，也会权衡轻重、做出判断，就像人类一样。”

“我知道。”他说，“我无数次见过这种情景，你听过北极熊骗游客雨伞的故事吗？”

她开心地笑了：“我还真不知道，怎么回事？”

“北极熊想把雨伞收集起来破坏掉，据说是因为有人拿伞戳过它。不过它要解决的是，怎么吸引游客把伞放在它能够得到的地方，于是它采取了非常巧妙的办法。北极熊把鱼放在头顶的岩架上，离它能够到的范围就差一点点，然后等它觉得可能有人拿伞过来，就坐起来盯着鱼看，发出呜咽，假装自己够不到鱼。好心的游客发现它在烦恼，就会把伞伸出去帮它把鱼弄下去，然后只见一只毛茸茸的爪子一伸，这把伞就算是寿终正寝了。”

她发自内心地咯咯笑起来，这笑声在瑟里奇听来格外动人。她说：“真是太可爱了，不过，你是在逗我吧。”

“我没亲眼见过，”他承认，“不过我听说这是真的，不论如何，你说动物有判断能力是没错的。我记得有一匹狼也有类似的故事。”接着，他就给这位女士讲了几个亲身经历的动物奇闻异事。

她真是个很好的聊天对象，会认真地听他讲话，到她说话的时候，还会做诙谐的点评或是问几个深刻的问题。乔治已经很久没有跟如此有共鸣的人聊过天了。“你想去里面看看吗？”他问。这位女士愉快地同意了他的邀请，于是接下来的一小时，他乐呵呵地向她展示了动物园不为游客所知的另一面。

在聊天的过程中，肯定会说到自己的事。乔治了解到，这名女子竟然与自己有着相似的品位与爱好。他们喜欢同种类型的音乐，尽管她知道的文学作品远比他多，不过目前为止他还跟得上，两人的喜好也很相似，比如都热爱旅行，喜欢爬山，喜欢意大利。总而言之，这段谈话让乔治乐在其中，他已经很久没有体会过这种会心一笑的快乐感觉了。

他很好奇这位女士到底是谁，住在哪里，但他小心谨慎的提问都被她温柔而含混地一带而过。最后，她告辞说自己必须走了，尽管她说非常感谢乔治的关照，但对是否还会再来动物园，却是一副语焉不详的态度。

在去火车站接麦克劳德医生的路上，乔治·瑟里奇一直在叹息。多么完美的女人！多么优雅、富有同情心、友善的女人！他不由自主地拿她与妻子克拉丽莎比较。如果这辈子能有这样一个女人在他身边，听他袒露心声，分享他的悲伤与快乐，那生活该有多么美好！他会是多么幸福的男人！

她走了还不到一小时，乔治已经很懊悔自己没有报上姓名，也没有问她的名字。他现在觉得，如果当时坦然地问了，她一定会回答。这就是他的缺点——优柔寡断、胆小害羞，以致错失良机。等他决定采取行动、鼓足勇气的时候，总是为时已晚，机会不再。

有那么一阵，工作的事占据了他的大脑，麦克劳德医生是个讨人喜欢又可靠的人。他非常细致地给猴群做了检查，说这种病与他之前遇到的应该是同一种，所以他带来的血清应该有效。他非常娴熟地给猴子们注射了血清。因为麦克劳德医生明天才回，瑟里奇就带他去俱乐部吃了晚饭，又去市里的大剧院看了场表演。

但等到乔治·瑟里奇躺在床上的时候，今天遇到的那名女子又占据了他的全部心思。他想象着她今天的样貌：迷人宁静，举手投足无比优雅，考究的手套与鞋子，红润而健康的脸色，轻盈而优美的动作，幽默机智的谈吐，闪闪发光的眼睛，善良的微笑！乔治第一次对一个萍水相逢的陌生人怦然心动。

第二天乔治认真完成本职工作的时候，两人相见的场景还时不时地浮现在他的脑海，好像某种背景画面一样。想再见她一面的渴望不断地累积，他甚至开始思考找寻她的办法。

上午日常巡视的时候，乔治遇到了从蛇馆出来的本那比教授。本那比是个高高瘦瘦的老人，额头很高，胡子刮得干干净净。他透过厚厚的眼镜瞥了瑟里奇一眼，主动跟他打了招呼。

“希望您今天下午能来寒舍一趟。”他用尖细的嗓音说，“如果您能光临寒舍，真是蓬荜生辉。”

瑟里奇突然想起来，本那比曾邀请他和克拉丽莎去他家参加乔伊思的订婚鸡尾酒会。乔伊思是老头唯一的女儿。他本想以还有别的事情为借口推托，但又想不出个合适的托词，于是就回复说很期待参加下午的派对。

本那比是个有钱的老头，住在动物园附近一幢虽小但环境优雅的别墅里，占地2000多平方米，环境十分宜人。一条小路直通后门，两边是邻居的小房子。门前大概是这幢房子最值得骄傲之处：精心修建的草坪平缓地延伸向克洛伊河——附近一段宽阔平静的河流。两岸之间还有一条旧时的纤道将河流分割开来，但这条纤道已经废弃多时了。河对岸是一个市政公园，种满了常绿灌木和高大的树木，为这边的建筑提供了天然屏障，只有偶尔在公园散步的市民才能窥见对岸的一些端倪，因此很少有人发现，“江景”距离伯明顿——这个英格兰数一数二的大城市——的市中心不远。

做完了手头的工作，乔治发现派对快要开始了。本那比家在卡绍路上，这条路环绕着动物园，与猴馆后面的那个小便门相连，这之前已经提过。乔治穿过这扇门，发现马尔医生和太太就在前面，夫妻二人似乎也准备从这里去本那比家。

“没想到在这里见到您。”医生与他打起了招呼。“我以为您不喜欢鸡尾酒派对呢。”

“我刚刚碰到本那比了，他特别邀请我去。”乔治回答，“他对我一直很尊敬，所以我想还是去一趟为好。”

“但那是因为您非常慷慨地允许他用蛇做研究。”马尔太太插了一句，“要不是您，他怕是没有机会来继续试验呢。”

“哦，这个嘛，他倒是在做很有用的研究。”

“到底是什么研究呢？”马尔太太问，“我知道他在写与蛇相关的书，不过他研究的重点是哪些呢？”

“癌症吧。”她的丈夫简短地回答道，“你知道，注射毒液能治疗血友病等某些疾病，他在研究毒液是否能杀死癌症细胞。”

“教授是个聪明人，对吧？”马尔太太继续说，“这么大年纪还在做研究，不是很棒吗？他都快80岁了吧？”

“我记得是74岁。”瑟里奇答道。“因为他申请来这里做试验的时候填写过年龄等个人资料。”

“他看着显老一点。不知道乔伊思嫁出去了他该怎么办。我很喜欢乔伊思，她是位了不起的女性，要花很多时间来照顾老头。她值得追求幸福，我希望她能幸福快乐。”

“教授会请个女管家的。”马尔说道。

“他必须请个用人，除非他还有我们没听过的远房亲戚。莉莉·科克伦是个好姑娘，但要她做管家未免太年轻了一点。”

马尔太太边说，边敲了敲本那比家的门，不一会儿，乔伊思·本那比与未婚夫艾利克斯·坦斯利就出门来，将乔治一行人迎了进去。乔伊思是个40岁上下的女人，看起来非常平静和可靠，眼神清澈坦率；而她的未婚夫坦斯利与她年纪相仿，看上去相貌平平但和蔼可亲。

屋子里有不少伯明顿大学圈的人，还有几位邻居和市里有头有脸的人物，大多数乔治都认识。房子里人很多，乔治被挤到一个角落，不过对面这个人他倒是没见过。乔治惊讶地发现，这个人是本那比的侄子。

“我不知道他还有个侄子。”乔治说，“顺带一提，鄙姓瑟里奇，你叔叔来这里以后与我关系很不错。我是动物园的园长，而他在做蛇血清相关的试验，因缘际会得以认识。”

说话过程中乔治注意到，这位客人把他当作陌生人一样，不住地上下打量。这让他觉得自己似乎在被人掂量：这个陌生人急于知道他是个什么样的人。他本想打趣地回应一句，陌生人却移开目光，轻声说：“我知道您的名字，听叔叔提起过您。顺带一提，我叫卡珀，在博山姆做律师。叔叔非常感激您为他的工作提供的便利。”

他们又聊了一会儿，卡珀言行举止没什么异常。但越观察，乔治越不喜欢他。这个人的外表就不怎么讨人喜欢，四五十岁的样子，又矮又胖，额头很窄，头发几乎已经掉光了。双眼距离很近，一副精明过头的样子。他穿着打扮还算合体，但举止诡异，像一条狡猾的毒蛇。

不过卡珀似乎深得本那比的喜爱，因为老教授曾在乔治面前赞赏过他。

乔治之前还没机会能跟本那比说几句话，于是他走到了教授身边。

“还没向您表达对令千金订婚的恭贺。”他愉快地说。“真为本那比小姐感到高兴，也为您感到遗憾。恐怕她出阁后您会有点寂寞吧。”

老教授搓了搓干瘦的双手——这是他的习惯性动作。“我的确会感到非常寂寞，不过也非常欣慰，乔伊思找到了归宿，所以我自己这点寂寞实在不足挂齿。她是个好女儿，瑟里奇，我亏欠她太多，都说不清了。”

“我非常明白您的意思。”

“她值得去追求幸福，在这里实在是太闷了。不过我想她会幸福的，您见过坦斯利了吗？”

“是的，不错的年轻人。”

他们聊了聊订婚的事情，接着乔治礼貌地聊起了老人的工作。“您最近有什么进展吗？”他问。“已经有段时间没听您说起过了。”

本那比耸了耸肩。他的情绪有点低落，似乎在研究中遇到了什么沮丧的事。

“这个嘛，研究进展很缓慢。我在做几组新试验，希望能成功吧。说到这儿我想起来了，我需要更多毒液，希望从扁颈眼镜蛇身上提取一些。内斯比特说会帮我，您应该不反对吧？”

乔治实际上的确不太同意，但他没有说什么。从大蛇身上提取毒液是非常危险的，其反应速度非常迅猛，因此需要一个人用钳子夹住蛇的脖子，将其固定，另一个人让蛇咬住海绵或某种吸收性的物体，或者用普腊瓦注射器直接从毒牙上获取毒液。尽管理论上这样完全行得通，但实际操作远非如此简单。举例来说，夹住蛇的过程中需要保证不给蛇造成伤害，但如果稍有不慎，蛇就有可能逃脱钳制并发动袭击。不过，蛇类饲养员内斯比特经验老到、十分机敏，他会做足预防措施以保证万无一失。此外，委员会给本那比的授权也涵盖了提取毒液这一项。

“你用豚鼠做实验？”乔治没话找话地问。

“最近没有。”本那比答道，“我最近在用老鼠做预备试验，豚鼠是最后确认试验时用的。老鼠更便宜，更容易买到。”

“培养试验用的动物是笔大生意吧。”卡珀问，他就站在两人身旁，听到了本那比的话。

本那比赞同他的说法。“还是对这些小动物感到抱歉。”他说，“但又能怎么办呢？对了，瑟里奇，你见过我侄子大卫·卡珀了吗？我欠他太多人情了。他是个很棒的业余机械师和木工，为我的试验做了很多复杂的仪器，外面根本买不到的。”他转向卡珀，“瑟里奇先生好心让我用动物园的蛇做试验，大卫。”

不久，三人各自散去，本那比又去与其他宾客讲话，乔治发现卡珀再一次用那种审视、疑惑的目光打量着他。他正要开口询问，没想到卡珀居然抢先一步去招呼身旁经过的一位女士。乔治再没机会提出这个疑问，但这天晚上，卡珀的举动一直像谜团一样萦绕在他心头，让他微微觉得有点不安。

第四章

感情泥沼

自本那比女儿订婚派对后，乔治·瑟里奇波澜不惊地过了几个月。他在赌桌上的牌运居然还是出奇地好，不但弥补了之前的部分赤字，还缓和了有点危险的财务处境。不过，他跟妻子克拉丽莎的关系倒没发生什么变化：如果说没有变好的话，也不至于变得更糟。此外，动物园的情况有所好转。大象安全抵达动物园，状态很好，证明他的引进是非常正确的；猴群的传染病也得到扼制，没再出现任何一例死亡；而后动物园还引进了几只来自中南半岛的稀有珍贵的小型猫科动物——这可是连伦敦动物园都没有的品种；动物园的复建进度也令人满意；接替科克伦位置的新的守夜人也到位了，适应得还不错。

不过，尽管现在的情况让乔治松了口气，但他依旧非常缺钱。除非那个不知多少次浮现在脑海的美梦成真——

继承婶婶的5000英镑！只要能有这样一笔巨款，他的任何问题全都迎刃而解、一劳永逸。在赌桌上花个几英镑简直不足挂齿；不但能还清赌债，还能满足他最急迫的需求。但是，想要从根本上改善自己的处境，那他还需要点其他东西。

潘特兰婶婶病情加重这个紧张而刺激的秘密让他对自己感到吃惊——他居然因为病情恶化不如想象的快而感到失望！他相信婶婶病得很重，因为她总是一脸病容、形容苍白。原本，他以为婶婶很快就会衰弱下去，不过目前进展缓慢，他似乎不可能早早拿到她的那笔遗产。

跟以往相同，乔治还在不停地提醒自己，他本意绝不想让这位老妇人受到任何伤害。因为随着日子一天天过去，他的失望正在演变成更深的沮丧。他从来没有像现在这样，如此渴望得到这笔钱。

平常的一天晚上，他脑海中突然有了一个可怕的想法。婶婶年事已高，又病恹恹的，过不久就会一命呜呼。如果迟迟不见动静，能不能帮她加快速度？

意识到自己有了这个可怕的念头，乔治心生恐惧。那不就是——他在心里悄悄地想——那不就是谋杀吗？！天哪，太可怕了！他慌忙转移自己的注意力。

乔治努力让自己不再去想这件事，但这都是徒劳。慢慢地，这个念头不再那么可憎，反而熟悉起来。他仔细地考虑着这个主意，思考可能成功的方法，然后又坚决地否定这个念头：自己绝对不会犯下如此可怕的罪行。

然而，这个可怕的主意，依旧在他脑海深处徘徊不去……

第二天下午，乔治碰巧去城市另一边办事，办完后他坐公共汽车回动物园。落座时他漫不经心地向周围扫了一眼，整颗心突然被揪紧了。那个在动物园参观、令他一直魂牵梦绕着的女子，就坐在他的对面！

突如其来的偶遇，一时间竟然让他无法动弹。等他从震惊中恢复过来，马上走了过去。

“不知道您还记不记得我？”他犹豫地问，“几周前我们在动物园见过。”

“当然。”她温柔地笑了笑，脸却红了，乔治心中暗喜。她旁边还有几个空位——乔治的心狂跳不止，过去坐在旁边。

“真是不期而遇啊。”他假装若无其事地说，“我还一直期待您会回动物园看看我们的老朋友们呢。”

“我很想去。”她答道，口气比乔治预想的还要活泼和开心。“但一直没机会去。我不住这里，您能体谅的吧。”

“希望您过得还好。”他继续说。“您走以后我才想起来，没有让您看看照片。有很多拍得不错的照片。其中一张我觉得非常独特：是汤米的，您还记得那头叫汤米的狮子吗？那天我们从它笼子前走过，它很好。”

她笑了起来，流露出感兴趣的眼神。“您是怎么照到那张照片的呢？”

乔治先卖了个关子——“真是侥幸啊……”他继续聊起了给动物拍照的复杂步骤，“但是几分钟是说不完的。”他停顿了一下，望了一眼窗外。他们坐的车正要离开市中心。“不知算不算僭越，我正准备去喝下午茶。您愿意赏光与我一起吗？”

他像等待裁决一样拘谨。不过，女子欣然答道：“太棒了。谢谢您的邀请，我愿意与您同去。”她的回答仿佛一股电流涌遍乔治全身，他欣喜极了。

两人下车的位置离乔治最喜欢的那家餐厅不远，他带她进去坐了一个隐蔽的位置。时间尚早，餐厅里只有他们两个人。乔治出奇地紧张：他不知道自己这是怎么了。他非常希望自己表现得轻松、随意却又不失礼数，但实际上，他已经无法思考，舌头打结了一样，像个初恋而毫无经验的毛头小子。他曾无数次在脑海中模拟与她对话的场景，但现在却只能说出最乏味的陈词滥调，而且举止踟蹰，好像心里没底。

但是万幸，女子好像并未注意到乔治的窘态。她的嘴角慢慢浮起一丝微笑，简直要把乔治的心融化了。她跟他说话的语气，似乎是将他当作一个普通的、跟她一样平等的人对待。她温柔而低回的声调宛如仙乐飘入他的耳中，让他心旷神怡，竭力才能保持作为熟人朋友该有的仪表和态度。

动物园的话题已经有些乏味了，两人下意识地聊起了自己的事。乔治告诉女子，他已经结婚了，他知道这样做不但正确而且明智，而女子也似乎非常坦诚。

这名女子叫南希·维默尔，是一位孀妇。她说自己的丈夫原是乌斯特郡的一名医生，开了一间不小的诊所，收入颇丰，结果却在治疗中割伤自己，感染了败血症，在极度痛苦中死去了。但更大的问题还在等着她——原来丈夫毫无节制，有多少就花多少，这些年甚至没有留下任何积蓄。由于她也没有积蓄，丈夫过世后，她不得不抛头露面寻找工作。很幸运，她很快在伯明顿某家大型商场时装部找到一份模特的工作。但好景不长，商场开始改建，她又没了工作。最近3个月，她在埃佛顿附近的村子里侍奉一位生病的老妇人，那里离伯明顿市区有20公里。她还说，那位老妇人和蔼可亲，与她相伴很是开心。

她没有一口气把这些全告诉乔治，两人在聊天中说起一些，有的细节是乔治根据她的话做出的推测。她今天穿的衣服虽然依旧整洁有品位，但与上次见面时她穿的那身衣服相比，显然老旧了许多，这也从侧面印证了乔治的猜想。

她看上去很寂寞，似乎很高兴能遇到熟人聊聊天，两人的下午茶聊了足有一个小时。然后，女子说必须离开去赶公共汽车了。他本想送她去车站，但南希拒绝了。

“我之后还能再见到您吗？”在她收拾东西的当儿，他有点祈求似的问道，“我还有很多想与您聊的。”

她拒绝了，不过在乔治看来这种拒绝似乎并不果断。他灵机一动，问道：“您去过欧洛普山吗？”

她摇了摇头。

“那您一定得去看看，”他非常肯定地说，“欧洛普山是伯明顿的主要观光景点，去那里才能欣赏到最棒的乡村风光。它是峰区的一座山，从那里能看到南北绵延的广阔平原。有条路可以开车到山顶附近，从那里去看台就不远了。”

“听上去的确很宜人。”她有点犹豫地说。“怎么去呢？”

“当然是开车去。”他回答道，内心的期待迅速膨胀，兴奋不已。“我开车去埃佛顿的时候会打电话给您的。去埃佛顿跟去欧洛普山一个方向，离得也不算太远。不过天黑得早，我们得早点出发才能看到美景。”

她对此倒不十分热心，不过最后还是没有拒绝乔治，约好了下次见面的事宜。周三和周六乔治都去打高尔夫，他准备下个周三给她打电话。

还没到两人相约见面的前一晚，乔治·瑟里奇就心知肚明，这件事到底在向什么方向发展。他并不想深究此事，但却控制不了自己的思绪。他到底是怎么了？他是不是爱上这个女人了？如果真是如此，他现在到底想怎么办？如果继续与她保持这段友谊，最后怎么收尾呢？这是不是意味着家庭的破裂？他会不会丢了工作？换句话说，他会不会被“毁了”？

他明白，不管是出于个人还是道德的考虑，他都不该继续任由此事发展下去，但一想起餐厅里南希·维默尔坐在他身边的情形，想起她温柔低回的语调，他又觉得，只要能再见到她，听到她那悦耳动听的声音，这一切冒险都是值得的。

不过幸好，他并不需要真的冒什么风险。虽然与她见面，却还不必承担什么毁灭性的后果。只是开车出去兜兜风，又不能证明自己要做什么，不过是一次非常平常的郊游而已，他们见过面也会各自回家，要解释可以说是熟人同游。

但进一步考虑的话，乔治觉得自己想得简单了。他一般都是坐公共汽车去上高尔夫球课，车由克拉丽莎使用，他不可能不说明缘由就把车开走，但又不想跟克拉丽莎说谎。

不过，他倒是可以雇辆车去，不过这样就会增加开销。现在他都快要入不敷出了，一笔额外的花费是他最不愿意看到的情况。不过，这也是没办法的事，毕竟租车就不必担心别人的闲言碎语——汽修厂的人为了赚钱是不会四处八卦的。

他也不必害怕在欧洛普山被人认出来。每年的这个时候，那里人迹罕至，就像撒哈拉沙漠一样荒芜。因为餐厅都不开门，两人也不能去餐厅。他得准备好下午茶，但不能用家里的器具，免得克拉丽莎发现。最好是去买一套茶具，然后去某家酒店把茶泡好带去。这又是一笔花销，该死！不过，他现在已经是箭在弦上，不得不发了。

第二天，在俱乐部用完午餐，他去了一家专门的租车店，租了一辆格纳特以备周三使用。然后，他在附近的商店买了3英镑的茶叶，把它放在预定好的酒店里。这一切让他既兴奋又沮丧。他的心绪起伏不定，一会儿为自己的行为感到害怕，一会儿又极度渴望约会的时间快点到来。

见面的时刻真的到来了。早上他醒来，蒙胧中觉得今天会发生非常重要的事情，于是跳下床来望着窗外的天空。谢天谢地，天气应该不错。他在恍惚中穿好衣服，像机器人一样完成了上午例行的工作，脑中一直在想即将发生的事，恐惧和懊悔的感觉都已经烟消云散。至少那天早上，他不愿跟任何男人交换自己的位置。

他的计划一路都顺利实现，先像往常一样，去俱乐部吃完午餐，借口要去村里见什么人，早早走了。那辆格纳特已经备好，闪闪发光，似乎才刚刚喷好漆；随后，茶水点心也置备妥当。他将茶具等物放在后座，又在身旁放好柔软的毛毯，就驱车驶离伯明顿市中心广场，向东北方向开去。

他有点恼火地想，自己怎么又开始紧张了。离埃佛顿越近，他的心就越跳个不停。南希说会走到路边等他，他想恐怕是南希不想让自己直接去老妇人家。他又开始担心起各种细节：会不会走错路与她错过；是否足够诙谐有趣能博她一笑；她到底喜不喜欢郊游；等等。但此时，他已经不考虑两人相见可能引发的麻烦后果了：因为现在的他，根本无暇去思考未来之事。

终于，在他快要到达埃佛顿村之时，看到了路边有个人影，整个人又止不住地战栗起来。没错，就是她：全身上下焕然一新的南希·维默尔，上身一件花呢大衣，下身是条短裙，头戴呢帽，脚穿一双粗革拷花皮鞋，十分讲究。他本以为她前几日进城穿的衣服已经分外优雅，没想到现在的她更加引人注目。乔治赞叹地停在了路边。

“希望没让您久等吧？”他殷勤地说，“您走了不少路。”

“我本想说您真是太准时了。”她边说边上了车，坐在他旁边，“这车多棒啊！肯定是新的吧？”

“其实是借的。”他微笑着答道，“家里那辆今天有人用了。”

为了能在欧洛普尽可能多待一会儿，他开得很快。车速一直维持在64 ~ 80公里，偶尔还会接近96公里。虽然乔治并不想减速，但在交通管制区域，他还是不得不降到45公里上下。车子逐渐开始爬坡，离地平线越来越远，逐渐远离丰沃而人口稠密的平原。继续前行，先入眼帘的是周围长满牧草的农村房舍，然后又是一片空旷的荒原。最后，他们到达山顶，乔治在两个山丘间较为平缓的地方停了车。

“最好的景色就在上面了。”他指着较高的一座小山峰说，“离得不远了，您愿意上去看看吗？”

“当然了。”她点头，“多美的地方！我都不知道这附近有这么棒的地方。”

“这话等到您看到山巅美景再说也不迟。”他提议道，“我们去山顶喝茶，还是等下山再喝？”

她绽开迷人的笑容：“在荒原上喝茶？您还真是奇怪。”

他给她看了茶箱和茶具。她发出满意的惊叹。“真是再完美不过了。”她肯定地说，“但我想还是回来再喝为好，您觉得呢？”

其实不论是在哪儿喝，喝不喝，乔治都乐意，不过他还是说：“对极了，那我们先去爬山吧？”

在丛生的杂草和石楠花中，游人走过的地方，有条隐约的小路。附近没有树木，能看到地势蜿蜒至远方，深绿色的线条不时被棕褐色或灰色的岩石打断。蜿蜒的溪流穿过这条小路，地面上颜色鲜亮的地方是小沼泽。山上空气清冽，令人神清气爽，温柔的阳光几乎与地表平行，地上到处是斑斑驳驳的影子。

他们爬了一段距离后到达山顶，凝视着周围的景色。南希轻轻地发出一声惊呼：“哦！”只是一句简单的感慨，就让乔治觉得这趟大费周章、花费不菲的远足值得了。展现在他们面前的这幅景色实在壮观。如乔治所说，北边看到的是山峦，而南边看到的则是平原，中间是他们来时的那条路，曲折蜿蜒，越来越窄，最终消失在低洼地带的薄雾中。

爬山过程中，温度虽然相对低一些，倒也还算温暖宜人，然而到山顶后，伴着冷风，温度骤降。两人没有停留多久。在两个方向远眺一阵之后，南希说她觉得冷，于是两人开始向山下走去。

直到目前，这次远足都还一切正常，就算克拉丽莎在场，也挑不出什么毛病。但就在他们沿着崎岖的小路下山的时候，发生的一件事，改变了这次远足的性质。

二人踩着小碎石，跨过山路上的溪流往下走，南希脚底突然滑了一下。她一脚踩进了水里，要不是乔治上前一步将她揽在怀里，她可能会摔倒在水中。

乔治并无意将熟人间愉快的远足发展成什么暧昧的约会，但他并没有料到会发生这种情况。两人的触碰令他的谨慎和克制飞到了九霄云外。他呆了半晌，突然声音嘶哑地叫道："南希！"然后便紧紧抱住她，无数热吻落在她的脸上。

开始她挣扎了几下。"不，不要，不行。"她喘息着，试图挣脱他的怀抱。渐渐地，她不再反抗，再后来，她的脸也迎着他的，伸出双臂紧紧环住了他的脖子。

当他终于放开她时，两人都感到一阵眩晕。她轻轻地呻吟一声。"哎呀，"她抽泣起来，"我们不该这样的。气氛本来那么好，现在全毁了。"

"胡说，南希。"他答道，"我们彼此相爱。这是命中注定的。"

她浑身发抖。"不，不行。"她答道，"我们不应该这么做，这样做是错的，我们要忘记这件事。"

他先向山下走去。心脏还在怦怦地跳，但他极力克制着，让自己的语调平静下来。"怎么能忘掉呢？这分明是一件重要的事，算是某种开端吧。"

她跟了上来，走在他身旁。"不能这样，我们必须忘记这件事。这只会带来不幸。"

“事情已经发生了。”他固执地说，“没有任何事可以改变它的发生，我们也不会忘记。”

她更加忧愁起来。“你的妻子……”她轻声说，“你说你已经结……”

他不耐烦地摇了摇头。“她也影响不了我们。我从来没有……”他犹豫片刻，好像在找合适的词，又接着说，“我从来没有……像爱你这样……爱过她。”

她好像想阻止他说下去，但欲言又止，两人沉默地走到了车旁边。她一言不发地坐了上去，在他小声问要不要喝茶的时候，轻轻摇了摇头。“回去吧，”她最后说，“我们必须考虑最好的做法。”

这一次，乔治开得很慢，车子几乎是靠惯性滑下了长长的坡道。他心里非常矛盾，不知道该说些什么。他已经意识到两件事：第一，他从没有像现在这样爱过一个人，当然他也不知道还有谁可爱；第二，两人即将发展的婚外情无疑会是一场灾难。不但要与克拉丽莎惨烈地分手——这他倒能面对，而且如果婚外情暴露，会导致他失去工作，进而陷入破产深渊，这可是他无论如何承受不了的。

他思绪纷乱，只是机械地开着车，直到南希发出一声惊叹，才让他从沉思中惊醒过来，南希说他们快到埃佛顿了。“停车，”她提醒道，“我得在这里下车了。”

“但我们还没有商量好。”他说，不过还是慢慢把车停到了路边。

“我们之间没什么可能，”她说，“虽然不能彼此相见会感到痛苦，但如果继续见面我们会更加痛苦。我们必须分手：就是现在。”

从道理上讲，乔治觉得她说得没错：他们必须分开。但另一方面，也不全对：至少这次不算永别。“不行，”他坚持道，“就这么说再见，好像我们是陌生人，我只是偶然载你一程。或许等我们平静下来冷静思考后，会觉得你说得对，我们应该分开。但在万分确定，别无他法之前，我都不许你这么做。别这样，南希，我不是疯子，但我还是无法接受。我们得再见一面再决定。”

她有点抗拒，但他的坚持还是赢得了她的让步。她同意再见一面，但此后绝不再见，也不许写信。最终两人约定，下周同一天，也就是南希能抽出空来的那天，两个人再去一趟欧洛普山。乔治一边想着如何挨过见不到她的时间，一边开车回到了伯明顿。

那一星期的等待和煎熬，乔治以前从未经历过。他觉得这种煎熬好像永远都无法结束。幸运的是，他们的这个小秘密暂时无人知晓。他编了个模糊的故事以备不时之需，说自己去了附近的镇子拜访客户，但幸好并没有人问起。没人问他去了哪里，他也很满意自己的这趟远足没有引起任何人的怀疑。

下一周的周三，他又重复了一遍上周做过的事：去同一家汽修厂租了同一辆车，又去同一家酒店准备好了茶点。他开车到埃佛顿附近，接到了南希，两人又开车去了欧洛普山。他们下车散了散步，回到车里喝了茶、吃了茶点，像上次那样原路返回。

一方面，这是乔治度过的最为激动人心的一个下午，但另一方面，也是最差强人意的一次。与南希在一起，感觉是那么激动、美好、愉悦。与她单独相处，他是那么地快乐。他真想让时间静止，好让两人一直在一起不分开。他相信，南希也有相同的感受：两人相处的分分秒秒都是幸福，完全不用考虑面对未来的不安。

而导致这个下午激动人心转而差强人意的原因，就是两人强烈地享受当下的欲望。尽兴之后，两人才发现这个关于未来的问题仍旧没有答案。南希仍然坚持两人此后都不再相见，只不过不如上次那样坚决。最后，她又一次被乔治说服了。

显而易见，这次见面让两人间的相会成为了一种常态。第三次见面，他们依旧没有得出结论，为此又安排了第四次远足。私下相会成了两人的一种习惯。每个周三的下午和傍晚，他们都会见面。越经常谈起最终的分离，这个想法似乎越发遥远。不断进行着的约会，令他们逐渐将未来的担忧抛至脑后。或许会遇到麻烦吧，但何苦现在就自寻烦恼呢？

第五章

口袋空空

现在，乔治·瑟里奇也开始了解外遇男人的烦恼了：如何才能不露痕迹地维持双重生活，不让别人起疑呢？

他非常清楚，跟南希·维默尔幽会的次数越多，被发现的风险也就越大。目前为止，两人还算幸运，但迟早会碰到熟人，对他来说，那就意味着结束。

幽会可能暴露的破绽太多了。欧洛普山冬天没什么人迹，但春天就要到了，每过一周，去那里被认出来的风险都在增加，得另择幽会地点，但他也想不出什么万无一失的地方。而且，危险不光潜伏在幽会地点，就算在车里，比如在接送南希的时候，也有可能被其他车里的人看见。此外，开车途中，若是车子抛锚或不幸遇到事故，说不定还会被法庭传唤。

然后，肯定有人出于无聊的好奇心恶意揣测两人的关系。可能会有人跟乔治说："周三都没见到您来打高尔夫球……"即便是最模棱两可和宽泛的回答，说不定都会招致灾祸。如果他只是说个那天没来的借口，有人可能又说好一阵没见他在周三打高尔夫了。另一方面，如果他说自己每周三都有与伦敦动物园相关的工作要做，可能还会有不识相的人问："我也每周三都去伦敦动物园，您是坐哪一趟车呢？"乔治明白，不管编造什么理由，最后都圆不回来——总会有人再问更多问题，使他的谎言被戳穿。

但与被妻子发现相比，外面熟人发现他的小秘密就不算什么大事了。高尔夫伙伴们的妻子可能会跟克拉丽莎说："约翰很想念跟你丈夫一起上高尔夫球课的日子。"最后，还有他在动物园的同事们——他们也打高尔夫，也会驾车出门，说不定就看到了呢？

这是两人关系可能被曝光的几个原因，但这些都不是最危险的，他更害怕的是内部矛盾，比如最近他身上出现一些变化——越来越神经质和紧张。没有南希的陪伴，他似乎更加愤懑和冷漠，总是很焦躁，而且心不在焉。他不止一次发现赫普沃思女士在饶有兴味地打量他。她肯定是有所怀疑，这个狡猾的女人！必须把她打发走。但是怎么做呢？她是个很有效率的秘书，编造理由开除她，只会显得自己心虚。

还有一种会带来毁灭的威胁，也是最致命的一种。这种可能最让乔治感到恐惧，因为它是不可避免的。其他不幸的事件也可能会导致两人关系被曝光，但这个敌人却令他逃无可逃。如果他继续维系这段危险的感情，不管会不会发生意外，他最后都会走向毁灭。这就像死亡一样，注定会发生，无法逃避。

他担心的就是钱的问题。没遇到南希之前，他就已经入不敷出，而现在，他又在此基础上，增加了一笔不小的花费。各种琐碎的小开支，每项看起来都很微不足道，但加起来就足够可观了。乔治几乎都要绝望了。他开始不再按时缴纳水电费，忘记给小费，尽可能减少开支。但仅仅靠节流是不够的，他心知肚明，这种情况维持不了太久。

乔治越发频繁地想起婶婶露西·潘特兰女士。但愿能尽快拿到那笔钱，就算拖个几天他都耽搁不起！那时候，他不但能摆脱令人无法喘息的财务忧虑，婚外情所面临的风险也都会降低。手头越宽裕，他跟南希也就能越隐蔽。她可以辞去那份糟糕的工作，住到更好的地方去，这样他也就能去她的住处拜访了。有个花园、门廊种上几盆玫瑰的小屋就不错！他越想就越发急不可耐。但是，这一切变为可能的前提，都是要露西·潘特兰死掉。

乔治知道，也可以制造点人为因素让这个老女人去见上帝。比如，他听说通过邮局寄出炸药，一旦开封，能把收信人炸个粉身碎骨。他设想了实行如此计划的所有步骤，认为绝对可以做到万无一失、滴水不漏。他也看了一些将有毒药物或药剂投入受害人碗中的案例。这不太容易，但也不是毫无可能。有很多的方法，都能够……

但这些都只是想想罢了。很显然，他设想的都不太可能变成现实。虽然乔治不是圣人，但也有自己的底线。他知道自己永远不可能做出伤害别人的事。谋杀？绝不可能！恶毒的想法！他绝对没有这个意思。

话说回来，如果露西·潘特兰死了，所有问题就会迎刃而解，他得再跟马尔医生打听打听情况。但是，他还是没这个胆子。

要是乔治的自省再深刻些，他可能还会想想不敢向马尔医生打听情况的原因。作为侄子，他理应关心婶婶的健康和幸福，为何就是不敢张口呢？

然而，之后的一天发生了一件表面看起来与乔治和他的外遇毫无联系的事情。而这件不经意的小事，却成为日后乔治行动和命运的导火索。当然，它也为乔治带来了他一直渴望了解的、婶婶身体健康状况的信息。

那天，他正沿着动物园的主路向门口走，打算去俱乐部吃午餐，马尔医生开着车匆匆经过。他脸色十分严肃，给乔治打了个招呼，便驾车离去。旁边有几个人，显然是在讨论什么严肃的问题，他们看着车子离去的方向点了点头。乔治向他们走过去。

“本那比小姐不好了，先生。”其中一个人回答说，“不到10分钟前，她被一辆汽车撞倒了，刚被送回家。”

“伤得严重吗？”

“好像是死了。几乎没什么生还的可能。车轮从她胸口轧过去了。”

尽管正为自己的事情烦心，本那比小姐的死讯还是令他十分难过。他见过乔伊思·本那比好几次，那是个讨人喜欢的姑娘，而且她父亲又在动物园工作，乔治也很了解其为人。对他们来说，这都是一场可怕的灾难！这个可怜的女人，刚刚准备结婚，现在却与即将来临的幸福失之交臂。如果她真的死了，对本那比也是沉重的打击。他完全依赖自己的女儿，就乔治所知，除了那个招人厌烦的侄子卡珀，老头没有其他亲人了。而且卡珀也不可能取代乔伊思作为女儿的位置。

乔治边想这些问题，边快步朝“江景”走去。本那比家门外站着几个人，有个警察正拿着记事本做记录。乔治走上前去。

“我是这家人的朋友，”他解释道，“请问这里到底发生了什么事？”

警察记下了乔治的名字和地址，然后又把乔治已经知道的情况跟他讲了一遍。这样看来，乔伊思·本那比重蹈了因为相似事故去世之人的覆辙，走到了命运的终点。她没等公共汽车驶离，便走向马路中央，因此没看到反方向来的小汽车。司机已经尽力躲避了，但还是没能挽救她的命运。她似乎被认定是当场死亡。医生正对她实施救治，很快会得到最终的结果。

乔治咕哝着说声谢谢，然后就从大门走进了本那比家。门厅空无一人，接着，莉莉·科克伦出现了，她浑身颤抖，脸白如纸。乔治向她点头致意。

“我来看看能否帮上什么忙，”他解释道，“教授在哪里？”

她迫不及待地回答了乔治的问题，仿佛卸下了心头的重担。“教授非常奇怪，先生，他晕晕乎乎的。他们把她抬进去后，他就呆坐在那里，不说也不动，我真的束手无策。”

“我去看看他，”乔治对她说，“这个可怕的消息太令人震惊了，过一阵他会好些。”

女孩点点头，“他在书房里，先生。”

乔治走进了书房。老本那比坐在椅子里，茫然地望着窗外。乔治进来他也没有起身。

“我来看看能否能帮上什么忙，”乔治重复道，“刚听说这个不幸的消息。”

本那比教授没有回答。他慢慢转过头，呆呆地盯着乔治看了一会儿，然后微微摇了摇头，又转回去盯着窗外。

乔治觉得老人似乎更想自己待着，但他如此震惊和脆弱，又让乔治不敢离开。他觉得该让马尔医生来看看老人，便坐下等医生下楼。本那比再也没有注意过他。有一两次，他的嘴唇微微张开，但乔治听不清他在说什么。

几分钟后，他听到马尔医生下楼的声音，便走出了书房。“情况如何呢？”他问道，声音很低沉。

马尔医生摇了摇头。“当场死亡，”他回答道，语调很轻，“颅骨断裂，碾碎了……”他在胸前画了个十字，“至少没什么痛苦。”

“我觉得你得看看本那比，”乔治继续说，“他似乎受到很重的打击。”

“他在哪里？”

“那里。”

马尔医生走进书房，乔治就在门厅等候，与警察低声讨论着这起事故。他想等马尔医生出来再走。他想这件事也给老人的研究画上了句号。遭此打击，他恐怕再无精力去做研究了。不论从什么角度说，停止这项研究都是好事。乔治一直不太喜欢他们取蛇的毒液做试验。他怕会出事故——有人被蛇咬伤，或者是蛇逃走了。想到本那比不会再进爬行馆，乔治心里轻松不少。

不久马尔医生就走了出来。“他会没事的，”他安慰说，“让他去睡觉了，我会派护士来看看他。”

“现在谁来照看他呢？”

“他有个侄子，是个叫卡珀的律师。我给他打了电话。事情就由他安排，护士可以在这里照顾老人一两天。”

“会调查死因吗？”

“哦，当然。但应该是例行公事。看起来是可怜的乔伊思的错。”他的视线越过乔治，“警官，这样就可以了吗？”

“是的，非常感谢您，先生。”

“那我就走了。”他又转向乔治，“我要进城一趟，顺带捎您一程吗？”

两人在路上谈论着刚发生的这起事故和本那比的未来，然后马尔医生说的一句话让乔治的心狂跳起来。

“不行。”医生慢慢说，“我想这个可怜的老人家活不了那么久了。对他来说这个打击太大了，他的心脏不太好。还有一位恐怕不久后也会离开我们了。瑟里奇，我很抱歉地告诉您，您的婶婶潘特兰女士病得也很重。”

乔治全身都紧绷着。“真是太悲伤了，马尔。”他说，尽量让自己看上去面不改色，“太难过了，但也没法说这是意料之外的事。我知道她一直病恹恹的，正准备问问你她的情况。”

“是的。”马尔回答道，“之前我有点怀疑，但现在已经确定了。她得了癌症，就算老人家能够忍受，我们也无法给她做手术。”

乔治努力想要平息怦怦乱跳的心脏。他不是个麻木不仁的人，所以也很为老人家可怜的命运难过。但他也是个俗气的人，心中涌起一阵痛苦的快感，迅速传遍全身。婶婶的死对她本人来说无疑是一种解脱，这件事对他而言却意味着一切，极度缺钱的窘境将不复存在，与南希的婚外情也能继续。这笔钱将解决他所有的问题。只要有了婶婶的这笔钱，他就能摆脱一半天堂、一半地狱的煎熬，全身心都进入天堂中去。

但是，还有个问题没有答案：虽然不是什么要命的事，但仍旧非常重要。

“不会很快就……就怎么样吧，我猜？”他问，努力让自己的提问看上去只是出于关心。

马尔犹豫了。“几天内暂时不会。”他答道，“但是我想，说不定也就是几个星期吧，几个月可能都撑不了了。”

几个星期！之后确认遗嘱的流程，可能会花点时间。那么这笔钱差不多等三四个月才能到手，说不定会等6个月。他还能坚持6个月吗？

如果是现在这样，坚持那么久可能很难。但从现在开始，情况会发生变化：他可以根据预期去借一点钱。真想知道自己究竟能拿到多少！但他不知道怎么才能问到婶婶遗产的数额。

结果没想到，他居然以一种做梦也想不到的方式知道了这个问题的答案。一两天后，乔治收到了潘特兰婶婶的口信，让他去她那里一趟。他当天就前去拜访，说句公道的话，他表现得非常友善和有同情心。而他的行为也得到了回报——如果可以把这个称作回报的话。

“今天请你来一趟，”等他说完客套话，他的婶婶说，“是想跟你说一些我的事。你知道我会把遗产——恐怕也没有多少——留给你。但是我想，自己可能活不了多久了，应该告诉你一个大致的数目，这样你心里有底，期望不会太高，也就不必大失所望了。”

听到这些话，乔治羞愧万分，极力掩饰脸上的表情，怕婶婶发现自己对此事很上心。

总共下来，她差不多有12000镑。其中，要给三个老仆人每人1000镑，剩下的缴完遗产税后都会留给他。9000镑！比之前乔治预计得多太多了！以遗产税税率来算，政府收差不多600镑，还有8400镑，再减去律师之类的费用，他大概能得到8000镑。之前他以为最多只有5000镑的！这次他的问题真的彻底解决了。

乔治可以悄悄写信告诉南希这一喜讯。但是两人商量过，信件交流不够安全，于是他忍耐到第二个星期三两人相会的时候。不过他只是大略跟南希提了一下。之前跟南希说过，自己最近手头紧张，无法如愿为两人共同的利益做点什么。现在，他可以骄傲地说，苦日子就要过去了，自己将拿到一笔遗产，买得起任何合理的东西。

他一直迫切地渴望跟南希说说自己的那个小房子的梦，外面有个花园、门廊种上几盆玫瑰，但她的态度却似乎在警告他不要这么做。没错，急什么呢？他们还是像往常一样相谈甚欢，或许再过一阵时机会更好。

现在，乔治离天堂只有一步之遥了。他得弄点现金，又不想去银行借钱，就算能借到，也不能让这里人知道自己缺钱。那从谁那里去借呢？

之前他常常能在报纸上看到广告，有些公司哪怕只是根据手写期票之类的，也愿意借钱给客户。现在他想找找这种广告。有三个广告写着伦敦的地址，似乎更可靠些，他决定去试试运气。

因此，等他真要去伦敦出差的时候，就真的按广告去城里狭窄的小巷中一探究竟了。不过结果却让他非常失望。“手写期票”似乎有点夸大其词，而他也没发现这与借钱的事到底有什么关联。无论如何，所罗门戈德斯坦小贷公司在走下一步审查手续之前，需要他提供非常繁杂的资料。他发现，如果不能向他们证明自己的确将能继承一笔遗产，根本就借不到钱。而这对他来说无疑是不可能的事，现在只有婶婶的口头承诺。因此借钱一事也就搁浅了。

所罗门戈德斯坦小贷公司的情况是如此，或许亚拉伯罕小贷公司或韦林斯基兄弟公司更好说话一些？乔治就又去拜访了这两家公司，但结果同样让他失望。

他只好扫兴地回了伯明顿，原来借钱这回事并不像他想得那么简单。事实上，他也没有其他办法了。这些人本就是他的最后希望了。

那之后——经历过一些起起伏伏后，他在牌桌上找回了点运气。不仅还清了一部分赌债，手头还小赚了一笔。

就眼下来看，他的窘境已经有所缓和。

第六章

邻里关系

由于最近牌运颇佳，乔治·瑟里奇的生活也轻松不少。他手头有不少现金，婶婶那份遗产又是煮熟的鸭子，因此花钱也就变得格外慷慨起来。这么一来，他就能跟南希去更远的地方郊游，出行的条件也更为舒适。一段时间以来，外面发生的任何事都不会影响他的心情。

然而，他的内心却还是有点不满。除了南希在身边的时候，为了婚外情而不得不维持的双面生活的痛苦依旧潜伏在他的脑海里。乔治很怕这件事被外人发现，他跟南希都很小心，但也不得不承认：到目前为止他们都比较幸运。就他们所知，除了两个当事人外，还没有任何人知道发生了什么。

但是，如果乔治意识到某些正在同时发生的事，就能明白事情的危险程度了。

在动物园不远处，住着一个高高瘦瘦的老处女，她叫哈莉特·科瑞恩，年龄不详。她聪明、风趣，还小有财富，这附近人家的主妇都喜欢叫她来参加自家的派对，以打破无聊的气氛。然而，她受欢迎并不仅仅是因为其妙语如珠、心地善良，而是用毒辣的分析给八卦聊天“加料”。大家都邀请她去自己家，就是希望她那些听风就是雨的评论能让来访者高兴，以彰显自家超群的社交能力。不过这也有隐患，因为大家也害怕成为被她评论的目标。作为一个公众人物，科瑞恩小姐当然知道瑟里奇一家，而瑟里奇家更是听过这位女士的名头。

2月底一个阴雨连绵的周三，科瑞恩小姐去一个叫布拉姆福德的村子办事。那里位于伯明顿以东64公里处，是个风景如画的地方。当地有条村民引以为傲的大河，一座三连拱桥，桥边是一家家庭旅馆，提供从附近花园采摘的新鲜茶叶，还有一个诺曼风格的教堂。天气好的时候，这里十分吸引游客。但今天，在倾盆大雨中，这里的阴冷气氛令人望而生畏。科瑞恩小姐却不得不来这里面试她家的预备女仆，她真希望自己没出门，舒舒服服待在家里。

不过，这种让常人止步的氛围，倒是让布拉姆福德成了已婚男人带着情妇前来度假的好去处。就在这个下午，乔治和南希不想再坐在车里诉衷肠，他们决定就破这一次例，在旅馆里体体面面喝杯茶，而不是坐在狭窄的车里喝从酒店带来的茶。毫无疑问，哪里能比布拉姆福德村的喜鹊爪旅馆更合适呢？科瑞恩小姐正坐在预备女仆父亲家的窗前，那家人的房子就在主街道上，能非常清楚地看到对面的旅馆——而就在此时，这对情人也刚好开车驶向了这家旅馆。

预备女仆去复印相关的证明材料了，哈莉特·科瑞恩望向窗外，看到街上有两只傲慢的鸭子和一只焦躁的母鸡。尽管被这一幕吸引，但她还是注意到，一辆崭新的格纳特驶到旅馆门前，从车上下来两位乘客。

看清楚下车的是谁后，科瑞恩小姐瞪圆双眼，呆住了。乔治·瑟里奇先出了驾驶座，然后立刻绕到另一边，绅士地打开了副驾驶的车门。科瑞恩小姐本来很高兴，瑟里奇如此体贴，看来他对妻子的感情，并不像外人看到的那样冷淡。然而，车上下来的人，并不是那个高挑、爱穿深色衣服的克拉丽莎，而是一个娇小、优雅的陌生女子，一头深色头发，戴顶艳丽的红色圆呢帽。科瑞恩小姐又惊又喜，目不转睛地盯着两人。

直到这对毫不知情的情人走进旅馆，她还呆坐在窗边，凝视两人离去的背影。能看到这样刺激的一幕，科瑞恩小姐真是喜不自胜，甚至答应每个月多给女仆一英镑工钱——这可是她这辈子第一次这么慷慨大方。

第二天，哈莉特决定享受命运赋予她的这份惊喜。她从收到的一堆派对请柬中，挑出一个克拉丽莎可能会去的鸡尾酒会派对。她一直不喜欢克拉丽莎高傲的样子，现在终于有个挫她锐气的机会，哈莉特暗自高兴。

她的猜测没错。跟女主人寒暄后，马上就看到了克拉丽莎的身影。她在五六个女人中间，这些人哈莉特都认识。哈莉特不动声色地整了整衣服，优雅地向她们走过去，非常友好地跟她们打了招呼。

“不知道您刚刚买了辆新车呢，”她故作天真地说道，然后恰到好处地停顿了一下，“真高兴看到了您的新车。”

“我自己都不知道呢。”克拉丽莎回答说，表面故作轻松，其实心里一紧，“但我也很开心。”

“哦，没错的。”科瑞恩小姐继续说，“别装神秘了，我看到了，一辆非常棒的格纳特。真是太羡慕您啦。”

“没人会比我更开心啦。”克拉丽莎假作镇定，现在她明白了，这个女人是故意说这些风言风语来折磨她。“不知您是在哪里看到我的呢？”

“对了，是在哪里来着？布拉姆利，布拉姆维克？不对，是布拉姆福德。很棒的一个地方，布拉姆福德。很封闭，漂亮又很安静。”

“现在这种地方可不多了。还真不知道您最喜欢的这个好地方在哪儿？”

哈莉特表现出惊讶的样子。“瑟里奇先生没跟您说吗？或者是……”她非常困惑地说，“我，我应该没失礼吧？现在总有人跟我说管好自己的事就行了。”

克拉丽莎的心往下一沉。乔治最近的举止的确不正常。他比之前更加心不在焉、不耐烦，总是在沉思，而且脸上时不时会浮出奇怪的笑容。这种情况有两三个月了，她心里也猜到了大概的原因。她相信乔治身上发生了一件她没有遇到过的事：他坠入爱河了。她想不出他恋爱的对象，也不知道二人是在何处遇到的，但日子一天天过去，她越来越确信自己的判断没错。现在她觉得自己要知道真相了，但还要极力支撑着自己，决不能向这个老女人示弱。她宽容地笑了笑。

“您二位是去约会吗？”她调皮地问道。

克拉丽莎一句话就结束了第一回合的战斗。两三个听众都笑了起来，弄得哈莉特心中一阵苦涩。就算现在没人会愿意与她约会了，也不该拿这件事来嘲笑她呀。但她还是笑了笑。

“这把岁数了，亲爱的，可能吗？”她假装抗议道。

克拉丽莎也已经严阵以待：“可能不太容易。”她残忍地说。“但是这就很有趣了，我想您似乎在暗示说有个神秘的女人？干吗不描述一下她的样子呢？”

“哦，不必了，这种个人隐私我还是不泄露为好。”科瑞恩小姐用调侃的语气说，眼中却闪烁着邪恶的胜利光芒。

“我就担心是如此。”克拉丽莎叹了口气，“但是您不明白吗？如果您不说出实情，怎么证明这件事是真呢？我看您是希望我家庭破裂，狼狈离婚吧。不过，您知道，如果您想促成此事就得大胆说出来。不然，我怎么让侦探去好好调查一番呢？这不公平吧？”克拉丽莎边说，边微笑地环顾周围。

她表现得太镇定自若了，有那么一会儿，哈莉特·科瑞恩反而怀疑起自己来了。但是，她突然回想起在布拉姆福德村旅馆那两人亲昵的举动，她知道自己应该并没有看走眼。不过，她心想，自己说得够多了。她已经射出了一支毒箭，而且它会留在克拉丽莎心上，一定会让伤口发脓、溃烂。科瑞恩笑着说，自己绝不会想被卷入任何离婚官司里去，然后便转移了话题。但克拉丽莎绝不会这样结束这个话题，她竭力维持着友善的口气说：“这次您恐怕不能如愿了。我不愿败各位的兴，但不幸的是，我的确知道乔治所有外出行程。他只不过是坐着堂妹的车去看房子罢了，本来很抱期望，不过最后大失所望。”这几句话，不光是科瑞恩，她们身旁的所有人都听得一清二楚。

克拉丽莎不知道她这番话起了多少作用。她很清楚，哈莉特·科瑞恩是不会买账的，其他人就不好说了，也许会相信。然而不论如何，这番话对她来说都是情感上的重创。她完全相信科瑞恩所说的每一句话，甚至感到有点恶心。就算她的婚姻生活并不愉快，但至少对外来说，还算是不错的。现在，就连外表的这点光鲜也不复存在。从那一刻起，她就像其他不开心的女人一样，变成了一座情绪活火山。任何时候、任何刺激，都可能会让她爆发。因为她的尊严被践踏，家庭被毁灭。克拉丽莎非常想立刻离开，这样就不必极力伪装自己，好抒发内心的委屈。但是，她怕过早离开，会被旁人看透心思，所以必须待到往常那个点儿再走。

终于挨够时间，克拉丽莎回到了家中，她疲惫极了。在她内心深处，对丈夫的愤恨与怒火，正一点点升腾。乔治从来没有想过别人，他关心的只有自己，但如果出轨是真，那么他就再也没有辩解的余地，自己也无须为他着想了。

带着这种深深的愤怒，她被一种要不惜一切代价知道真相的情绪攫住了。比灾难更糟的，就是不确定性。

那天晚餐的时候，一个意想不到的机会出现了。一位来访者提起了那个要命的周三，说因为天气太差，不得不放弃去远足的计划。她最后说："真是我印象中最阴冷的一天。"

"是呀。"克拉丽莎评论道，"我本来要去弗特斯克家的，但是雨太大了。"然后她话锋一转，问道："你那天下午怎么过的，乔治？没打成高尔夫球吧？”

克拉丽莎的演技真是太高明了。她似乎只是冷淡地随口一问，只是为了不显得冷落乔治而已。但其实她的内心却在急切地盼望着，想听到乔治的回应。那种急迫之感，她自己都觉得讶异。

后来发生的事，让她明白，她以为最为糟糕的不确定性，根本只是开了一个头。情况比她预想的更严重百倍，已经毫无挽回的希望。的确如此。乔治听到发问，一脸惊慌失措，他犹豫了一下，语气中却透出一种难以掩饰的喜悦：“高尔夫？根本没戏！我在俱乐部里跟他们打了一把桥牌。”

只是这么一句，克拉丽莎立刻知道乔治在撒谎，好像看到了两人私会的场景。那个狡猾的老处女哈莉特·科瑞恩说的是真的。她失去了自己的丈夫，不知道再过多久，她就会失去自己的家庭。

克拉丽莎·瑟里奇很少流露出脆弱的情绪。但是那一晚，她回到自己可以放松的地方时，突然发现自己在抽泣。那是饱含着痛苦与无助愤怒的呜咽。她不是为了乔治哭，说到乔治，哪怕以后不再见面也无所谓。真正让她伤心的是，自己的自尊心受到了伤害。她这样一个女人，居然也留不住丈夫的心！她别无二心，始终保持着对他的忠诚，他却弃她如敝屣！这事要是传开，那些老女人会怎么在背后议论她呢?

克拉丽莎的思绪又转向了以后。至少在物质生活方面，她不必担心。虽然不多，但她也有足够生活的积蓄。首先就是要与乔治离婚——如果可以的话。乔治很聪明，她可能很难抓到证据。不过，乔治可能也想要离婚，那么她就能如愿以偿了。或许她还能再结婚。她苦涩地对自己说，下一次结婚，一定要擦亮眼睛好好选择。

她在想，有没有什么可以立刻就采取的措施呢?之前她说要找个侦探来查的笑话，现在似乎变成了真的。她受不了的是，哈莉特·科瑞恩和其他那些长舌妇说不定一直背着她议论纷纷，而她却毫不知情。不，她必须先了解自己所处的位置。如果自己弄不明白真相，再去寻找外部援助也不迟。

最后，克拉丽莎筋疲力尽地睡着了。醒来后，她又觉得情况或许没有她想的那么糟糕。至少她并不需要立刻绝望。如果失去现在的这个家，她说不定能找个更好的归宿。有可能乔治出轨这件事，对她来说也是某种改变的契机。

在克拉丽莎进行激烈思想斗争的时候，乔治也同样面临着严峻的考验。克拉丽莎问起周三下午的事时，他一时间慌了神。起初他认为一定是事迹败露，克拉丽莎才会有此一问，但后来他仔细观察她，从言谈举止来看，他认为克拉丽莎并非话里有话。但这件事给他敲响了警钟。

在工作方面，乔治还有另一件事烦心：那就是本那比教授的变化。他女儿死后，他卧床休息了几天。结果那之后的一天早晨，他居然又出现在了蛇馆。看到他出现，乔治大吃一惊。他似乎一下子老了20岁，看上去非常苍老、弱不禁风。跟他聊了几句，乔治觉得他似乎已经失控了。

乔治越来越不放心让他接触那些蛇了。提取蛇的毒液难度很大，如果本那比精神不济，让蛇逃跑了，那问题可就严重了。

乔治非常担心本那比的状况，因此建议委员会阻止他用动物园的蛇做试验。这并不意味着让他停止研究，如果想要取得毒液，可以找内斯比特帮忙。内斯比特是蛇馆的管理员，可以准许他提取毒液提供给本那比。委员会的这一决定本该由秘书发信给本那比，但乔治还是决定亲自上门一趟，以减少对他的打击。老人很快接受了这一决定，同意委员会采取这一合乎情理的举措，表示他仍能获得毒液已经很幸运了。

接着，又有两件事几乎同时发生，不仅影响了乔治接下来采取的行动，更改变了他的整个人生。

第一件就是跟马尔医生在俱乐部聊天时他说的一番话。“很抱歉，瑟里奇。”他严肃地说，“潘特兰女士病得很重。”而乔治问会不会马上发生时，他也没有否认，“可能不会很快，”他声称，“但也没几天了。可怜的老人家要撑不下去了。”

乔治表达了恰当的关心，表面波澜不惊，心却已经剧烈跳动起来。没剩几天了！要不了几天，婶婶一去世，他的问题全都迎刃而解！那他可算能松一口气了！

第二件事反而更耗心费力。几天后的一个早晨，南希打来了电话，说有事发生，要与他见面。她没有透露细节，但与他约好了时间。乔治为了给这个电话找借口，谎称一位女士把伞丢在了狮子馆，派赫普沃思女士去确认此事。

傍晚，他租车到约定地点与南希碰面，知道了一件会引发他人生剧变的事。南希陪伴着的那位女士突然去世了，南希去给她送早茶时，发现她死在家中。南希震惊不已，但这还不足为道。要命的是，南希又没了工作。葬礼办完，老人家中的家具就被变卖，房子也不能再住。南希只好去汉普郡投奔朋友，想借住几日再做计较。

这个消息也给了乔治沉重一击。南希已成为他生活的一部分，而他却没有想过两人的关系将如何收场。他一直极力避免与南希分手。现在，问题摆在眼前，他却毫无准备。

到了这时，他脑海中设想的那门廊种着玫瑰花的小房子，那个珍贵但无法实现的梦想，又浮上心头，甚至变成了执念。一方面是因为南希带来的消息，另一方面是最近出游时，两人正巧撞见这样一座小屋。大小合适，屋外能打理成美丽的花园。虽然门廊没有种玫瑰，但至少可以让他们自己布置。房子在一片欧石南丛生的荒野中，远离农民和游客，离伯明顿市中心只有40公里远。更妙的是，这幢小屋正在出售。乔治将车停在粗糙的砾石小路上，两人绕着房子走了一圈。他越看，越觉得这里就是梦寐以求的住处，而南希也很喜欢。这些他没给南希透露，但现在他开始好奇，南希是否也有过与他相同的想法。

然而，当时看似遥不可及的幻想，却突然变成了重要而紧急的事。但他面前还摆着两个难题，一个已经基本完美解决。婶婶去世，他就有钱能买下这幢宅子。只剩另一个问题——南希会同意吗？

乔治越想，越觉得此事难以实现。南希是比较传统的女子。他担心这个提议会被她拒绝。

不知如何提起此事最好，他建议两人开车逛逛。“开着车更好聊天。”他解释道。

南希没有注意两人开车的路线，因此他选择了一条会经过那间房子的路，开到目的地，乔治停了下来。

“我非常喜欢这里，”他边下车边说，“我们再看看吧。这里就像个避风港，外人绝不会前来打扰。”

她摇了摇头。“不，我不忍心再看，”她说，“这会让我对它产生渴望。让我想在这个天堂般的地方定居；尤其是我想到自己不得不再找一份工作，可能会跟很糟糕的人共事。”

乔治心下一顿。他犹豫了片刻，还是跟南希说了他的想法。

“南希。”他嘶哑地喊她的名字，竭力想让自己冷静，“我今天带你来是有目的的。我要租下这里，给你个遮风避雨的地方，回报你对我的爱，也证明我对你的真心。”

南希又惊又喜，深受感动，但表示拒绝。“你真好。”她说，慢慢握紧他的手，“真是太好了，但我不能接受。”

“为什么？我来见你的安排会跟以前一样，但不必开车出去，来这里就行了。我并不是要你永远这样，只是暂时给你个安身之所，让你能有心思找份过得去的工作。”

但南希仍旧拒绝了。乔治也不再坚持。“我绝不会劝你违背自己的心意。但这件事你要相信我。我们再好好看看这个地方吧。我去找中介借钥匙。”

乔治看得出南希十分煎熬。她在理智和感情之间挣扎。他让南希在花园里转转，自己再开几公里，去告示牌上写的地址找中介。那个中介打量了一眼他开的格纳特，才慢吞吞交出了钥匙。

乔治越看，越想租下这套房子，南希也似乎很满意。房子很小，一个小客厅，一间是卧室，一间是厨房，状况都很不错。客厅里有双扇落地长窗，正对着花园。花园里种了一排上等的苏格兰冷杉，好像是这片小树林的领头兵。水管已经安好，但没通煤气和电。但乔治觉得，只要有油灯和炉子就没问题了。他没再提租房的话，南希却心动了，于是乔治心里也慢慢升起一丝希望。突然，南希不再答话，她猛地转过身，凝视着窗外。

南希在哭，乔治很惊讶。她突然扑进他怀中，放声痛哭起来。

“这间房子真好。”她啜泣着说，“我知道自己不该哭，但我真的情不自禁。乔治，如果与我在一起会毁掉你，你会原谅我吗？”

乔治内心的喜悦和激动无法言表。他没有意识到，这句话即将成为他人生的转折点，像一只看不见的手，推着这对情人，走向一场无法避免的悲剧。

第七章

背景调查

这幢小屋的售价是700英镑，乔治跟中介说好要买下这里。先要付定金50英镑，剩下的需在入住前全部付清。办好各种手续可能还需要几天，但中介说只要付了钱就可以立刻入住。

然而700英镑并不是全部的花销。至少还得再花100英镑买家具，另外还有手续费用、对房间进行小修整和改造，全部开销都加在一起差不多要900英镑。

从银行或者朋友那里借到这笔钱是不可能的。乔治可以凑到50英镑的定金，但剩下的就无能为力了。他很懊丧，自己只付得起这50英镑，剩下的钱只能等婶婶去世后再付清。

乔治自然不希望抛头露面处理此事，所以有点后悔居然亲自去中介那里拿钥匙。不过，他已经预见到这种事了，因此给中介留了假的姓名和地址。而且那天阴雨绵绵、十分昏暗，他又竖起衣领、压低帽檐做了乔装，因此也不会留下什么痕迹。

还钥匙是南希去的，后续与中介的谈判也是她出面，当然，用的也是假名。她与中介见面，付了50英镑定金，还聘请了律师处理过户手续。为方便办事，她住在临近的小旅馆里，对乔治来说，这又是一笔意外的花销。

乔治心底期盼的梦想终于实现，但他仍有些不开心。一想到即将与南希永久相伴，他喜不自胜。虽然他给南希的许诺是暂住于此过渡一下，但他真心实意希望南希把这里当成归宿。但除此之外，他又被谎言充斥的生活压得喘不过气来，一旦两人的关系被发现，事情将万劫不复。有时他扪心自问，这样是否值得，答案并不总是肯定的。转眼又过了三周，日子没什么变化，乔治对于婶婶的情况却越发急不可耐。终于，他期盼已久的事情发生了。

马尔医生给他打电话的那天早上，他正在穿衣服。医生抱歉地说，他的婶婶过世了。这样的结果非常突然。瑟里奇与医生虽然有所准备，但婶婶去世的前一晚，一切如常，并未发生什么特别的事。潘特兰小姐是在睡梦中去世的，但她不允许家人哀悼，因为这对她来说是幸福的解脱。

乔治根本毫无哀悼之意，但他还是向马尔医生表达了悼念之情，并说自己会立刻赶过去帮忙。

其实也没什么好帮的。马尔医生给家人开了死亡证明书，这样死因便不需调查。根据乔治的指示，殡仪馆的人负责把关葬礼的细节。年长的女仆被打发去找一份新工作，不过在那之前她还是多留了几日清扫婶婶的房间。乔治打算把房子和家具都卖掉，他急着见婶婶的律师，想让他来操办这些杂事。

没想到，他恼怒地想，婶婶的律师居然是本那比的侄子卡珀，两人在出车祸横死的乔伊思的订婚派对上见过面。一开始他本打算另请高明，后来出于对本那比的尊重，还是决定雇用他。

终于熬过了打理各方事务的沉闷阶段，然后就是举办葬礼了。葬礼后，乔治迎来了自己期盼已久的事：他、克拉丽莎及婶婶家的仆人，都坐在潘特兰家的客厅里，来听律师宣读遗嘱。他并不怀疑婶婶的好意，但重复的口头许诺和实打实的法律文件可是两回事。他穿着正装，坐在客厅里等待宣布遗产归属，心想自己的疑虑终于可以打消了。

到婶婶家时，他吃了一惊，到场的律师是个强壮的陌生年轻人，自我介绍——帕特里克·罗根，是卡珀的合伙人，宣读遗嘱之事由他负责，卡珀有事出国了。他出差去了美国，两三周后才能回来。但如果有任何法律相关的事项，乔治可以交给罗根处理。

要宣读遗嘱的时候，乔治坐立难安。罗根慢吞吞地，显然不是很熟悉流程。他这个岁数就能做合伙人，实在令人吃惊。乔治真想站起来冲他大喊："快点吧！"或是"老天啊，赶紧读完吧！别磨磨蹭蹭的！"同时，他能感觉到，克拉丽莎不知为何，似乎也十分烦躁。而女仆的心中其实也不平静。在座的大家都各怀心事，却都努力掩盖自己的急不可耐。

终于，罗根开始磕磕绊绊地念起了事先准备好的烦琐遗嘱。"临终遗嘱……健全心智……给予与遗赠……"然后，他念出了乔治渴望多年的那句话："给我亲爱的朋友和女仆……我死后……遗产赠予我的侄子，乔治·汉弗莱·瑟里奇……"

听完这番话，乔治不由得松了口气。他不露痕迹地擦了擦额头上的汗。那么遗产是真的了！毫无疑问！他现在可以实现自己的愿望，立刻给中介补上剩下的650英镑。再过两天，玫瑰小屋就属于他了！

他听到自己恍恍惚惚地向罗根说着客套话，感谢他所做的一切。没错，一切都顺利进行，还有一点小手续要办，不知可否麻烦罗根？很好，那么过一两天会跟他联系，什么时候比较合适呢？

乔治急不可耐，必须第二天早上就与罗根会面。他还是竭力表现得风度翩翩，好让人不会产生怀疑，但是，他还能装多久呢?

他非常仔细地斟酌了给罗根的说辞，如何能不引人怀疑地得到自己想要的信息。不过他意识到，自己想知道的是每个处于这个位置的人都想知道的事，绝不会引人怀疑，只不过还是必须保持礼貌。最后，为了避免露相，他决定把问题列出来给罗根，让他在有空的时候回复。

第二天一早，他便开了60多公里，去到位于博山姆的卡珀&罗根律所。罗根的名字是刚印在门上的，显然，这位年轻的合伙人加入没多久。他的到访让年轻人有些猝不及防，因此他竭力装出一副专业的样子来接待乔治。不过，他还是懂点规矩，知道在给出答复之前，需咨询公司里资深职员的建议。

乔治心里早有打算，态度反而非常从容。他坐下后，与罗根寒暄起了天气。罗根捧出烟盒，乔治慎重地选了一支，不紧不慢地点上。他聊起抽烟的趣事，聊起卡珀的出差，慢慢地把话题引到了露西·潘特兰去世的事情上。

“抱歉，我显得有些急躁了。”他说道，“但除了今早，我后面几天都有安排了，遗嘱认证之类的话题又不宜延期。”

罗根诚恳地表示赞同。

“我已经有所准备，”乔治继续说道，“有几个问题，比较直截了当。如果遗漏了什么重点，烦请您补充。”

他在口袋里摸索了一会儿，拿出一张纸。“我婶婶才过世没多久，我们就得急忙探讨此事，显得我有些冒昧。”他低声说，“但我已经解释过原因。您明白，这些问题是与我情况相同的人都会有的疑问。多年前我就知道将继承婶婶的遗产，但完全不知道她会留下多少给我，所以这是我最想知道的。当然，知道个大概就行。然后我想问问这笔遗产的存在形式，是股票或是财产，或者其他之类的东西。或许您可以解答一下我的这些疑惑？”

罗根也很热心地想帮他弄明白这些问题。虽然他没时间算出精确的数字，但是他大略知道除去遗产税和给两名女仆的工钱，剩下的都将由乔治继承，大约有8000 ~ 9000英镑。而这笔钱，多数是各类工业股，还有少量公司股票及其他股票。

“我这里有个清单。”罗根继续说，“您可以看到，投资的项目都非常不错。不仅投资项目很好，而且分散，有各种类型，还有信托股保证投资安全。我想应该祝贺您，瑟里奇先生。”

之前，乔治竭力想隐藏自己急切的心情；不过现在，他又得开始克制自己的喜悦和满意之情。这绝对是一份很可观的投资清单。他虽然不太懂金融投资，但也知道这份投资不仅能给自己带来不菲的额外收入，也能为他忧心的经济状况提供保障。情况真是再好不过了。

他最想知道的三个问题，已经有两个有了答案：他是确定的继承人，而且能继承到一大笔钱。不过还有个问题亟待弄明白。

“我同意，这是份很不错的投资清单。”他努力保持着惯常的口吻。“我承认，我很高兴，但我想近段时间我恐怕得不到这笔钱。您觉得，大概要……多久呢？差不多三四个月才能拿到钱，把所有手续都办完？”

“我想应该要不了那么久吧。”

乔治又随口聊了聊法律手续滞后的问题，更有信心了。

“还有一个问题想向您咨询。我一直在考虑，如果遗产超过5000英镑，我想动用一些，跟妻子去环游世界旅行。还没有确定要不要这样做。但如果我想去旅行的话，那我想快点动身：就在春天的时候，以避免酷暑或者严寒。也就是我想在法律手续办完之前预支一部分钱，不知道是否可以？”

罗根有些尴尬。“恐怕通过我们是不行的，先生。”他答道，“我们不涉及那方面的业务。当然了，外面有很多贷款公司。”

乔治急忙解释道：“我绝对没有期望贵公司有这项业务，罗根先生。”他愉快地接着说，“我的意思是，我现在是否可以去借一笔贷款了呢？”

罗根又犹豫了。“我想现阶段，您恐怕无法从银行借到这笔钱。他们应该会要求您提供凭证。平常卡珀先生都把凭证放在保险柜里，但您明白，在整个手续没有办完之前，我无权向您颁发凭证，就算卡珀先生在这里也不行。但是很多贷款公司，应该会在了解到您将继承一笔遗产后，愿意为您办理贷款。”

“他们怎么能知道呢？”

罗根耸了耸肩，“我想您不必担忧，告诉他们事实就可以，他们会自己打听的。”

乔治点了点头，“或许吧，现在我还没考虑好。不过，卡珀先生什么时候会回来呢？您知道，我之前与他有过一面之缘。他是我的邻居，本那比教授的亲属。”

后来两人又随便聊了几句，乔治便满意地离开了律所。他的人生前景非常光明，他的一举一动也丝毫没有引起怀疑。

几天后，乔治碰巧去城里办事，于是他再度拜访了亚拉伯罕小贷公司，那里的职员虽然仍旧是彬彬有礼，态度却显然比之前更积极了。

“一般如果不拿到保证，我们是不会办理贷款业务的。”听乔治说明情况后，亚拉伯罕解释道，“不过您的这种情况，应该不会出什么岔子，我们大概可以借给您，我恐怕是很小数目的一笔钱。您说卡珀先生两周内就能回来，并且为您提供凭证，对吗？”

“不，”乔治回答道，“我没有那样说。我想在正式的手续办完之前，律所都无法开具凭证。但是，当然了，如果我能等到那个时候，自然也就不需要贷款了。如果我刚刚说明的情况您仍旧无法通融，那我恐怕也没办法了。”

亚拉伯罕先生有点支支吾吾。他犹豫地说，他知道瑟里奇先生自己也是生意人，应该了解其运作模式。他本人对瑟里奇提供的材料已经非常满意了，如果他能说了算，那么愿意为瑟里奇先生提供遗产金额75%的借款。但他还有几个合伙人，因此必须遵照商业标准来做。没有额外的担保，他只能为瑟里奇先生这样的绅士提供一小笔贷款，最多不超过250英镑。“我想您暂时无法通过其他渠道筹到这笔钱了。”亚拉伯罕得出了结论，“您不介意说说借钱的目的吧？”

这次轮到乔治犹豫了。“用途我本想保密，”他说，“但实际上我是想买一幢房产。”

“请问房屋的价格是多少呢，先生？”

“700英镑，我已经交了50英镑的定金。还剩650英镑，但我想还得要一两百英镑买家具，修整房屋。”

“那么就是850英镑左右。”亚拉伯罕说道。然后，他停顿一下，又问：“可否请您稍等片刻，让我跟合伙人讨论一下？”

乔治并不清楚他这么说的意思。亚拉伯罕突然着急起来，然而几分钟后，他还没想明白其用意，亚拉伯罕就回来了。

“很抱歉，我的合伙人也持同样观点，如果您无法提供继承遗产的凭证作为担保，我们就无法借给您那么多钱。但是我们或许可以用另外一种形式帮您解决这个问题。比如我们为您买下这座房产——如果我们调查认为它值这个价的话。然后我们借给您150英镑现金，一共就是800英镑，对吧？这样我们有了房子作为抵押，而且也有您继承遗产还款的保证。您意下如何呢，瑟里奇先生？是否可行呢？”

这种办法，乔治并不是很满意，恐怕买房一事会被太多人知道，他并不想扩散这个消息。然而，他似乎也别无选择了。思虑再三，他犹豫地接受了这种方式。他向亚拉伯罕承诺，派南希为代表人全权处理此事，因为到目前为止，房屋的问题都是以她的名义来进行沟通的。他有些不快，但又感到卸下了一副重担。他似乎察觉到亚拉伯罕嘴角浮起了一抹不易察觉的微笑。

“那么，先生，”亚拉伯罕继续说，“我现在只需要再给您150英镑现金了。或者您更希望开支票？”

乔治盯着他道：“但我以为您得先去调查一下？”

亚拉伯罕笑容满面。“您上次来过之后，我们就去调查清楚了，先生。”他解释道，“我们知道您的情况，您是可以信任的。那么，就开支票吧？”

当晚乔治就回了伯明顿，一路上都非常兴奋，简直忍不住想租辆车去告诉南希这个好消息。但是，一想到还得去小旅馆敲门告诉她，乔治就觉得有点丧气，因此他安慰自己，明天一早再打电话告诉她这个好消息。

亚拉伯罕遵守了约定。第二天，一位衣冠楚楚的年轻人去拜访了南希，他处事老练，梳一个油光锃亮的背头。他先跟着南希去了玫瑰小屋，然后又见了房屋中介。之后，他作为南希的代理人鞠躬离开了，说要去独自处理剩下的手续，几天后买卖就能完成。

南希的喜悦之情溢于言表，乔治也能感受到这种快乐。两人高兴地与当地建筑商讨论了针对小屋的改造和修整。刚开始建筑商说不几日就能完成，让两人大感振奋，但没过一会，他却反悔说工期会有延期，使得两人有些失望。乔治很想去现场监工，但他认为自己出现在小屋附近过于危险，因此不得不遗憾地决定：按捺住自己的好奇之心，等到全部工程完工再去。

买家具他也没有跟南希一起去。事实上，两人减少了见面的次数，都在耐心等待南希安顿妥当后的美好时刻。那时，闲杂人等都走了，乔治再去，就比较安全。

小屋最为重要的改造就是建造车库。乔治决定，只要一拿到钱，就给南希买一辆汽车。这个车库，不管是莫里斯小汽车、奥斯汀宝贝，还是大排量的福特都可以放下。买了车，首先，不那么容易引起别人的怀疑；其次，南希出门更方便、省事。既然不是房子真正的主人，拥有一辆自己的车，她一定会很开心；况且她也就能用车接送乔治去火车站或公交车站，如此一来，乔治便不必再租用那辆格纳特，也就最大程度上避免被人发现的风险。

尽管建筑商的进度有所延迟，但修整工作终于完成了，家具也差不多都到了。于是，在一个阳光明媚的周五，南希搬进了小屋。她一个人其实也能轻松完成布置，但乔治还是劝她请了一个女帮工，每天早上过来。之所以如此，是因为乔治希望：首先，不要让这里显得非常神秘，每天都有女仆过来的话，小屋主人的经济状况会跟周边相符合，也就能慢慢融入其中；其次，是疾病的问题。如果南希身体不适，就有人能及时照顾她；最后，至少能减轻她在家做家务活的负担，有空看书、做园艺、发展自己在音乐方面的天赋。

一切都安排妥当后的一天晚上，乔治开车去见她。他将车停在一公里外的小路上，走林间小路去玫瑰小屋——一路没有遇到任何人。第一天晚上竟然如此顺利！舒服而温馨的客厅，拉着窗帘的百叶窗，旧砖炉里旺旺的火苗正尽情燃烧！更加重要的是彼此的陪伴，让两人仿佛身处与世隔绝的天堂。

两个人都以为这段秘密感情无人知晓，这让他们感到心满意足。当然了，他们一直也非常谨慎，但是就算如此，还是会发生意外。现在，最危险的阶段已经过去了。南希绝对不可能泄露秘密，而乔治也只需要在往返的路上多加小心，保证两人的会面不被人撞见就好了。

如果他们知道，老处女哈莉特·科瑞恩已经把这件事散播到乔治身边人的圈子里，近一半的女人都知道他的外遇的话，两人的感受大概会截然不同；再如果，他们还知道，克拉丽莎甚至在思考找私家侦探调查乔治周三下午行动好还是不好的话，他们的满足感登时就会消失得无影无踪，就好像电灯的保险丝突然烧断那样。也不知道这是幸运还是不幸，他们的无知，让他们能够拥抱现在这份难得的快乐。

距离乔治第一次去玫瑰小屋又过了几天，乔治在办公室里接到了一个电话。“请问是乔治·瑟里奇先生吗？”电话那头停顿了一下，“请稍等。”这次电话那头换了一个人，是一个男人。“这里是卡珀＆罗根律所，我是卡珀。您好吗，瑟里奇先生？”

乔治立刻提起了兴趣。“您好吗，卡珀先生？还记得我们上次见过面吗？您已经回到英国了吗？”

卡珀回来了，还记得两人之前那次愉快的会面。他现在打给瑟里奇是要谈公事，提议见面讨论一下潘特兰小姐遗产继承的问题。“不过我这一两天不在办公室，”他继续说，“我得去拜访几个不常来往的客户。但是晚上我都在办公室，没有别的安排。不知道您晚上是否方便过来一趟？我知道提出这样的要求非常唐突，我应该去亲自拜访您的，只不过书面文件这些都在办公室里。”

假如能再多争取到一点现金，乔治根本不在意是不是要多开100公里。他再一次感到迫不及待，于是告诉卡珀当天晚上前去拜访，不知卡珀是否能满足他这么突然的请求。

没想到，卡珀也觉得当天晚上时间最为合适。晚饭后，乔治又租了那辆格纳特——他希望这是最后一次，开出了市区，直奔去往博山姆的那条路。

不过，这一晚的旅途实在不能算是愉快。天很黑，外面阵阵狂风，在烟囱和街角处盘旋。等风停了，又下起了倾盆大雨。人行道上因为积水反射着街灯和汽车车灯的光亮，导致开车难度增大。乔治被晃得睁不开眼，不得不减速慢行。平常时候，一小时内就能到博山姆，这一天，他足足走了将近两个小时。

到达目的地后，是卡珀自己来开的门。“真抱歉，这种天气还让您大老远来一趟，”他跟乔治打了招呼，“恐怕这一路很不愉快吧。您是一个人来的吗？”

“是的，我自己开车来的。还不算很糟，只不过我开得比较慢。”

“如果您不赶时间，我是无所谓。但是真的很抱歉，管理员不允许在这里停车。您能把车停到拐角附近吗？”

乔治照做了，不过他心里还是诅咒着当地政府关于晚间不许在半住宅区停车的规定，明明周边根本没有车流通行。

卡珀还在门口等他。“上来烤烤火吧，”他提议道，“今晚我一个人在这里，我的管家不在。”

卡珀似乎怕人看见有人来访，乔治后脚刚迈进来，他就关上了门。他带着乔治上楼，楼上是个很大的客厅，但是乔治感到很不舒服。家具又旧又破，火苗也非常微弱，似乎没什么热度。卡珀搬来一张扶手椅，又从餐柜上拿起酒瓶和酒杯。

“开车过来，您应该愿意喝一杯吧，”他接着说，拿起一个玻璃杯，“酒斟够了请说一声。”

威士忌给乔治带来一丝暖意，让他慢慢恢复自己想扮演的角色。卡珀跟罗根相比，明显更为胜任自己的工作。虽然乔治不太喜欢他，但也不得不承认他是个清醒机智、很有能力的人。如果不加小心，他恐怕会很轻易就看穿乔治的心思。现在，乔治更是绝对不能表现出自己的急迫。

他啜了一口威士忌，轻松地说：“我真是没想到，能这么快就因为公事见面。原来您就是我婶婶的代理律师。”

卡珀给自己也倒了一杯威士忌。他似乎有些紧张和烦躁。他几乎一口喝完了杯中的酒，然后立刻又倒了一杯。

“她原来住的地方离斯坦姆沃不远。”他答道，“如您所知，斯坦姆沃离这里也不远。我父亲是她父亲的代理律师，两位长辈去世后，下一代的缘分似乎仍在继续。”

乔治点了点头，“他是个好人，老潘特兰先生，我记得他。”然后他讲了几件往事。

然后他们话赶话，又聊到了一些事情：离去的家人、社会生活的改变、卡珀的美国之行。乔治越来越觉得卡珀似乎不太对劲。他有点坐立不安。他的回答时而模糊犹豫，时而唐突莽撞，说明他心不在焉，在想别的事情。最后，他终于说起了正事。

“潘特兰小姐去世期间，我不在国内，真的非常遗憾。”他说道，“罗根是个好小伙子，但是他太年轻了，没什么经验。我希望他还让您满意？”

“很满意，”乔治赶忙说，“他帮了我很多忙。”

“您真是太善良了。他的确是尽力了。不过，我想，我们两个还是该当面谈谈这件事。我想跟您说几件与遗产继承相关的事情。”

卡珀慢慢站起来，拨弄了一下壁炉的炉火。然后他直起腰，开始摆弄壁炉架上的东西。他从壁炉的装饰物后面拿出了一样东西。乔治惊讶地发现他居然拿出了一把半自动手枪。

“您练习过射击吗？”卡珀问，他转过身，摆弄着手枪，脸轻轻地抽搐了一下。“没有吗？我可是练习过。尽管是自说自话，我对枪支还是很熟悉的。”他重新放好手枪，继续说道：“我比较喜欢用来复枪，但是这里不允许用。不过，您应该并不想听我说这些，您还是想了解遗产的事情，对吧？”

“这个嘛，”乔治感到非常惊讶，但他还是镇定地笑道：“这不是您提议我们见一面吗？能拥有这笔遗产，我倒不是说不高兴，但罗根已经告诉过我想知道的事情了。我大概能得到8000 ~ 9000英镑，差不多3个月后就能领到这笔钱。还有什么其他问题吗？”

乔治注意到卡珀似乎心烦意乱，听到他这番话好像又很震惊。有好一阵，他没有说话，只是怪怪地盯着乔治。

乔治脑海中突然闪过一个不安的想法。卡珀的举止非常奇怪。他很没有礼貌、说话也断断续续的，心里显然在担忧什么别的事情，而且刚刚还提起了手枪。这个人疯了吗？他们俩现在是独自在房子里。乔治是遇上持枪的疯子了吗？他遇到人生最大的危机了吗？

卡珀又一次拿起了手枪开始摆弄起来。他显然在控制内心的某种情感。然后他突然握紧手枪，直直地盯着乔治。乔治不由自主地抓住了扶手椅的两边。

“恐怕还有点事情需要告诉您，瑟里奇先生。”卡珀嘶哑地说，“我得告诉您，根本——根本没有什么遗产！”

乔治觉得自己的心脏漏跳了一拍。他说不出话来，也动弹不得。

“没有了。”卡珀继续说，声音还是异样地嘶哑，“全被我花光了！”

第八章

魔鬼诱惑

乔治呆坐在那里，仿佛石化了一般。遗产没有了！婶婶的钱！他盼望了这么多年的遗产，能救他出万丈深渊的遗产，能为南希买下小屋、给她提供她想要一切的遗产——没有了！

虽然身体动弹不得，但乔治脑中却飞速地思考着自己即将面对的处境。他现在深陷债务中，而这笔钱他根本没能力偿还。他这辈子毁了！

还有南希！他的南希该怎么办呢？她不得不离开玫瑰小屋去找一份工作。她一定会心碎的。如果她不能马上找到一份工作呢？在等待小屋修整期间，她都是用自己可怜的积蓄勉力支撑。而他乔治却无法施以援手！他情不自禁地想着这些事。

最后，他望向卡珀。“一点都没剩下？”他的声音如此沙哑，连自己都听不出来了。

卡珀摇了摇头。他张口想说点什么，声音小得几乎听不到："你的，还有我自己的钱，都没了。"

乔治心中腾起一股强烈的恨意。这个混账，这个窃贼！他偷走了我的钱！他夺走了我拥有幸福的机会，让我今后都陷入苦难之中！还有南希！乔治勃然大怒，他紧握双拳。他真想用双手掐住这个窃贼的脖子，直到他脸色发黑、双眼发直，咽下最后一口气！他想杀死卡珀！就是现在！他急切地想向他复仇！

他下意识地抬头看了一眼，发现刚才那把手枪居然正指着他的头。"放松点，瑟里奇。"卡珀说道，"您可不能动什么坏心眼。我的手枪已经上膛了，如果我们两个人中有一个人要死，那也不会是我。等您情绪平复以后我们再聊！"

"放松点！"乔治咆哮起来，但他却还是又坐回了椅子里，"你知道自己在说什么吗？你这个小偷，你知道我被你毁了吗？再聊！哼！"他又一次想起了南希，和他无法兑现的承诺……

他听到一个单调的声音说话了，那是卡珀。"我知道，"语调竟然无比诚挚，"我知道如何道歉或懊悔都只会造成更深的伤害，但我必须要正式向您表达我的歉意。我这一辈子，从来没有比现在更加抱歉和悔恨。我因此而憎恶自己，愿意做任何事来减轻它对您造成的伤害，或者帮您渡过难关。我真的是诚心这么说的，瑟里奇，尽管我知道你肯定不相信我说的话。”

乔治陷入恍惚之中。卡珀就算道歉又有什么用呢？见他没吭声，卡珀又开口了。

“我希望您跟我说说自己受到了多大的冲击。这么说并非是因为我不通人情事故，也不是因为好奇。我是真想帮您一把。事情可能不会像您预计得那么糟糕。”

乔治终于动了动。“对我打击很大，没错，”他苦涩地说，“但是估计都比不上你即将面对的打击。看到你接受审判，想到你将成为阶下囚，在监狱中度过余生，我心里能好受一些。”

卡珀点了点头，似乎很高兴看到乔治情绪的宣泄。“很高兴您会这么说，”他说，“因为这样我能更正常地跟您对话。我们必须谈谈这件事，您知道。”他将手枪放回壁炉架上，似乎已经不再害怕乔治会突然发作，然后坐进了另一把扶手椅里。“您可以去起诉我，”他继续说，“如果您想这么办的话。我承认，只要您跟您的律师或者警察说明情况，我就得如您所愿去蹲监狱。我甚至都无法为自己辩护，因为我伪造了您婶婶的签名。”

“我会的。”乔治回敬道，“你放心好了。”

“当然了，”卡珀承认，“能让您暂时得到一些心理慰藉。但是您别忘了，那样的话事情就结束了。就结束了！瑟里奇。”他又重复了一遍，意味深长地说，“这样，您的钱也就回不来了。”

乔治猛地站了起来。“能把钱追回来吗？”他问道，感觉自己嘴唇发干。

“叫您来这里就是想讨论一下此事的可能性。我本来可以约您在办公室见面的，但我觉得私下谈谈恐怕更好。”

他说话的样子，好似已经有了什么计划。乔治万念俱灰的心中，突然闪过一道微弱的希望之光。“你是说钱没有全部花光吗？”他急切地问道。接着强忍心中怒火，愤恨道：“该死的，你就不能实话实说吗？”

“钱全都没有了，”卡珀慢慢说，“但是，”——他顿了一下——“可能有替代方案。”

“什么意思？”乔治喊了起来，他的耐心已经用尽了。“如果你有话说，就赶紧痛快地说出来！”

卡珀又给两人的杯子里加了些威士忌。“有个办法，能让您拿回全部的钱，”他严肃地说，“但前提是，您愿意祝我一臂之力。我可以据实相告，但是您必须听我讲讲前后因果，要理解我。喝完这杯酒，我再讲。”

卡珀边说，边饮尽了杯中的酒。“我不打算给自己找理由。您肯定也不想听我在这里啰唆往事，只想知道如何才能改变现在这种情形。您只要知道，我到今天这个下场，都是投机害的。我想结婚，但是业务不够大，赚得很少，因此我没脸向心爱的女子求婚。我并不是想让你同情我，瑟里奇，但是如果你曾经爱过，你就明白我的感受。”

乔治并不擅长感同身受，但听到这番话，他心中的痛苦居然减轻了。如果这个男人想要跟南希结婚，却发现自己没有足够的钱，会是何种心情？当然了，乔治能够理解这意味着什么。

“我到处找钱，但是都没有成功。后来，我觉得自己总是能准确预测股票的涨跌，甚至比自己的股票经纪人更厉害。我觉得自己在那方面有天赋，因此就用一点小钱进行操作。当时，频繁的国际危机帮了我的忙：股价在短期内会快速涨跌。我买入卖出，靠这个挣了一点。我想您能够明白，这会让人上瘾。尽管我手头钱不多，但是我却管理着不少资产。我认为，如果我能用这些钱交易，赚到我用自己的钱操作那样的利润，那我就有钱结婚了。”

“我就不赘述自己的心理挣扎了。我知道这样并不诚实，但对上帝发誓，我本意并不是想窃取这笔钱——只是想借来用用。用客户的钱，我觉得比较安全。我只买自己确认会涨的股票，如果没有涨，也能在亏损之前出手。”

乔治不觉对卡珀生出一丝同情。他自己也有可能会走入这样的境地。他在想，如果自己手头也有大笔钱可供差遣，他应该做得比卡珀好得多……

“有那么一阵，我的操作很赚，胆子也大起来。但很快灾难就降临了。股市发生了一场国际性恐慌，各国股票暴跌。我发现自己距离亏损只差几千英镑。问题就产生了：我要继续持有，还是立即卖出呢？如果卖出的话，那我等于回到原点。如果继续持有，说不定还是能赚上一笔。”

“您可以猜得到后续之事了。股票跌入低谷，我怕全赔进去，于是就卖出了。当时我离亏损只差1000英镑。我想继续在股市赚钱，挽回损失，但不知是我好运气到头，还是已经被失败打击失去胆量，那时起就开始一直亏钱，我已经完蛋了。最后，我把所有钱都凑在一起，孤注一掷：如果输了，情况也不会更糟；如果赢了，说不定能扭转乾坤。最后，我输了。”

房间一时间陷入了寂静，卡珀又倒了一杯酒，一饮而尽。乔治嘟囔着问，“然后呢？”

“其实还剩了一点，当然了，但是我还有其他日常开销，而现在——”卡珀突然又垂头丧气起来，“现在是真的什么都没有了。包括我自己的钱，还有您婶婶的遗产。”

乔治轻哼一声。“你真是太鲁莽了，该死的！”他不禁大叫起来。“你的钱关我什么事？你偷我的钱！这才是最关键的！”

卡珀不以为然地说：“我知道，这我都承认。您还是不明白我的用意。我的意思是，现在，我们是一条绳上的蚂蚱了。”

“是那样就见鬼了！小偷和屋主是同一条绳上的蚂蚱？走着瞧吧！”

“的确如此，”卡珀坚持道，“因为我们现在都陷入了困境，都需要钱。您可以做点什么，瑟里奇。您大可以去告我，但那样您也拿不到钱；或者，您可以把过去抛到脑后，跟我一起把钱弄回来。”

“你还没告诉我怎么做。”乔治不快道。

“时机未到。我希望您先明白，我们的利益是一致的。”

乔治已经沉不住气了。“老天啊，赶紧说吧。这些废话你刚才就说过了。”

“不行，”卡珀坚持说，“您不下定决心，我就不能说。您要起诉我还是与我合作？”

乔治在椅子里局促不安地扭动着。“你完全不透露一点细节，让我怎么答应你？”他又咆哮起来，“你以为我会读心术吗？”

卡珀又沉默了一阵，他神情怪异地看着乔治。然后，他又倒了一杯酒。“喝吧，”他邀请道。乔治僵硬地端起酒杯，卡珀突然换了一种神秘的语调。“我马上就能弄到2.2万英镑，”声音小得几乎听不清。“如果我现在能拿到这笔钱，我们俩就皆大欢喜。”

乔治瞪大眼睛盯着他。“有什么问题？”他最后犹豫地问。

“跟您的情况一样。”卡珀回答。“也是一笔遗产，一位健康状况很差的老人，但他还没死。如果你要知道的话，就是我叔叔，马修·本那比。”

“老天呀！你是他的继承人吗？”

“我是本那比家唯一还在的人了。乔伊思还活着的时候，她理应继承遗产，但她被撞死后，本那比写了新的遗嘱，把遗产都留给了我。”

“是你伪造的？”

“当然不是，别傻了。但我看到了他的遗嘱，这没什么。付完遗产税，大概还能剩下2.2万英镑。等我拿到这笔钱，就和你分。我的贷款利息差不多3000英镑。”

乔治盘算起这件事。“但是，不管怎样，卡珀，”他说，“我能捞到什么好处呢？本那比是年纪大了，身体也不好，但他可能还能活很多年。过了这个时间，再有那么多钱，对我来说也没有意义了。”

卡珀以更加诡异的眼神打量着他。“当然了，他可能能活很多年，”然后顿了一下，又缓缓地张口，“但是，也许也活不了多久。”

“你这是什么意思？”乔治提高了嗓音。

“他年纪这么大了，又非常体弱多病，”卡珀重复着刚才的话，还是那样缓慢的腔调。“如果他死了，不会有人怀疑死因。”

乔治突然直起腰来。“老天爷呀！你在说什么？你知不知道你在暗示什么？”

“只需要发生一件意外。仅此而已，瑟里奇。”

“意外？别卖关子了，卡珀，说明白你的意思。你是暗示让我参与一场谋杀吗？”

卡珀摇了摇头。“没有人做这样的暗示。别傻了。如果真的是谋杀，我们两个谁都得不到这笔钱。是意外，我都想好了。会很突然，但不会有什么痛苦，绝对是一场意外。”

乔治又一次怒火中烧，他非常震惊而且义愤填膺。“该死的，卡珀，你这个卑鄙小人！你想谋杀一位老人，还想拉我下水。”他突然站了起来，“咱们地狱见吧。”他朝门口走去，突然又扭头走了回来。“我已经无法忍受你的所作所为了。但我警告你，如果本那比发生了什么事，我就直接去警察局。我不是什么好人，但也不会堕落到这种程度。”

卡珀也站起身来。“没错，”他说，“那就如您所愿吧。我迫不及待了。不管是哪种方式，我都能再坚持一两年，没关系。”

“你想得美。”乔治回敬道。“提醒你一句，本那比自然死亡以后，我自会得到赔付。但你会一直在监狱里。”

卡珀露出一个冷酷而讽刺的笑容。“好吧，”他揶揄道，“如果您觉得事情会那样发展，那您就去吧。不过等您发现自己竹篮打水一场空，可不要怪我。”

乔治头也不回地冲了出去，猛地甩上了门。他快步跑下楼梯，跳进了车里，将车速开到最快。他是多么痛恨这个满口谎言的无赖！一定要让卡珀去坐牢。第二天他就要去警局报案，要面见警察局长，他认识这位大人物。而且要向局长透露这个混账邪恶的意图。

但第二天，乔治的头脑却比前一晚冷静多了。他觉得如果把掌握的消息汇报给警察局长，自己的事恐怕也会败露。他思考了一整天目前的状况，想得越深入，越感到不安。

比起对卡珀的愤怒，他更在乎的是保住自己的园长之位。现在，每过一分钟，他对此的认知就更加清楚。如果拿不到这笔钱，他的人生就毁了。他开始计算自己的债务，现在欠下的赌债大概有150英镑。接着，还有亚拉伯罕的预付款150英镑，他已经把钱花在装修玫瑰小屋上了。最后，还有玫瑰小屋本身。亚拉伯罕变卖房产，可能卖不出他买下时的价格了。如果说他降价100英镑卖出，那就意味着乔治又多欠他100英镑。根据乔治的估算，这些债务汇总起来，应该差不多400英镑。如果南希继续住在玫瑰小屋，那么他还需要更多钱才能支撑。

乔治越思考这件事对自己幸福生活造成的威胁，就越觉得对卡珀的报复不那么重要了。真正重要的问题是怎么弄到钱，而不是满足他自己报复的私欲。

那天下午，他经过蛇馆的时候，本那比教授正巧从里面出来。乔治大吃一惊，老人气色极差，状态明显已经是江河日下。他又来蛇馆干什么？乔治不耐烦地想。本那比进入蛇馆提取毒液的许可已经被取消，他不应该再来这里了。他怎么还像往常那样长时间待在蛇馆里。这可不行。如果他要胡乱插手，很容易造成意外。

突然，卡珀的建议在他脑中灵光一现。他不知道本那比的情况已经如此糟糕。说实话，老头已经一只脚迈进了坟墓。他已经无法再享受人生，而对动物园的同事来说，也是个潜在的危险因素。如果发生一场没有痛苦的意外……

乔治赶紧打消了这种念头。他到底在想什么？谢天谢地，不论如何，他绝不会做这种谋杀的勾当。

但是，老人的死对他自己和周围的人来说，的确都不是损失，而是一种解脱。话虽如此，但他仍旧憎恨和反对卡珀的阴谋。

他不禁想，卡珀的阴谋到底要如何得逞呢？一起意外，会很突然，但不会有什么痛苦。这样真的不好吗？老人肯定会饱受病魔折磨地死去，情况甚至可能更糟，他可能会神志不清。这个不幸的世界上，有多少可怜人，不惜一切代价，想立刻毫无痛苦地离开这个世界呢？

那么，如果对本那比有益的一件事，还能够让乔治避免被毁于一旦呢？还有南希？还有，如果一切都会好起来呢？

考虑这些可能性的时候，乔治头上汗出如雨。当然不会，他告诉自己，这可是正确和错误这种级别的问题，不论如何，那种行为都是错误的。他内心仿佛在天人交战。在这杆天平上，孰轻孰重？孰轻、孰重呢？

就在内心激烈的斗争中，他又度过了一个无眠的夜晚，到第三天时，乔治又想了很多事。当然，不论出于什么情况，他都不愿意与谋杀扯上关系。但现在他想起，卡珀说会安排“意外”发生……了解一下卡珀的阴谋也好，这对自己也没有什么伤害。如果他真的已经计划好了，乔治就不应该知道……但是，不管怎样，还是问问为好。问一句又不会有什么问题。

当晚，乔治找了一个僻静的电话亭，打给卡珀约他见面。但是他把手伸向话筒时，却又觉得烦乱而别扭。面前似乎有一个选择：做好人还是坏人。他说服自己，这些行为只是出于好奇，想了解一下卡珀的计划。但内心深处，乔治知道，这个电话将使他面临人生之中最为重要的一个抉择。他的所作所为，已经不可能再回头了。

小时候上过的宗教课程，儿时学到的一些东西突然生动地出现在他脑海中。当然，他早就不再信那一套了，但现在，这些回忆在敦促他回家，立即停手，别迈出这一步。

有一会儿，乔治完全不知所措。但渐渐地，他又恢复了理智。这都是恐惧心理在作祟吧。问问卡珀的计划，不会对自己造成任何实质性的伤害。如果这个计划非常糟糕，那也跟他没什么关系。

现在，他不再犹豫了，于是立即拿起电话，与卡珀约了第二天晚上的会面。

打完电话后的一整天，乔治都是在不安之中度过的，但是他认为这都是自己胆子太小。晚饭后，他又租了那辆格纳特去了博山姆，还是停在上次那条小路上。他决定严厉地对待卡珀的提议，如果有任何道德不容之处，都绝对不会接受。

律师面无表情地将他迎进了屋子。“很高兴您来了，”他边说，边帮乔治脱下外套，“您可能不会喜欢我的计划，甚至完全否定。但我们现在情况都很糟糕，我想至少聊一聊吧。”

“我可没有要加入的意思。”乔治非常坚决地挑明了态度。

“当然了。”卡珀镇静地说，“您可能能接受，也可能接受不了。请上楼吧。”

两人端着威士忌苏打坐定，卡珀用他那双狡猾的眼睛打量着乔治。思考再三后，他说出了乔治早前就想到的情形。

“当然了，您知道我们两人面对的是糟与更糟的抉择吧？这并非是对与错的选择，而是两害相较取其轻。”

如他算计过的，这番话和他认真的态度触动了乔治。乔治谢谢卡珀的理解，说他显然是想做正确的事。如此一来，他对卡珀的敌意也就打消了七八分。

“不必婆婆妈妈的，”他回答道，“我心里也非常清楚。继续说吧，我来听听你的计划。”

“那好吧，”卡珀回答道，“如果您想让我直接一点，那我就直说了。我不肯告诉您计划详情皆因我把您拖入这一摊泥潭，如果您有任何问题，我都该独自面对此事。”

“我得再了解些详情才能知道。”乔治又说。

“当然了。我保证您只需要参与很小的一部分。痛快跟您说吧，瑟里奇先生，您就能明白，我这么小心谨慎也是出于对自己安全的考虑。我不是说您会泄露我的秘密：我完全信任您；但是这毕竟是交易，而针对一般交易而言，您也必须有足够的参与度来证明您的诚意。毕竟，我要承担的是99%的风险。”

乔治点了点头，“说吧。”

“您，”卡珀接着道，“需要做四件事情，只有这四件。首先，您要按我所说的办法，先假装钥匙丢了，然后又找到了；其次，您要获取一些蛇的毒液，最好是小型蛇类；再次，从蛇馆拿一条同种的蛇，将它淹死；最后，将毒液和死蛇寄给我，就这样。”

“然后你要怎么做？”

“那个嘛，出于您自身安全考虑，您不能知道。不过要发生的事情就是，第二天晚上，我的叔叔会被蛇咬后中毒死亡。”

乔治不耐烦地挪动了一下。“但是，浑蛋，他怎么会被蛇咬呢？蛇明明已经死了。”

卡珀点了点头。“没错，那么您就会觉得非常无辜了。”

乔治犹豫了。听起来，这是一件很可怕的事。被蛇咬伤中毒致死，速度的确很快，但是也会非常痛苦。无论如何，他都不该同意做这件事。

“我不喜欢这个主意。”他说道，“事实上，不管你的计划如何，我都非常厌恶，绝不会发表任何评论。”

“不会引起怀疑的。”卡珀一针见血，“事实会很清楚，我叔叔不满意您拒绝他再借用蛇馆的设备，偷了一条蛇回家做试验。结果蛇逃跑并咬了他。”

乔治摇了摇头，沮丧地说：“这也可能引起怀疑。”

“好吧，就算会引起怀疑又怎样呢？警方也不会把嫌疑转向您，有两个理由。第一，尽管可能是您偷走了蛇，您也没办法让它咬伤本那比。在那件事发生时，我会为您安排好绝对的不在场证明。第二，他们也没有理由怀疑您，因为您没有动机。没人会知道我将您的股票卖出的事。您要知道，在得到遗嘱认证说明之前，您都无法使用这笔遗产。而我叔叔的遗产，会尽快办理完认证手续，这样我就能赶上您本该得到遗产的时间，将那笔钱还给您。”

“在那之前我就需要一些钱。”

“我叔叔死后，我预计应该能立刻继承三四千英镑。到时候立刻先给您几千英镑。”

“但万一你被警方怀疑，我们俩共谋之事暴露呢？”

“我不会被怀疑的，因为，虽然我有着明显的动机，但我既弄不到毒液，也弄不到蛇。”

“我想知道你的计划。”乔治坚持说。

卡珀狡猾地笑了。“只有您真的不知道，警方调查时您才显得更真诚。”他回答，在这一点上他绝对不让步。

乔治心里非常沮丧。卡珀的计谋似乎很安全——对他而言。只要卡珀偷卖股票的事情不暴露——当然这种事原本就不该发生——那么他的确不会引起怀疑。而且他也不会亲自下手：实际上，他根本不知情。他的部分只是几个无伤大雅的举动。的确，这样的话他就得从动物园偷条蛇，不过说真的，这么多年为动物园尽心尽力地付出，拿一条蛇也是理所应当吧？

如果拒绝这个计划呢？乔治再一次看到了幸福生活毁灭的场景。失去南希，南希的苦难，失去自己的工作……

没错，两害相权，都令人感到厌恶和肮脏。那么，哪一个更轻呢？

乔治还想再拖一拖。“你说让我参与，对你来说是一种保障。那反过来呢？怎么样，如果形势对你有利，从交易的角度说，你又绝对不会出卖我吗？”

卡珀见已基本说服了乔治，不禁露出微笑。“这不难想象。”他用愉悦的口吻说道，“以我的角度看，有四点考虑。第一，您不会出卖我，因为您给我提供了毒液和蛇；第二，我也不会出卖您，因为我用您给我的东西毒死了本那比，如果任何一个人泄密，势必会暴露自己；第三，我不能拒绝向您还债，因为如果这样，您会起诉我偷卖您的股票；第四，您也不可能从我这里拿到比债务更多的钱，因为我们双方持有的文件已经写明金额。所以，我们两人都是绝对安全的。当然了，我承诺再多付您2500英镑，这个没有保障，但不论如何我都会付给您的。”

“那个倒不是我担心的重点。”乔治承认。

卡珀又倒上威士忌，靠了过来。“那就没问题了，我们谈谈您那部分的细节吧。先是您的钥匙的问题。我先说那扇小门的事……”两人的头慢慢地凑到了一起。

过了午夜，乔治才离开卡珀的住处。他发现自己已经是箭在弦上，蠢蠢欲动了。

第九章

采取行动

乔治脑子里乱成一团，失魂落魄地开车回到家。本那比之死已经被设计好了，而他却备感后悔。更确切地说，他在两种想法之间徘徊，一会儿对面前这条路感到恐惧与厌恶，一会儿却又心生感激，这样做能让他避免面临更糟糕的结果。

他觉得自己应该开始行动了，一方面是为结束自己的麻烦，另一方面是想尽快将这件可怕的事抛诸脑后。

首先要处理的便是钥匙的问题，卡珀已经跟他讲了所有细节。这一件事必须立即实施。卡珀想让此事尽早发生，以便与本那比的意外拉开时间距离，这样二者间的联系也不会太过明显。

乔治的钥匙扣上，除了自家房子的钥匙，还有办公室门、保险柜、办公桌柜子等各种动物园用到的钥匙。一把能打开动物园大门，一把能打开本那比家旁边那道侧门，此外还有在两扇门之间，用于打开全部动物园场馆的三把主钥匙。这些钥匙都很小，而乔治整天钥匙不离身，就是为了随时随地出入动物园，或者在必要的时候及时查看动物及场馆。在解释计划之前，卡珀问过他带着哪些钥匙，而且似乎对乔治的回答非常满意。

乔治开始想使用侧门的借口。我们之前解释过这扇门，很小，仅供行人通过。它位于蛇馆旁边，能够直通到本那比家附近的那条路。它并不对外向大众开放，而是出于业务目的保留着，长时间都处于上锁的状态。为了让本那比做研究时不必绕主干道走一圈，曾给了他一把这扇门的钥匙。而前不久撤销他去蛇馆研究的权限时，出于照顾他心情的考虑，钥匙并没有收回。

最终，乔治找到了一个借口：他的艺术家朋友理查德·莫宁顿生病了。乔治常常跟莫宁顿一起去俱乐部吃午餐，这位艺术家住在本那比家附近，而从他家去动物园最近的路，也是通过动物园的那扇侧门。此前，乔治对莫宁顿并不上心，正常情况下，他恐怕永远都不会去拜访莫宁顿，但是现在他突然感到这段友谊值得去登门拜访一下。

那天下午他便去拜访了莫宁顿，与他坐了半个小时，这让莫宁顿有点受宠若惊。他步行回到动物园，用钥匙打开了那扇侧门，通过后又关上了门。但是，他却不小心忘记收回那串钥匙了。

回到办公室后又过了半小时，乔治决定打开保险柜看看。他在衣袋里摸索着钥匙，结果却发现钥匙不见了！他嘟嘟囔囔地在办公室找了一圈，没有收获，又找秘书询问。

“你看到我的钥匙了吗，赫普沃思女士？”他问，“我好像把钥匙丢在哪里了。”

秘书有点不满地看着他，但回答自己并没有看到。“您最后用钥匙是什么时候？”她的语气里似乎还带着责备。

“这个嘛，我要是知道就好了。”他笑道，“午饭前我还用过，那个时候还开过保险柜。我记得出门前锁上了保险柜的。”

“没错，我记得您午餐前开了保险柜。”她承认道，完全没帮上任何忙。

“然后午饭后，我去拜访了莫宁顿先生。他生病了，你知道的。我走的是侧门那条小路，当时还用了钥匙开门。我肯定把钥匙带回来了，但是之后就似乎没有印象用过了。”

“您可能把钥匙掉在哪里了。”她猜测着，好像在责备一个顽皮的孩子。

“我想是的。”乔治谦和地回答道，“钥匙的确不在这里，在办公室周围找找吧。”

他又摸了摸衣服的口袋，而秘书则灵巧而敏锐地又在房间和家具上搜寻了一遍。现在，两个人都还一无所获。

“如果是掉在园子里的话，肯定会有人发现的。最好把泰勒叫进来。”

秘书安静地出去了，他听见她在打电话。不多久，一个身穿蓝色制服的可靠年轻人出现了。这位是动物园的首席看守员。他的工作是尽可能避免有人损坏动物园的花卉、灌木丛等各类户外设施。

“我干了件蠢事，泰勒。”乔治解释道，“我把钥匙给弄丢了。钥匙扣上大概有8把钥匙，很小，耶鲁式的。”

“遵命，先生。您还记得是在哪里丢的吗？”

乔治笑了：“这我可真帮不上忙。半个小时前我从侧门回来的时候还用了钥匙，当时肯定还在手里。然后我直接就来这里了，但我找钥匙的时候，发现钥匙不见了。可能是把钥匙掉在园子里了，能不能麻烦你找人帮我找找。”

年轻人敬了个礼就出去了，留下乔治一个人在那里沉思。他不是很清楚卡珀要求他这样做的动机。不可能是他授意某人偷走钥匙或给什么人留下印象，因为时间实在太短，不可能发生什么事。然而他给乔治的指示，是让他把钥匙落在侧门门外那一面，而这的确可能是为了偷走钥匙。肯定是为了让某个人能够有机会进入蛇馆，因为他坚持钥匙扣上必须有一把蛇馆的钥匙。

乔治继续做手边的事，不过多少有些心不在焉。绝对不能让赫普沃思女士起疑。乔治感到，骗过精明的赫普沃思女士，大概算是这辈子最难的一件事。她能力出众，而这现在却成了乔治的威胁。

不一会儿，泰勒回来了，用手指提着那串钥匙。

“在门上找到的，先生，在侧门。”

乔治的惊讶也恰如其分。“老天！”他大喊一声，“我真是要成老人家了。是在门锁上吗？”

“就在门锁上，先生，外面那一侧。”

乔治摇了摇头。“天知道我怎么会把这个给忘了的！不过还好，似乎没造成什么损失。谢谢你了，泰勒，帮我找到钥匙真是太好了。”

后来，尽管乔治有时还会担心卡珀的计划有缺陷，但他对自己迈出的第一步相当满意。截至目前，他做的事情，应该不会被人注意。他也有一套说辞，解释自己为何会落掉钥匙——卡珀跟他大概讲过，原因合情合理。如果第二步，也能像这一步那么顺利的话，他应该会很安全。

第二步是偷走并溺死一条蛇、收集毒液并将二者寄给卡珀。其实，这也是他要做的最后一步了，因为这几个问题需要同时处理。

不知为何，卡珀坚持要在某个周二晚上完成这件事。

而且那天傍晚，本那比一定要在蛇馆逗留过才可以。所以每周周二的下午，乔治都要留心蛇馆的动静。两人达成统一，只要本那比一出现，乔治就行动，不可延误。

那是一个周四，距离创造谋杀的可能还有五天。与此同时，乔治需要做些准备工作。到了周六，乔治便趁自己去伦敦之机，将这些事一一办理妥当。

他出差是去伦敦动物园，等事情办完，他去了东区，买了一双运动鞋、橡胶手套和其他一些小玩意儿：9米长的细绳，他让店员帮他在细绳一端系上一个小钩子。然后，他将绳子每隔30厘米打一个结。之后，他又买了照明灯、便携式梯子——方便他从卧室窗户下到院子里。家里老旧的楼梯声响太大，他怕惊动别人。最后，乔治将绳子放在手提箱里拎上楼，然后又把箱子锁在房间的抽屉里。

到了周二下午，他找借口去了蛇馆附近能观察里面情况的地方，但没有直接进蛇馆。本那比并没有出现，这不禁让他松了一口气，但又感到有些失望。也因此，在动手之前，他又能拖一周时间。

接下来的那个周二，他又出去探查情况，这次乔治看到本那比走进了蛇馆。他假作在周围忙碌，看到本那比像往常一样，在关门前25分钟离开了蛇馆，从侧门回了家。

那么今晚，他就必须付诸行动了，这或许是乔治一生中最为重要的时刻。今晚一旦行动就覆水难收，他将成为谋杀案的帮凶。

事实上，他也不愿现在回头。了解卡珀的计划后，他的恐惧心理随之消失了，而怕自己在经济上破产的念头渐渐占了上风。

那天晚上，乔治的首要目标就是做到一切如常。他必须继续做他惯常会做的事，说惯常会说的话，决不能暴露出自己的焦虑。简而言之，当晚，他绝对不能让克拉丽莎、赫普沃思女士或其他任何人起疑——在事后回忆说："那天晚上他好像一直很兴奋。"

他终于挨到睡觉时间，相信自己一直隐瞒得很好。晚餐时的谈话非常正常。饭后，他在惯常的时间在客厅里读晚报，然后又如同往常一样去书房。接着，他回到客厅喝了一杯，还跟克拉丽莎闲聊了几句。

但等回到卧室后，乔治的举动可就不再正常了。他先是轻轻地锁上门，换上买好的衣服：黑色的衣裤、袜子和运动鞋，又将之后要用到的厚橡胶手套及带面具的黑帽子也准备妥当。然后，他将床铺弄乱，拿出手电筒，坐着等待自己惯常熄灯的时间。

时间到了。乔治打开手电筒，关上卧室的大灯，拿出了打好结的绳索。他一点点拉开窗帘，推开了相邻的两扇窗。窗户上装有引线灯和竖框，因此推开后有一根竖框可以拴绳子。乔治在竖框上缠了几件衣服，又把钩子挂在衣服上，这样就能保证在下去的时候，绳子不会把窗框上的油漆蹭掉。做好准备后，他又一次开始了等待。

坐在寂静的黑暗中，乔治前所未有地感受到了时间的煎熬。他简直不敢相信，时间会这么地漫长。他盯着自己的夜光表，决定半个小时后再看一次，没想到再看时，竟然只过了四五分钟。他像囚犯那样，掐着表算时间：囚犯该会多么害怕！他还体会到一种截然相反的情形：那些等待死刑的死囚，又该惊觉时间是多么地快速和无情，一眨眼就到了最后一刻。这种想法不知不觉中进入脑海，让他惊慌不已。有那么一阵儿，他感觉非常难受，直冒冷汗。于是他用颤抖的手，掏出了放在口袋里的酒瓶，啜了一口。这酒是预先准备好壮胆的。他也不敢喝多，以免喝多误事。

威士忌下肚，他心里稍感安稳，情绪也平复不少。他朝着打开的窗户看去，心中暗自鼓劲：至少天公作美。的确是极少能遇到的一个好天气的夜晚。外面很黑，却不是一片漆黑。虽然没有月亮，但天空晴朗，稀疏的星星散发出恰到好处的光亮。几天没有下过雨了，土地较为硬实，也不容易留下脚印。而且，外面有点微风，树叶沙沙作响，似乎能掩盖他发出的轻微的动静，却又不至于吹乱窗帘，这样他也就不用关窗了。

他一遍又一遍地审视着即将进行的事项，好让自己不要忘记任何东西。他觉得应该不难。他只需从容将事情做完，一切就结束了。

上个周二，他给卡珀去了一通电话，用暗号与他沟通当晚不能送蛇的情况。除此之外，在那次重要的会面后，乔治就再也没有跟卡珀联系过。他告诉自己，那通电话将是他与卡珀联系的最后一通电话。今晚，他的工作就完成了。

经过漫长的等待，手表上的分针终于指向了凌晨1:30，至关重要的行动时刻终于到来。乔治环视四周无人，便无声无息地从窗户爬了出去，用绳子缓缓落到地上。

他现在马上要遇到的危险，就是巡逻的守夜人。不过，他熟悉守夜人巡查的路线，避开他应该不是问题。乔治一路顺利地到达办公室，开门进去，从保险柜里拿出了他早就准备好的东西：一个小药瓶；一根普腊瓦注射器；一种特制钳子，末端绑着皮环，用来固定蛇脖子将其拎起来；还有新的螺旋夹。他将这几样工具塞进衣服里，走出了办公室，偷偷摸摸地向蛇馆走去。

现在，他神经紧绷，如同惊弓之鸟，一有可疑响动，都会马上蹲在灌木丛里。不过，这一切都只是他大惊小怪，乔治不声不响地到达了目的地。等他安全进入，便立刻锁上了门。

他已经成功解决了自己面临的一个主要问题：选取哪种蛇。这种蛇一定要够小，才能放进包裹，通过信箱寄出，不仅如此，其毒液必须能快速致死。他决定选体型最小的蝰蛇。这种最能符合卡珀的要求，且这种蛇行动缓慢，相对较容易捕获。再者，笼子里有四条蝰蛇，它们也总是缠绕在一起，这样即便不见了一条，饲养员也不大可能立刻发现。

接下来，乔治要进行的是本次行动中最为关键的一环，他的情绪倒镇定下来。乔治绕到笼子后面饲养员专用的小道上，把关着蝰蛇的金属门打开，将钳子伸进去，熟练地用锁套套住选中的毒蛇头，把它拎了出来。蛇在不停地扭动卷曲，但脖子还是稳稳地被套住。它受到惊吓，出于愤怒和恐惧，毒牙分泌出了毒液，乔治立刻用普腊瓦注射器引流，并把毒液收集到了小药瓶中——这样一来，他在蛇馆的工作就算完成。接着，他悄悄溜了出去，关上了蛇馆的门。

乔治拎着那条盘绕的蛇，又一次来到了办公室。进展比他预想得要快，在蛇馆的行动耗时不超过10分钟。最难的部分已经完成了，他现在只需把淹死后的蛇通过邮局寄给卡珀，工作就算完成了。

突然，乔治大吃一惊，心脏差点停跳一拍，他浑身僵硬地站在原地，动弹不得。

就在他面前50米处，有微弱的灯光在闪烁，是守夜人来了。这条路尽头，是一些草本植物，后面是灌木丛。乔治屏息凝神，踮着脚跨过草本植物，蜷伏在茂密的常青灌木之后。他因为害怕而汗如雨下，大气都不敢出一声，而守夜人那沉重的脚步声越来越近了。毒蛇还在发出愤怒的咝咝声，乔治惊慌失措，唯恐被守夜人听到。不过，脚步声渐行渐远，最终听不到声音了。乔治松了一口气，危险的境况终于结束了。

为避免再生变数，乔治迅速来到办公室后面放着水桶的地方。他将手电筒架好，将钳子的一端固定在水桶上，而另一端用螺丝刀拧紧钳子把手，把毒蛇头部浸入水里。蛇很难被淹死，他得将它放好一阵才行。

乔治也不确定究竟要多久。他预计差不多要一个小时，所以决定再多泡一个小时为好。乔治用的是盒子，蛇不大可能会跑出来，且他也警告卡珀打开包裹时要万分小心，因此蛇问题应该不大。

不过，在他最后将钳子拿起来的时候，蛇似乎已经死了。它软绵绵地垂下来，一动也不动。乔治将它晾干，带回了办公室，又装进一个旧烟草罐里。因为货物都要经过邮政的大型接收机，装进硬的罐子里不容易损坏。另外，他还在蛇卷成的小环中放上药棉做填充，保证稳固。最后，乔治把毒液的小药瓶放在上面，还把钳子和夹子也单独打包装起来。

现在，还有件危险的事情要做。想找到能够投递大罐子的邮筒，乔治需要带着包裹朝市中心的方向走上800多米，而且此过程不能被人看到。

乔治战战兢兢地穿过花园，又从侧门出去，无声无息地沿着空无一人的街道快步向前。现在已经是凌晨4点多，部分早起工作的工人很快就会出门了。不过，他倒是很幸运，一路也没有遇到什么行人。有那么一下子，他好像听到巡警走过来的脚步声，于是便赶紧绕道而行。过河时，他将提取毒液的工具包裹扔进了河里。随着包裹沉入河底，他会被发现的最后一丝可能也消失了。

带着这种如释重负的感觉，乔治悄悄地回到了动物园。他走到家，用绳索爬上去，收起绳索，把夜行衣装进公文包，这一系列动作只用了几分钟。然后，他关上窗户，拉好窗帘，轻轻地躺进了被子里，对自己完美执行了计划感到满意。

但与此同时，一种不安的感觉仍旧在侵蚀着他。

第十章

编造谎言

乔治断断续续地睡了一会儿，但一直被梦境所扰，醒来时满心沮丧，不知道是为什么。有那么一瞬间，他迷迷糊糊不知所处，然后记忆便如潮水一般涌上来，让他打了个寒战。

今天估计会很糟糕，没错！蛇丢失的事情一定很快就会被发现，那就是考验他的时刻。他由衷希望自己能够受得住考验，反复在心里演练自己的计划，但他明白，让自己的故事被人信服并非易事。

他要度过的最艰难的时光，恐怕现在才刚要开始。从他下楼、收到蛇馆饲养员的报告开始，之后的整个过程他必须表现得一切如常。蛇不见了的话，他绝对会非常生气，所以听到这个消息，他的行为倒不需要特别小心。然后，他该显现出一点焦虑。

还有个潜在的危险就是他可能显示自己知道过多的事情。若是在毫无防备时提起什么自己不该知道的事，那他跟卡珀可就完了。太容易引起怀疑了。最不起眼的线索可能最有力，而且一旦引起怀疑，警方一定会没日没夜地追踪调查。

乔治顿时慌乱起来，最后他还是坚定地将自己拉回现实。就算是调查，也几乎不可能把自己拖下水，他一直非常仔细。如果引起了怀疑，也没人能证明这是他做的。他还需要做的一件事就是处理掉打了结的绳子。整个下午，他都想开车去乡下，把绳子扔进欧洛普山某处的沟壑里。就算被发现，也只会被认为是爬山者丢弃的。

他认为早晨与克拉丽莎吃早餐时，自己行为举止一切正常。幸运的是两人都习惯在早餐时各看各的报纸，他看*《每日电讯报》*，克拉丽莎看*《每日邮报》*。乔治尽量不让自己显得急躁，他拿起*《每日电讯报》*，埋首其中。尽管他强迫自己正常吃饭，像往常那样对时事评头论足，其实心里已经乱作一团。丢蛇的事什么时候才会被发现？蛇馆饲养员内斯比特应该已经工作一会儿了，他随时可能前来汇报。

事实上，乔治吃完了培根，觉得根本再也吃不下的时候，他在等待的那个时刻到来了——门铃响了。会发生的事情他再熟悉不过：他听到简穿过走廊的脚步声，听到挡雨板哗啦在地板上的声音，听到了有人低语（见鬼了！怎么没完没了地说话），最后，简的脚步终于接近了，接着是门被推开的声音，然后传来她的声音："饲养员内斯比特想见您，先生。"

"让他等着。"克拉丽莎严厉地说，"你不是早餐后就要去办公室吗？"

"不，不必，我还是见他一面吧，"乔治答道，"要不是急事他也不会来的。"

女仆退了下去，乔治费了好大劲才假作悠闲地吃完了面前的烤面包，喝光了咖啡。然后他还是不紧不慢地站起身来，离开了餐厅。内斯比特站在走廊上，手中拿着帽子。

"抱歉打扰您了，先生。"他还没等乔治开口问早安，便急切地说道，"但是蛇馆里少了一条蛇。"

乔治瞪大了眼睛。"少了一条蛇？"他重复道，"什么意思，内斯比特？"

"是真的，先生。"饲养员又说道，"一条蝰蛇不见了。我们原本有四条，您知道的，昨天都还好好的呢，今早一看，只剩三条了。"

乔治努力做出一副惊讶的样子。"老天爷！蝰蛇不见了！怎么跑出去的？笼子是开着的吗？"

内斯比特使劲摇头。"没有，先生，像往常一样，各处都是关闭的。蛇馆的门锁着，笼子也锁着。”

乔治想表现出疑惑，“但是，该死的，这不可能啊！你肯定是弄错了。”

“我非常确定少了一条蝰蛇，先生。”他坚定地重申，“不信您自己来看。”

“我现在就去。你怎么做的？采取任何措施了吗？”

“我锁上了蛇馆的门，这样至少蛇不会逃出蛇馆。然后我去了您的办公室，但是没找到人。我想应该马上通知您，所以就立刻过来了。”

乔治神情更加严肃，两分钟后，两人急匆匆地穿过花园。

“我真的不明白，”乔治边走边说，语气十分困惑，“告诉我，你确定这条蛇没有逃出蛇馆吗？”

“我想没有，先生。当然，我一时情急也没有寻找，但我确信，如果蛇逃出去了，我会看到的。”

乔治点了点头。内斯比特已经说出足够多让他假作焦虑的情况了。

“听着。”他突然说，“我们在蛇馆里布一些网，以防它还在蛇馆里游走。去办公室，米利肯在那里（动物园饲养员主管），”他指着突然出现在狮子馆后面的一个人说，“告诉他发生的情况，让他再找一两个人帮我们找。”

内斯比特办完上述事项，又在蛇馆门口与乔治会合。“为了防止在我们进入的时候蛇溜出去，”乔治继续说道——他突然在这种角色扮演游戏中感受到一种奇怪的快感。他努力地试图忘却发生在这里的事情，让自己相信真有一条蝰蛇丢失。他已经发现，这也是让自己表现更为自然的最佳方式。

乔治环顾左右，走向笼子，透过玻璃看了一眼。“你数得没错。”他很快地说，“只有三条蛇了。来看看第四条怎么跑出来的吧。”

两人沿着公共橱窗转到后面的饲养员专用通道。

乔治口中虽然这样说，但他知道，也知道内斯比特知道，蛇想逃出来几乎是不可能的事。笼子是钢筋混凝土铸造的——由整块石料打造，事实上，动物园嵌入混凝土中的公共橱窗，也是双层玻璃板，非常坚固。背面的饲养员专用通道一侧，离地面1.8米处，有一个30厘米×22厘米的开口，上面有一扇可滑动的钢制门也紧闭着。门上方有个用于查看的窗口，也是用玻璃密封打不开的。最后，蛇馆的屋顶，有一个盖子，也不常打开。

没有外力帮助，蛇只能从地面爬到较低的高度。想逃出这里，没有两天时间是不行的。如果可滑动的钢制门没关或者玻璃橱窗破损，它们倒是有可能逃出去，除此之外没有任何办法。它们绝无可能爬到查看窗或者屋顶。

“肯定是门开了。”乔治拉了拉门把手，简短地说，

“现在是好好地关着呢。你今早来的时候关的吗？”

“我试了试是否灵活，先打开又关上看好不好使。”内斯比特诚恳地说，“一切都如您现在所见的那样，我发誓。”

“我不是怀疑你，内斯比特。”乔治直白地说，语气非常严肃。“但是如果不是你开的，那肯定是有人打开的。”

饲养员有点慌乱。“我知道，先生。我也非常困惑，我不明白这是怎么发生的。”

突然传来一阵敲门声，米利肯和另外一个饲养员穆恩走了进来，他们手里也拿着网。

“我们想找到这条蛇，在有人被咬之前将它捉回笼子里。”乔治跟他们说，“肯定在蛇馆附近。”

半个小时后，四个人停止了寻找，愤怒而又困惑。

“蛇不在楼里，先生。”米利肯说出了大家的心声。

“没错。”乔治同意这个说法，“恐怕我们必须承认此事，那么就又有问题了，它在哪里呢？”

“这个嘛，如果不在这里。”米利肯刚开口却又停住了。

“说吧，米利肯？”

“我想说它肯定是溜出去了，先生，但这似乎是很愚蠢的事。”

“或许吧。”乔治承认说，“但还是很中肯。内斯比特，恐怕你开门的时候蛇溜出去了，的确不容易看到。”

“真的非常抱歉，先生。”内斯比特道歉说，“但我真的不知道它会跑出去。”

“当然了，”乔治和颜悦色地回答，“你不必自责。不过，这件事还是会引起一些让人心烦的问题。这条蛇究竟是怎么从如此结实而又看守严密的笼子里逃脱的？它现在在哪里？我们该怎么办？我想先抛下前两个问题不看，集中精力解决第三个问题。你们有没有想到，如果蛇逃到外面，那么动物园就不再安全了？”

“我在考虑此事，先生。”米利肯说，“我们应该警示员工。”

“没错，内斯比特和穆恩，请二位即刻去通知。最好也跟大家说一下，在办公室集合，我们组织人手再详查一下。”他们一起走了出去，内斯比特还在锁门，乔治继续说，“我看看，现在是9:30，我们是10点开门。在此之前我们得决定好，今天是不是不开园更好一些。”

“我也是这么想的，先生。”

乔治其实已经决定了自己下一步的行动，但他认为最好先把自己的想法跟大家说一下，让他们以为这也是自己刚刚想到的。他非常清楚，如果一条危险的毒蛇真的失踪了，那就不该让游客再进入动物园。他还认为应该告诉公众禁止他们入园的原因，不过这要先与委员会主席，柯克曼上校商讨一下，让他尽早知道此事为好。因此一到办公室，他就给柯克曼先生打了电话。

上校先生吃了一惊。“但是，我的老天啊，瑟里奇，”他大声说，“这真让人无法理解。如果笼子如你所说坚不可破，那这条蛇*不可能*逃出去啊！”

“我同意您的推测，先生。”乔治回答道，“但是现在已经没工夫思考这件事了，我们必须集中精力将蛇抓回来。我正组织搜索小队，并且决定，如果您也赞同的话，在找到这条蛇之前，不对外开放动物园。问题就是，是否应该让公众知道真正的原因呢？”

电话那头好久没有作声。然后上校说，他会即刻赶到动物园，与乔治商量此事。

饲养员与园丁们都被召集到一起，乔治将他们分成几个小队，给各小队安排了负责搜索的区域。看着他们纷纷离去，乔治又让赫普沃思女士起草要贴在各大门处的通知，内容为：委员会十分抱歉地通知各位，由于动物园不慎丢失一条蛇，动物园将采取预防措施关闭，等抓到蛇并确保安全后，再重新开园。

乔治欣慰地发现，这些活动让他的紧张不翼而飞。现在，他也几乎相信，蛇是真的逃跑了，而且这一阵子，他都在努力让人相信，自己对此事也完全不知情。

柯克曼上校——动物园集团委员会的主席，于9:55抵达动物园，同意了乔治让秘书草拟的通知。这些通知立刻被张贴在各个大门处，然后所有园门都按照指示关上了。之后，乔治又与内斯比特、米利肯一道，指引上校去蛇馆再次检查饲养蝰蛇的笼子。

只有一种可能——乔治与上校返回办公室的时候，他们不再回避这个问题了。

柯克曼先提起此事，他问乔治是否觉得是有人故意将蛇放出去了。

“我也不得不承认，”乔治严肃地说，“我第一次检查后就觉得是如此了。事实上，正因如此，我才给您打电话，现在我只是等您同意让我给警察打电话。”

柯克曼看着他。“您认为事态这么严重吗？”他问，“不过，我想您说得对。能请您给警察打电话吗？”

乔治给警察打过电话后，上校又说：“请坐吧，我们来讨论一下。不是有人故意偷走，就是悄悄将其放出来了。怎么会这样呢？到底有什么动机呢？”

乔治摇了摇头。“我觉得没什么动机。”他说，“没准儿就是某人的疯狂举动。”

“一个能进入蛇馆的疯子——换句话说，谁有蛇馆的钥匙呢？哪些人有蛇馆的钥匙呢，瑟里奇？”

乔治相信集中精力想一件事情，你的思绪别人也会感知到，所以现在他聚精会神地想着本那比教授。与此同时，他也向上校声明，就他所知没有任何未经批准的人可以接触到蛇。

柯克曼没有回答，乔治又接着聚精会神地想本那比。

这一次，他的努力起了作用。柯克曼俯身向前，悄悄地跟他耳语，“会不会是那位老教授呢？”他意味深长地问，“他有钥匙，对吧？”

乔治摇了摇头。“从理论上说是有可能，”他承认，“但是我不觉得是老教授做的。他是个很有原则的人，我相信他不会做这种事的。”

“这也是我的想法，”柯克曼同意乔治的看法，不过他停顿一下又说，“会不会是内斯比特呢？假设他有什么目的呢？你了不了解这个人？”

“除了工作我对他了解并不多。但我完全没有理由怀疑他；事实上，恰恰相反，我相信他是个正直的好人，不会做这种事的。”

“每个人都可能会被收买，价格不同罢了。”上校阴郁地说。

“哦，您说得没错。”乔治同意他的看法，“就算您和我也都有嫌疑。但是这是不可能的，所以内斯比特也是如此。”

“还有其他可能性吗？”

乔治犹豫了。他不能太快回答这个问题。两人现在谈得很投机，必须保持这种气氛。如乔治所愿，柯克曼已经在他的引导下做出了所有他需要的猜测，而他自己却没有去怀疑任何人。他一直表现出无辜而高尚的样子，确信柯克曼会记住此事，并在之后做出有利于他的供述。

“的确有这些可能性。”他含糊地回答道，“动物园大多数职员都能够获得钥匙的印模。比如说米利肯，他自己也有一副钥匙。肯定有人拿到他或内斯比特的钥匙。但是我不会怀疑任何人。”

“米利肯会不会监守自盗呢？”

“不会，我相信他是无辜的，他是个老好人。”

几分钟后，两位衣冠楚楚的年轻人来到办公室，自我介绍说是伯明顿市警局的兰金督察和雷斯布里德警官。两人看起来很有能力，穿着便衣，言谈举止简单有礼。乔治与他们见面后，介绍了柯克曼上校，又叫来内斯比特带他们去了蛇馆。路上，乔治简要地解释了发生的事。

两位警官了解事实经过的方式让乔治很惊讶。他们静静地听乔治描述，偶尔问一两个中肯的问题，然后说应该对笼子再进行一次检查。

“我希望蛇没有藏在笼子附近？”督察问道，同时露出一个苦笑，“我们可不想干饲养员的工作，我想您能理解。”

“如果两位能找到的话，可真是让我们心里一块大石头落地了。”乔治安慰说，“但我觉得两位不必担心，我们之前仔细搜索过的。”

乔治又一次惊叹于两位警官的尽忠职守。他们显然非常担心会从什么意想不到的地方窜出一条致命毒蛇。但他们的动作却丝毫没有犹豫。虽然非常不情愿，但还是稳扎稳打地开始了调查工作。

仅仅一早上，饲养蝰蛇的笼子已经被仔细检查第三遍了。兰金从门上和锁上提取了指纹，听说内斯比特早上用手摸过门和锁后，他有点不高兴。

“您破坏了获取窃贼指纹的机会。”他语带责备地说，“我想这些*是*您的指纹？一会儿我们要拿它跟您的指纹做比较。”

两人对整个蛇馆做了非常细致的调查。他们在大门上撒了显现指纹的粉末，获取指纹后拍了照片，另外还有门把手等各处他们认为粗心大意的窃贼会留下指纹的地方，都进行了调查。

“我现在想把提取到的指纹与您这里员工的指纹进行对比。”督察接着说，“或许，先生，如果您能带头做个榜样的话，您的员工也会比较好接受。可以先从您这里开始对比吗？”

乔治立刻答应了，心想多亏自己带了橡胶手套。在他的带动下，其他人也纷纷效仿，配合调查。

“接着，我需要相关人员的口供。”督察继续说，“或许可以从饲养员内斯比特先生这里开始。内斯比特先生，您能详细跟我们讲讲您了解的情况吗？”

内斯比特重述了自己遇到的事。他来上班后的第一件事，就是检查蛇馆里的蛇是否都安然无恙。如往常一样，先从门边开始，然后挨个详细检查笼内情况。之前的一切正常，但当走到蝰蛇笼子时，发现里面的蛇好像很不安，与预想的不同，它们没有一动不动地盘在某处，而是焦躁地在笼中游动。他立刻发现少了一条蛇，于是马上对各处进行检查，导致指纹混乱，引起督察的不满。寻蛇未果，他没再耽搁，赶忙去通知瑟里奇先生。

“那么，先生，收到饲养员内斯比特的汇报后，您是怎么做的？”兰金询问乔治，乔治讲完自己的详细活动后，他又问：“我想我们在蛇馆的调查就是这么多了。先生，能否给我们找间有桌椅的屋子呢？”

“来我办公室吧。”乔治邀请道。

“我想您和柯克曼上校可以进来，其他人在外面等好了。”督察说道，乔治正将他安置在自己的办公桌前。乔治感到不妙，做好了迎接可能到来的坏消息的准备。他只需咬定一件事，那就是自己知道得不多。

“现在，各位先生。”兰金又开口了，坐在桌子一头的警官也开始记录，“我对动物园及其内部运营一窍不通，所以希望两位能够给我提供一些专业见解。但是在了解详情之前，我想先问两位一个问题。我想知道，你们是否认为蛇是自行逃出的呢？”

乔治看着主席。

“最好由您来回答吧。”主席提议道，“您了解的情况比我更多。”

乔治耸了耸肩。“这个嘛，督察，”他不紧不慢地回答，“这件事还是交给您决定吧。您觉得我们应该找市警局刑事调查部门吗？有必要的话？”

“我是这么想的，”兰金没有否认，“不过，”他友好地笑了笑，“请二位原谅我的措辞，我更想听到直接的回答。两位有所怀疑吗？”

乔治仍旧替主席回答了这个问题。“显然，我们两人都觉得，蛇没有协助是不可能逃出笼子的，所以肯定有人做了这件事。但是究竟是谁，我们也不得而知。”

“但两位肯定有所怀疑吧？”

乔治摇了摇头，督察似乎很失望。

“哦，得了吧，先生，”他抗议道，“我希望两位能给我提供更多信息。任何建议都可能有用，我不会辜负两位的信任的。”

“我猜测，”乔治有点不情愿地回答，“有可能是有人粗心大意，昨天闭馆后没把笼子关好，今早内斯比特意识到自己失职，于是想亡羊补牢。但我想声明，我认为这不是真的，内斯比特非常可靠，是个好人。”

“假设您的猜测正确，那么蛇是如何从蛇馆中逃脱的呢？”

“那就是另外一个问题了。它们的移动速度很快，如果它就在门边，门开的时候，它们很容易就能在不被察觉的情况下快速溜出去。”

“我需要看看内斯比特的档案。”

警方从人事文件中拿到了内斯比特的档案，并有乔治对他的印象作为补充。之后，兰金又开始询问另一件事。

“我需要一份有蛇馆钥匙并且能打开笼子的人的名单，要包括有动机这么做的人。”

“基本上全体员工都有，包括我自己。”乔治回答，“三个人有这栋楼的钥匙，我本人、米利肯——饲养员主管以及内斯比特。但是我敢说，任何人都有可能拿到他们的钥匙去制作印模。”

“钥匙的事我们稍后再提。现在我想问的是，如果此事不是粗心大意或者是偶发性事故，您能否想想，首先，放蛇逃跑；其次，将其偷走的动机？”

乔治盯着上校，然后摇了摇头。

柯克曼不安地动了一下。“那个，”他本想说什么，却欲言又止。

兰金转头看他，“怎么，先生？”他饶有兴趣地问。

“该死的，瑟里奇，”柯克曼说，“我们得跟督察讲讲本那比的事。”

“是的，当然。”乔治稍感惊讶地说，“我是打算对督察实话实说的。但是我觉得应该牵扯不到本那比。”

“我并不是暗示谁有罪，”兰金一针见血，“只是想调查真相。”

于是，乔治不带任何隐瞒与粉饰，跟督察讲了与教授相关的情况。而兰金似乎并不吃惊，他很仔细地将细节一一记录下来。

“那么您的推测如何呢，先生？”他扭头询问柯克曼。

“推测？我没有什么推测。”柯克曼有点不高兴，“但是您应该能够了解可能的事实真相。这个老头着急想获取毒液做试验，但因为他身体状况、精神状况都很差，我们撤回了他在蛇馆工作的许可。那么，您能想到些什么吧？”

“您的意思是，他可能偷走毒蛇以便获取毒液？”督察平静地问。

“他不需要这么做。”乔治突然插话，“他只要开口，就能获得毒液。而且，这位老人道德高尚，我不相信他会做这种事。”

“可能如您所说吧。”兰金承认，“不过，仍然非常感谢您提供的线索。您还能想到什么动机吗？”

乔治与上校都摇了摇头。

“那么，我倒是想到一个。”兰金冷冷地说，“邮寄包裹。”那一瞬间，乔治的心仿佛被无形的大手攫住，等兰金说完后半句，他才松了口气。“想让接收人一打开就被……”兰金耸耸肩，“没有立刻找到的话，恐怕也要考虑园内人想用毒蛇报复他人的可能。”

乔治的心又一次被攥紧。

战斗开始了。

第十一章

实施谋杀

乔治与柯克曼都没有回答兰金这个让人不安的猜测，督察稍稍停顿一下，又追问："两位觉得有可能吗？"

乔治隐约觉得，攻击才是最好的防守，于是立刻答道："既然您问起，我必须承认，我也有过这样的想法。但我并无理由相信这种揣测。"

"的确，我并不是说这就是事实。"兰金赞同说，"不过，这种可能性我们不能排除。不过，有一件事是确定的：在了解更多情况前，我们必须认真排查此事。"

"您能来就说明我们对此足够重视。"乔治提醒他。

"当然了，先生，原谅我向各位提这么多问题。现在有一两个询问重点：我先从钥匙开始了解。您与饲养员米利肯、内斯比特有蛇馆的钥匙。您可否先跟我讲讲，是如何确保钥匙不会被别人拿走的。"

乔治心不在焉地从烟盒里拿出一支雪茄，然后又将烟盒递给柯克曼与警官们。柯克曼拿了一支，不过督察郑重拒绝了，他说警察执勤时不能吸烟。这件小事让乔治意识到，不管如何隐瞒，这位看着文质彬彬的督察与罪犯都是死敌。除非他的谎言足以骗过督察，不然的话督察会要了他的命。想到这里，乔治赶紧打消胡思乱想的念头，以专心迎敌。

“这串钥匙的重要性和我对其的重视程度，都不必多讲。我时常把它们放在裤子后面的口袋，不管穿什么衣服，都要把钥匙带在身边。晚上也是放在床头的。”

“您是否出借过钥匙呢？我是说，您会不会常对别人说‘给你钥匙，帮我从抽屉里拿点东西’之类的。”

“我从未做过这种事，我一直十分小心不把它们落在哪里。不过既然说起这个，最近的确发生了一件让我感到惭愧的事。是在……”乔治从口袋里掏出记事本，慢慢地翻着。“具体是哪天我不记得了，”他继续说，“不过应该是在10 ~ 14天之前。我去朋友莫宁顿先生家拜访，他生病了。莫宁顿先生就住在卡绍路上，最近的通道就是从动物园侧门过去。我不知道您是否注意到那扇门，就在蛇馆背面不远。”

“我注意到了，先生。”

“我回来的路上犯了个愚蠢的错误，不慎将钥匙落在侧门门锁上了。当时我不记得是怎么发生的了，不过回想，应该是这么回事：我开门进来时，有辆车停在人行道上，司机问我这条路是不是去博山姆的。我就走过去给他指路，之后就回办公室了。后来我想开保险柜，一摸钥匙才发现居然不在口袋里。最终，钥匙也是在侧门门锁上找到的。我猜一定是当时被叫去问路，结果就把钥匙忘在门上了。我印象中只有这种情况比较可能。”

“钥匙忘在门上多久呢？”

“哦，时间很短，半个小时多一点。”

兰金督察揉了揉鼻子。“感谢您提到这件事，不过抱歉，我想这没什么帮助。如果这件事并非偶然，那么一定是经过精心策划。但是，绝不会有人料想到，您会不慎将钥匙留在侧门上，因此也不会有人事先准备好印模。现在我想问问另一件事，员工之间的关系如何？是否有人关系不和或者心怀怨恨？”

“显然，”乔治回答说，“我了解的可能并不详尽，但就我所知员工间相处和睦，没有不和。大家都很友善，我想他们之间的关系，正如他们与我的关系一样和睦。”

“有没有什么抱怨呢？”

“我想肯定是有的，但没什么大不了的事情。”

“最近有员工被解雇吗？”

乔治犹豫了。他脑中突然浮现出一个可怕的念头：目前为止，他行事都非常谨慎，生怕被怀疑。但如果警方怀疑别人呢？如果警方将罪名安在科克伦头上呢？那他该怎么办？他不能让一个无辜的人……

他快速理清思绪。科克伦是无辜的，没有人能证明他有罪。为了掩饰自己刚刚的停顿，乔治拿出手帕擦了擦汗。“几周前解雇了一个人。”他回答，“这跟此事不可能有什么关联。”

“或许吧，先生，不过我还是希望听您讲讲细节。”

乔治选择了据实以告。他承认，科克伦本人是觉得辞退不公平，而且作为动物园前守夜人，的确有机会弄到钥匙的印模。

“那么，先生，您还能回忆起什么或许有用的细节吗？任何猜测都可以，即便无法证明的。”

乔治表示自己真的帮不上忙。他非常想协助警方，不管是为自己，还是为动物园好，他都希望此事能尽快平息——但是他的确是一头雾水。

“您呢，先生？”兰金转过头问柯克曼。

令他失望的是，柯克曼上校也没能帮上什么忙，于是督察又继续询问员工，找寻线索。

乔治安排好员工配合后，与柯克曼一起去查看搜索队的进展。

根据乔治的安排，员工们在各处拉起了警戒线，路边全部都有警示标志，并有几名守夜人守着，确保蛇不会爬到大道上去。其他人在花园两边，从一头到另外一头，进行地毯式的搜索。

“依我看，”乔治对柯克曼说，“搜寻活动大概要进行一天。这个家伙可能会藏在任何地方。不过走运的是，这种蛇不会爬树。但这并不意味着它会老实待在地面上，也可能会游到排水沟里。”

“您让布置了警戒线，想必会把它圈在园里。”

“不，不一定，”乔治回答说。“它可能已经在设立警戒线前就逃走了。现在它可能出现在*任何地方*。也有可能是兰金说的那种情况，被人偷走并用于毒杀仇人。”

“我可不希望会是那样。”柯克曼耸了耸肩。

乔治摇了摇头。“整件事都令人厌恶，”他说道，“有六个人可能会在蛇捉到前被咬伤，我们不慎让危险的毒蛇逃跑也会损害动物园的名誉。此外还要蒙受损失：由于闭园，无法获得门票收入。这是我当园长以来发生过最糟糕的事了。我不想假装自己毫不在意。”

“我想您已经尽力了。”柯克曼对他说。

“您能这么说真是万分感激。不过，或许事情并不像我们想的那么糟糕。随时都可能找到那家伙。当然，也不是找到就没事了。未来一阵子，恐怕公众会神经过敏，致使动物园收入减少。这也不能怪他们，在找到蛇之前，我会让我妻子也出去住。”

两人检查完员工的工作，柯克曼上校离开了动物园，而乔治则回家去处理自己的“威胁”。“你必须在半小时内离开房子。”他告诉克拉丽莎，“这种蛇非常危险，如果受惊它会攻击任何人。你去米兰德酒店或什么地方找房子住吧，过一阵我就去找你。”

打发妻子走后，乔治不知道自己午餐时间该做什么。如果他去城里，可能会让自己的不在场证明不完整。而且在搜寻期间，作为动物园长坚守坐镇岂不更好？于是，借口要形成毒蛇无法越过的“战线”，他安排一家餐饮公司为坚守“前线”的自己送来一份简餐。他一直与搜索队员们待在一起，一方面想确保自己的不在场证明，另一方面也是想巩固自己作为好上司的形象。

搜寻工作一直进行到下午，天色渐暗，花园都已经看不清楚，搜索队才收工。未清查的区域越来越小，乔治也假装表现出越发沮丧的态度。搜索结束后，他立刻给柯克曼打电话，请他过来做进一步商讨。不巧，上校出去了，不过他在7点左右来到了动物园。

“动物园已经尽力了。”乔治当着米利肯的面对上校说，“我们四处都搜过了，甚至挖开排水沟和狭窄角落的砖块。我们是不是已经尽最大努力了，米利肯？”

米利肯赞同说，不可能再有比这更彻底的搜索行动了。

“那么这意味着？”柯克曼问道。

“据我认为，有两种可能。”乔治回答，“要不就是蛇在我们派出人手搜寻前就爬走了，要不就是督察猜测的那样。”

“如果督察说得没错，我们不久就会知道了。”柯克曼阴郁地说。

乔治点点头：“如此不幸的事实，若真地听到这种消息，所有问题就迎刃而解了。但我想跟您商量的是如果听不到消息该怎么做？比如，我们是不是可以明天就开园？”

“您觉得怎么样呢？”柯克曼问。

“虽然我不信蛇还在园内，但也不是*绝对*确定。若是游客被咬，那以后几年我们就没戏唱了。不开吧，我该再等个一两天。”

“我想您分析得在理。”

“明天我会继续让工人搜索。”

“您说得没错。”

“那好吧，”乔治说，“就这么定了。能请你通知所有人吗，米利肯？不必大肆声张，不过你可以暗示大家，危险工作会得到额外的回报。”

饲养员主管行行礼后走了出去，乔治又转向主席。

“我今晚都不知道该干什么了。”他疲倦地说，“我并不想离开动物园，但的确也没事可做。我让妻子去米兰德酒店住了，我们住的房子比较危险。”

“没错，我看我们俩再待在这里也没什么作用。如果您要去家人那里，我的车就在门口，可以在回家路上载您一程。”

乔治笑了。“您真是太友善了。”他赞道，“谢谢，我跟您一道走。”

乔治是的确很感激柯克曼。他正是迫切地希望如此，从动物园去酒店的路上有人做伴，意味着他的不在场证明就能延续。而且这不是他——是柯克曼主动提出的，棒极了！

“干吗不留下与我们共进晚餐呢？既然您都来了。”车子行驶到米兰德酒店，乔治邀请道，“我知道我夫人肯定会很高兴的。”

上校看着他说。“事实上，我很高兴与您一起吃晚餐。”他说，“我妻子还在伦敦，回家也是一个人。”

他们坐下就快8点了，大约一小时后，两人回到休息室喝咖啡。咖啡还没送来，就有人打电话找乔治。他赶忙去接，听到电话那头传来的消息，乔治的心脏漏跳了一拍。

“老天爷啊！”他大喊道，“死了！”他顿了顿，好像在竭力克制自己，又接着说，“柯克曼上校也在这里，我们立刻过去。”

乔治脸上的震惊和恐惧不是装出来的，他招手示意柯克曼从休息室出来，心里强烈的惊惧已经超出自己的想象。

“是马尔医生。”他的声音低沉紧张，“他带来一个坏消息。本那比教授死了——死于毒蛇咬伤！我跟他说我们会立刻过去。”

两人面面相觑，说不出话来。柯克曼突然做了个手势。“本那比！”他不禁喊出声来，“那么这一切都是本那比干的了！虽然我怀疑是内斯比特做的，但其实我自己也不相信。”

乔治看着他，内心深受感动。“我也不相信是他。”他缓慢地回答说，“我觉得内斯比特不是那样的人。”乔治顿了一下，摇了摇头。“不过这也证明可怜的老头儿真的已经疯了。一年前的他是绝对不会做这种事的。”

“这证明我们取消给他入馆的许可是正确的。”

“这一点我从未怀疑过。”

柯克曼摇了摇头，问道：“本那比教授在哪里被发现的呢？”

“显然是在马尔医生家，马尔医生从自己家里打来的电话。”

“好吧，我真是庆幸不是在动物园发生的。”

“没错，那样可就太糟糕了。”乔治承认说，有点儿不耐烦，“但我们不应该马上过去看看吗？我跟马尔医生说我们会过去。”

马尔医生住在利弗翰大街的“莱兰斯”，就在动物园的斜对面。从动物园正门向左走不到100米便是，正好与卡绍路交叉。他们开到门口，见有辆车驶了进去。

“是警察。”柯克曼说，“刚才街灯一照，我看到兰金督察和那位跟随他的警官。”

听到本那比去世的消息，恐惧再一次占据了乔治的大脑：它来得比以往更甚。这是乔治第一次面临未知的情况。他完全不知道卡珀做了什么。卡珀似乎很有效率，但没什么人能从不出错。如果他犯了什么错误，那受到威胁的可不止他一个人。如果卡珀出了什么疏漏——乔治仿佛重重地挨了一拳——那他乔治可能也会被绞死！当他意识到这件事可能会变为现实，成为迫在眉睫的危险时，乔治害怕极了，冷汗汩汩而下。他竭力想控制住自己的情绪，跌跌撞撞下了车。

“莱兰斯”是幢历史悠久、低矮、老旧的房子，很多年前，在这个国家还有郁郁葱葱的森林的时候就存在了。当时，这幢房子是方圆近五万平方米内的中心。但在经历了几番“入侵”之后，只保留了原来面积的十分之一。但马尔医生已经非常满意。大门开着，明亮的灯光照亮了门廊、驶来的两辆车及其后面的灌木。乔治对这里很熟悉，没敲门便走了进去。马尔医生的声音从右侧一间屋子里传来。乔治犹豫的当儿，马尔医生走了出来。

“进来吧，瑟里奇。”他招呼说，“请进，上校，我想您认识兰金督察吧？”

“这件事太可怕了。”乔治跟着上校走进了医生家的候诊室，“他真的——死了吗？”

“是的，我也没有办法。我看到时，他已经失去知觉了，不多久就死了。”

“您在哪里找到他的，马尔医生？”柯克曼不耐烦地插话道。“或许您可以跟我们讲讲情况？我们完全不了解细节。”

“我刚刚正在跟督察说。”马尔又开了口，“可以再重复一下吗，督察？”他朝着刚来的人问。“是我的厨师发现了他。当晚她要出门，要发动汽车时发现他躺在车道上。至少是看见个人影，她也不知道躺着的是谁。于是赶忙跑回来，大声叫我，我立刻跑到他躺着的地方，就在门内侧一点的位置。他面朝下趴着，头冲着房子，有街灯的光亮我看得很清楚。我将他翻过来，发现这个人居然是本那比。前面说过了，他当时已经昏迷了。”

“然后呢，先生？”兰金追问。

“然后，”马尔说，“我将他抬回来放在医务室的沙发上，为他做了检查，他的右手肿起来了。进一步检查，发现他手掌上好像有毒蛇毒牙的印子。当然了，我听说了动物园丢了一条蛇的事，我认为二者可能有所关联。我尽力救治他了，但不幸的是他中毒太深，几分钟后就死了。我立刻给各处打电话，先给本那比的侄子，一个叫卡珀的男人，然后给督察您打电话。我听说瑟里奇先生搬去米兰德酒店住了，所以马上给酒店打电话，我想您应该也算与此事有关联。幸运的是柯克曼上校正好也在。”

“非常幸运，先生。”兰金礼貌地回应道，“我是否可以认为您觉得死因是毒蛇咬伤？”

马尔似乎突然意识到自己是这家的主人。他赶忙对站在房间中的五人指了指旁边的椅子。“请坐吧。”他招呼道，“督察先生，如果您需要记录的话，可以用那张小桌。我去给各位准备喝的，希望大家都想喝点儿。”

大家心不在焉地坐下，马尔接着说：“您问我是不是毒蛇咬伤致死？如果是官方声明，那我还不太确定，但私下说，没什么可疑的。不过，我还需要等到正式验尸报告出来再下最终结论。”

兰金表示理解地点了点头。“您将他抬进来的时候遇到危险了吧？”他接着问，“您没有发现蛇的踪迹吗？”

“不，没有看到，把人抬进来之前我都没有怀疑过是毒蛇咬伤。”

“我们最好检查一下尸体。或许瑟里奇先生能告诉我们他手掌的毒蛇牙印是否属于动物园丢掉的那条蛇。我听说毒蛇毒牙的形状有很多种，对吗，瑟里奇先生？”

尽管知道这是无可避免的事，乔治还是突然感到一阵恐惧。等这种感觉消散，他听到自己在用惯常的口气说话。

“毒蛇牙印根据毒蛇体积大小而变化。逃走的蝰蛇体型较小，长度不超过一米，因此牙印间距会比较近。”

“大概有多近呢，先生？能给我们一个参考吗？”

乔治摇了摇头：“我恐怕说不出具体的间距，不过大概不到15厘米吧，我想。”

“那么，无论如何我们都要亲自看一下了。”

几人先后走进了医务室，那具尸体就在沙发上。乔治发现自己能够冷静地看着那具尸体，这让他松了口气。本那比双眼紧闭，可能是医生帮他合上的，他脸上的表情非常安详。如果老头儿死前非常痛苦，那他脸上也未曾露出一丝痕迹。他的右手肿胀，马尔医生将他右手翻过来，他们能看到手掌那里的两个小小的伤口，间距不足15厘米。

“您觉得这伤口是否可能是逃走的毒蛇造成的？”兰金问道，乔治立刻回答他认为如此，并且没有表现出任何异常。

突然，乔治意识到自己差点犯下大错。作为动物园园长，他要思考的唯一的、也是最重要的事，就是赶紧抓到这条蛇！他居然把这件事忘了！于是他急忙想弥补这一过错。

“抱歉，督察，但是有件事真的不能再等了，我是说要尽快抓到这条蛇。本那比的中毒说明蛇还活着，而且离我们应该不远。”

“我正打算说这件事，先生。”兰金谦恭地说，“但是稍微花点时间讨论，也不会造成什么大影响，后续说不定还会节省不少时间。”他对马尔医生说，“您能帮忙回想一下吗，医生，这件事情是几点钟发生的呢？”

马尔摇了摇头。“这我还是要尊重官方调查的结果。”他回答说，“不过，教授是8:58去世的，可能的话，虽然是我的猜测，我想他大概是半个小时前被毒蛇咬伤的。”

“那差不多就是8点过几分？”

“没错，不过这有待更正。”

“现在来说足够了。我在问另外一个问题，您觉得被蛇咬会是在哪里发生的呢？总不会是在您的车道上吧？”

“您是说，教授可能是被蛇咬伤后，走到这里来的吗？”

“没错，这可能吗？”

“我想是可能的。不过，至于他走了多远，这个问题就有点难了，您觉得呢，瑟里奇？”

“我也说不上来。”乔治回答，“只不过，蝰蛇的毒液十分致命，毒性很快会发作。”

“那么，我估计他被咬伤后，大概只能走5分钟左右，还是有待更正。”

“那么他每分钟的步速，应该在60～70米之间吧。这意味着他被咬的时候，离这里的距离差不多是400米？”

“肯定更短。”瑟里奇推测说。

“我也认为距离更短。”马尔赞同道，“但是我们说得恐怕也不精确。”

兰金点了点头。“非常感谢各位，现在再说另外一个问题，死者有跟您约好前来拜访吗？”

马尔点了一支烟：“没有，这真是他做过的最不寻常的一件事了。”

“那您能解释他为什么会出现在您的车道上吗？”

“我猜他可能在附近被蛇咬伤，立刻想来找我医治。”

督察看了看乔治：“您认识死者吧，瑟里奇先生。您觉得这有可能吗？”

乔治说看上去事情就是如此。

“现在，”兰金继续用又慢又让人不悦的笃定声调说，“或许我们应该再往前迈一步。如果是400米内的距离，他会是从哪里来的呢？”

乔治立刻开始计算。“从动物园大门到这里差不多230米，从他家的门厅到这里大概274米，而距离动物园侧门是183米左右。”

“很有帮助，先生。他可能是从自己家或是动物园来的，而且要我说可能是从自己家来的。有谁知道他平常在家的活动轨迹吗？”

除了本那比每晚都会在书房里看书外，大家对他的活动轨迹都不了解。

“这么看来，我必须去他家调查了。”兰金得出结论，合上了记事本，“好了，医生，可以去进行验尸了吗？”

“还有比尸检更紧急的事情。”乔治提醒道，“先找到蛇再说吧？”

“我想您是执行此事的最佳人选，我们也乐意为您提供任何需要的帮助。”

“天黑恐怕没办法找了，”乔治明白地说，“我在这附近拉起警戒线吧，虽然这也不太好做。我看看，应该把哪些地方包括进去呢？”

兰金打量着几个人：“这片地方我不太熟悉。”他刚说了一句就被马尔打断了。

“帮得上忙的话，从这条路到莫宁顿家这一片的房子恐怕都要包含进去。从莫宁顿家再往前走是一条小巷直通到河边，与河岸边的小道相连。”

“差不多八九家。”乔治说，“这些家的屋前空地相连差不多有360多米。”

“我估算也是如此。”马尔赞同说。

乔治站起来，应允道：“我去处理此事。”

不久后，大家都各自散去，乔治去召集搜索小队，督察和同来的警官去“江景”调查，马尔则开始详细地检验尸体。

第十二章

欺骗警方

饲养员主管米利肯住在离动物园800米左右的地方，乔治朝着那边走去。刚刚几个人的会面和督察的询问仍旧令他心烦意乱。尽管他筋疲力尽、手脚酸痛，膝盖也开始微微发抖，此刻却因为终于解脱出来而欣慰。得知本那比的死讯是乔治目前为止面临过最严峻的考验。现在这件事已经告一段落，而且过程可以说很不错，乔治回顾自己的言谈举止，认为自己无可挑剔，在任何细节上都不会引起别人丝毫的怀疑。

不过从某种角度来说，这一切竟然没有想象中那么困难。表现出惊讶其实并不难，因为他真的吃了一惊；表现出害怕对他来说也小菜一碟，因为这是他的切身感受。他可以毫不知情地询问案件细节，因为他的确“毫不知情”。事实上，这整件事情他都完全被蒙在鼓里。卡珀究竟做了什么？蛇已经被淹死，根本不可能咬伤本那比，卡珀肯定还准备了一条活的蛇。那他要一条死蛇做什么呢？

突然，乔治脑海中出现了答案。卡珀其实并不是需要死蛇或是毒液，他想要的是控制乔治，让他别把自己的所作所为抖出去。

好吧，显然他的目的达到了。不管让自己寄送死蛇在这起阴谋中扮演了什么样的角色，乔治都已经将蛇寄出，因此他便脱不了干系。事情发展顺利，乔治也松了一口气，他感到这种干系仿佛有千斤重，沉沉地压在他肩上。

但他潜意识觉得自己不能这么想。过于紧张会让自己焦躁不安，他还得打起精神应对后面的挑战。因此要隔绝所有消极想法，只需考虑眼下最紧要的事。这么想着，他已经走到米利肯家的门口，并将情况又跟米利肯做了说明。在此过程中，他又一次为自己自然、丝毫不会引起怀疑的举止折服。

“很抱歉听到这个消息，先生。”饲养员主管惋惜地说，“我认识本那比教授有五年了，一直以为他是个善良的绅士，非常彬彬有礼、讨人喜欢，也非常地大方。他的去世和离开的方式都令人遗憾。但是，当然了，”停了一下，他又补充道，“他不该把蛇带走的。”

乔治猛地醒悟过来。他太过于沉浸在自己的角色中，忽视了这件事。当然了！他怎么能这么愚蠢！卡珀的计划比他想的还要更好。如果是本那比偷走了蛇，那么他被咬一事自然会以事故论处，没人会发现此事有旁人的参与。如卡珀所说，这件事很安全，绝对安全！

但他也不能过于赞成这种推测。“这件事目前还无定论。”他公正地说，“尽管事情看上去的确如此，但是警方很快就会调查清楚的。与此同时，我们应该重点考虑蛇的危害。8点的时候，它肯定是在距离马尔医生大门400米左右的地方。我不打算在晚上展开搜索，但我想我们应当先封路。”

“没错，先生。”米利肯回答说，“您下命令吧，我去叫人。”

半个小时后，从本那比家到莫宁顿家之间的街区被饲养员们用信号灯围了起来。他们把信号灯放在街灯无法覆盖的黑暗处。乔治认为应该提醒住户关好门、晚上外出带手电，而且是他亲自登门通知。

通知完全部住户已经快晚上11点了，他觉得自己该睡觉了。不过，比疲倦感更强烈的是他对兰金那边侦查情况的好奇。在这件事上，理性和感性都指向了同一个方向。他来到了“江景”，希望督察他们还没走。

兰金似乎也在等他。“我想您会过来的。”他友好地说，这让乔治心里很舒服，“我们还没有完全调查清楚，不过我想大方面应该没什么疑惑。恐怕是这个可怜的老人自己惹祸上身。”

“您认为是他偷走了蛇？”乔治问。

“我想是的，不过我提醒您，这件事并没有完全确定，不过看起来似乎是如此。”

乔治非常努力才压下自己内心的狂喜之情。“不知道当不当问，”他接着说，“您发现了什么吗？”

“调查的时候没发现什么异常。”督察回答，“我们到他家以后发现房子里没有人。雷斯布里德警官碰巧认识他家的女仆莉莉·科克伦，于是便去找她来。她说她只是白天在这里做女仆，每晚6点前离开。不过，她帮他找到了本那比的管家帕特维太太，雷斯布里德就把她带来了。周三晚她休息，所以今晚也是如此。”

“她说教授像往常一样，7点吃晚饭，举止正常。他周三晚上总是去找朋友利特先生下国际象棋，晚上10点钟回来。清洗完碗盘后管家就走了，当时差不多8点，她本打算10:30再回来，一般这个时候本那比就准备上床睡觉了。”

“他总是很早就睡了。”乔治说。

“是吗？好吧，反正她是这么说的。她出门前，本那比还在家里，她以为他是要出门去。本那比去世的事情对她打击很大，说话都有点语无伦次，不过……”兰金边说边眨了眨眼……“听说蛇可能还在房间里游荡的时候，她立刻清醒了，雇主的死亡甚至变成无关紧要的小事。她把裙子提到膝盖处，还没等我说完便冲了出去，我只好告诉她外面可能更危险，才好歹劝她回来把事情说完。然后我陪着她简单打包了些行李，让雷斯布里德警官送她去了旅馆。”

“那本那比教授没有去利特先生家吗？”

“雷斯布里德警官送帕特维太太去旅馆的时候，我去他家问过了。您可能也知道，利特先生就住在莫宁顿家旁边，是河边路第一家。利特听到消息大吃一惊，说自己在等本那比来下棋，但他一直没来。然后说本打算去‘江景’看看本那比是不是出了什么事，但教授也不是每次必去，他想去的时候才去。所以利特也没多想。”

“那您认为发生了什么呢？”督察刚说完，乔治又问。

“细节还说不清楚，但我想搜查房间可能会有结果。我猜本那比出门前应该是在看蛇，但不知怎地让它从笼子里逃走了，还被咬了一口。然后他意识到自己情况危险：独自一人在家，无法自行治疗。于是他想到最好的办法就是尽快赶到马尔医生家，我认为这也很自然。”

“他不能给马尔医生打电话吗？”

“不行，不可能，我最先问了这件事。他女儿出车祸时，是本那比接的电话，有个不知好歹的张口就大喊‘她死了！她死了！’在那以后，他再也不愿用电话，把自家的电话拆掉了。”

“的确有点极端了。”乔治评论说。

“但他已经老了。”兰金指出这一点，语气饱含着对老头儿的同情与宽容。

乔治仔细思考着兰金讲述的经过。“房子的门是开着还是关着呢？”他马上问。

“关着的。”

“你认为，在这种情况下，他还有时间关门吗？他难道不该冲出门去，无暇他顾吗？”

“好问题。”督察赞同说，“这一点我也想到了，但我不赞同您的说法。他是个很体贴的人，在我看来，他即使认为自己事态紧急，也不该给别人添麻烦。我猜是因为蛇还在房间里游荡，因此他要关上门防止蛇溜出来。”

“您可能是对的。”乔治赞同道，“您还没有搜索整幢房子吗？”

兰金摇了摇头。“还没有时间这么做。”他又说，“我还是觉得白天搜索会比较安全，我本来还打算提议，”他顿了一下，露出一个狡黠的微笑，“您的队员搜索起来肯定比我们专业，毕竟这条蛇不属于我们的业务范畴。”

“我也是这么想的。”乔治回答，“事实上，我已经安排人手天亮后尽快进行搜索整个街区，但我想先搜这幢房子更好，就是来跟您说这件事的。”

“没错，先生，那样好极了。我想您也累了，我的车就在外面。您要去哪里，我送您一程吧？”

半个小时后，乔治喝着一杯解压的双份威士忌，爬上自己在米兰德酒店的床。

刚刚发生的事让乔治如释重负。可怜的本那比死了，他的死亡的确如卡珀保证的那样，速度很快、没有痛苦。那么他的钱会落入卡珀口袋，他侄子能继承至少与其预期一致的大笔遗产。卡珀会把其中一部分还给乔治，再过几天，乔治就不会再在经济上捉襟见肘了。

更重要的是，这一切看起来天衣无缝，丝毫不会引人怀疑。很显然，兰金对这个案子已经有结论了。他相信是本那比偷了蛇，结果不慎发生事故。乔治再次在心中感叹：卡珀的计划真是太巧妙了！简直太完美，完全把案件推向了他们想要的方向，而得出这个结论的不是卡珀、不是乔治，而是警方！

但乔治还是提醒自己，现在并没有完全脱离危险。不管是说错一个词，还是无心说漏了嘴——自己本不该知道的信息，都可能被督察抓住把柄。尽管非常满意事态的发展，他仍旧不能松懈。

第二天一早他就跟搜索队出去了。他让那些晚上值班的人员回家稍事休息，几个小时后再来。而其他因动物园闭园没事的员工，全都加入了在本那比家的搜索行动。他们经过仔细搜索却仍旧没有收获，于是搜索又转移到了外面。

乔治与手下人待了一会儿，然后去吃早餐，之后去了办公室。尽管毒蛇逃逸之事必须作为重中之重来对待，但动物园其他事宜也不能置之不理。仅仅过了两天，待他处理的信件已经堆积了不少，虽然赫普沃思女士也在尽力处理，但很多问题还是需要乔治亲自过目。

处理完这些，差不多11点的时候，他又回到搜索现场去帮忙。搜索队正在本那比的邻居家搜索，整个房子都搜了一遍却仍旧没有结果。接着，他们又从小路尽头开始，彻底搜索了莫宁顿家的院落。再过半个小时，划出来的搜索范围将会全部搜查完成，并覆盖本那比家的区域。

乔治与员工们一起搜索，他的出现鼓舞了大家的士气，而他勇于跟员工一起冒险的行为更是增加了自己的威望。他一直在提醒自己，虽然早已知道搜索一无所获，但也决不能表现出着急的样子。随着搜索继续，想保持这样的心态越来越难了。接着，他又遇到一件令人惊讶的事。

虽然已经彻底搜索过“江景”，但是保险起见还是又搜了一遍。这里的每一寸土地、每一堆腐烂的树叶堆都被翻过，每一处灌木丛也都检查过。突然，一名饲养员发出一声惊呼。

乔治赶忙跑了过去。饲养员盯着房子侧面靠墙放的一个水桶，离本那比书房窗户不远。乔治把桶里的水倒光，在斑斑驳驳的树影之间，勉强辨认出，桶底有一条蛇。

“终于找到了！”乔治大喊一声，想用满足的表情掩饰自己所受到的冲击。“谢天谢地！终于找到它了！米利肯！”他还在喊，“找到了！搜索可以结束了。”

员工们纷纷停下手头的搜索，聚集过来探头向水桶里张望。

“看上去已经死了，先生。”米利肯看着桶里喊道。

“毫无疑问。”乔治赞同说，“但我们不能冒险，拿工具把它拎起来。”

有人迅速用一把园丁耙将蛇从水中提了起来。蛇软绵绵地挂在耙子上，被扔在草地上也一动不动。

“这就好了。”乔治说，“你说呢，内斯比特？”

“结束了，先生。”饲养员立刻应声，“谢天谢地，这里终于安全了。”

“最好做好安全措施，免得它再活过来。”乔治建议，“你带了笼子来的吧？”

于是蛇被装进了应对紧急情况用的箱子，并牢牢封死。“带到我办公室去，米利肯。”乔治继续说，“其他人回家去，两点来动物园上班，我们午饭后重新开园。”

乔治十分满意卡珀这最后一环的设计——不管他是怎么办到的。在本那比家找到蛇的尸体，就能证明这的确是一场偷窃引发的事故。再也不会有人怀疑蛇到底是不是本那比偷的了。这个发现正好迎合了兰金的猜测，并成为有力证据，让兰金不疑有他。其他人的反对都不重要了。事实上，警方也没必要再进一步调查，案子算是结了。乔治觉得自己不用再焦虑，因为这桩倒霉事终于结束了。

接下来的半个小时乔治很忙活。他先用电话分别告知兰金和柯克曼这一好消息；接着允许各家报刊把蛇的照片放在办公室海报上，并作为下一期的重点展示；随后又安排动物园重新开园；最后，他给克拉丽莎打电话，让她搬回家住。

他愿意付出任何代价，只为能跟南希联系。她一定看到毒蛇逃逸的报道了，毫无疑问，也在默默牵挂着他。他多么想赶紧见面让她安心！他是多么想立刻见到她！但是他明白，现在不能与南希有任何联系。只要他行事稍有古怪，就可能陷入危险。警方显然对调查结果很满意，但是这并不能完全确定。他们说话办事好似一板一眼、非常友善，但实际上却在观察乔治的一举一动。再忍忍吧，等安全了，就可以去玫瑰小屋见心爱的人了。

不过，更让他担心的是能否脱身去欧洛普山处理攀爬用的那段绳子。只要这东西还放在手提箱里，就有被发现的危险。他在想，能不能用其他方法销毁呢？焚烧倒是不错，但这需要把火点旺。但是，兰金可能会在他烧绳子的时候突然拜访，那情况就更糟糕了。或者可以把绳子扔进河里，但还是那个问题，要是被人看见、被逮捕，那他就真得接受法律制裁了。

兰金回复，让他带上蛇去“江景”参加一个非正式的调查，于是他在差不多3点过去了。除了督察和雷斯布里德警官以外，他发现马尔医生、本地大学的布莱尼·希顿教授也在那里，而后者可以说是研究蛇的权威。

“恭喜您找到了这条蛇，先生。”兰金与他寒暄道，“解决了一件让相关各方都头疼的事啊。”

“不止是相关人士，对大家来说都是一件好事。”乔治反驳道，想让自己表现得更精神些。“肯定不止搜索队的人在担心这条蛇游窜的事。”

他们聊了片刻，兰金便说起了正事。在对蛇做了一番检查后，他说：“我想让大家看看蛇被找到的地方，或许从位置上能获得一些线索。说不定还能知道蛇是怎么死的。”

这让乔治开始不安。如果进行详细调查，恐怕兰金不会如乔治所想的那样满意。

乔治领他们走到了水桶边上，指着那里说：“就在这里发现的。”

“那蛇是被淹死的？”

“我猜是吧。”乔治回答，“因为没看到其他明显的致死原因。不过我只是大概看了一下，也不是很肯定。蛇不容易被淹死的，它们能游泳，所以淹死的话需要很长时间。”

“我正想问这件事，您觉得大概要多久呢？”

乔治摇了摇头看向那位教授：“我可说不上来，或许布莱尼·希顿教授可以告诉你。”

布莱尼·希顿似乎是从沉思中反应过来。“我也说不准。”他表示，“与瑟里奇先生说的一样，它们能游泳，但最后确实会淹死。”

“我只能说个非常粗略的时间，1小时、6小时或者12小时？”

“我也不知道，我估计6个小时比较合理，但也不太肯定。您同意吗，瑟里奇先生？”布莱尼·希顿教授殷切地回应着乔治。

乔治微微一笑，摇了摇头。“动物园没做过这方面的实验。”他解释说。

“我想也是。”兰金平静地赞同道，“我想知道的是蛇跌落池塘大概能活多长时间。它被发现的时间应该是落水时间加上被淹死的时长，希望几位能够告诉我。”

“我们还没有做正式检查。”布莱尼·希顿教授理性地说。

“检查的时候能帮我记着这件事吗？还有，我猜，这条蛇不是自己掉进去的吧？肯定是被人故意放进去的？”

布莱尼·希顿教授摇头道：“这取决于您对故意的定义了。如果蛇袭击你，你正好抓住了它的脖子，你会怎么做呢？可能会出于恐惧把它扔出去，这样蛇可能就掉进了水桶。”

“有意思，先生，如果活蹦乱跳的蛇只是被扔进去，它不会自己爬出来吗？”

乔治意识到这个问题的结论至关重要，于是他决定作答。“我认为不太可能。”他声明说，尤其高兴地看到布莱尼·希顿也非常赞同这个观点。

几人又稍事讨论，兰金便打住了话头。“各位帮了不少忙。”他感谢道，“现在，警方想知道的事情为：“第一，蛇是怎么死的？第二，它什么时候落入桶中？我想就是这两个问题，除非两位又在检查过程中有什么意外的发现要说。非常感谢各位配合。”

乔治如蒙赦免，好像上学的孩子听到下课铃声那样，匆匆离开“江景”，回办公室去了。

第十三章

法庭调查

验尸官法庭调查[①]被安排在第二天上午10点，在离动物园不远的一个大厅里进行。还有几分钟就到10点了，乔治离开办公室向那边走去。虽然他不在被传讯之列，但他答应了兰金要去旁听。自从那晚在“江景”的调查结束后，他就没再听到过有关本案的任何信息，他认为这是个好兆头。更进一步说，他确定自己并未被跟踪或监视。他屏蔽了脑中阴暗的想法，挺胸抬头地走进大厅，自信地面对接下来要发生的事。

这个案件引起了公众的广泛关注，大厅里挤满了人。

① 验尸官法院是英国近代以来所设立的对特殊的死亡案件予以调查的法院。源于中世纪英吉利王国的验尸官查讯制度。专门对暴死、暴力死亡及其他死因不明的可疑的非自然死亡的尸体进行勘验、检查，以查明死者的身份、死亡的原因等问题。虽名为法院，但只负责初步侦查和预审，不负责审判。对需要审判的案件直接移送到刑事法院起诉。验尸官一般由郡议会任命有一定资格的专门律师、事务律师或其他人员兼任。

兰金和雷斯布里德已经到了，马尔和布莱尼·希顿也差不多是踩着点儿进来的。米利肯与内斯比特被传唤前来，已经就坐，而帕特维太太和莉莉·科克伦——分别是“江景”的管家和女仆，也坐在他们两人旁边。卡珀也来了，乔治在兰金的带动下，向他表达了正式的哀悼。后面座位上坐的都是来聆听的公众，与此案没有关联，但作为英国公民，他们有权行使自己的旁听权，以便享受一场早晨的八卦娱乐作为消遣。

乔治坐在马尔旁边。“我看，”他问道，“昨天会面后没有什么新消息吧？”

马尔说应该没什么乔治还不知道的。他开始讨论本那比的健康状况，不过验尸官走进来打断了讨论。

赫伯特·费雷特是伯明顿市的验尸官，他个子瘦高，总是垂着头，从侧面看起来勾背凸肚，活像个问号。他的脸色忧郁阴沉，能够看出他的生活状态恐怕也是如此，但乔治听说他是个能力出众的律师，干验尸官这一行也是信手拈来。他阴沉地朝马尔和兰金点了点头，跟大家鞠了一躬，便坐下了。

随后是法庭例行的几个步骤。费雷特宣布他决定成立陪审团，有六名男性、一名女性入选。法庭询问他们是否愿意查看尸体，得到肯定的回答后，几人分别上前查看，回来时脸上明显带着震惊的表情。费雷特简短地表达了对死者的哀悼，又提醒陪审团牢记自己的职责，然后便进入正题。

“传唤马约莉 · 哈珀。”他命令道。

法警与一名警察立刻执行命令，后者看上去好像从事过司仪的工作。乔治认出马约莉 · 哈珀是马尔家的厨师。她上前几步，听到庭上大喊她的名字，显得微微有点紧张，宣誓后，她被带到面向陪审团的椅子上坐下。

她要讲的内容不多，而且乔治事前都已经听过。周三晚上她例行放假，正要离开时看到车道上的尸体，于是她立刻跑回去通知医生，她大概记得当时是晚上8:21。她离开时看过门厅里的钟表，急着去赶8:25路过库勒桥的公交车，离马尔医生家步行三分钟就到。

接下来发言的证人是马尔医生。他跑出去的时候也看了一眼门厅的钟表，时间正好是8:23，他描述了认出本那比、将他抬进医务室放在沙发上、对他施救的全部过程。然而不幸的是，抢救没有成功，老人大概在8:58去世。他回答了一个问题，承认自己不擅长处理毒蛇咬伤，因为此事事出突然，而本国医生少有应对此种情况的经验。不过，他认为其他本地专家的处理应不会比他更好，所以没有打电话咨询其他专家的意见。的确，留给他救人的时间太短了。虽然如此，他感到庆幸的是，布莱尼 · 希顿教授认为他进行了一切必要的救治措施。

“我们不是在质疑你的治疗措施，马尔医生，我确定您已经尽力而为。”验尸官用“沮丧”的口气安慰他道，“我只是想了解实施情况，那之后又发生了什么？”

马尔继续说，知道自己已经尽力后，他立刻给死者唯一的亲人——卡珀打了电话，然后又给警局打了电话。因为知道最近动物园丢了一条蛇，他猜测是这条蛇引起的悲剧，于是又给瑟里奇先生打了电话。兰金督察、瑟里奇先生很快便来了，柯克曼上校正巧与瑟里奇在一起，也一起赶了过来，之后案件就由督察负责。

“没错。”验尸官说道，“我们一会儿再问那个部分。现在，马尔医生，能跟我们说明死因吗？”

“毒蛇咬伤中毒后休克。”

“你如何得出这个结论的？”

“首先，死者表现出了中蛇毒的症状；其次，对尸体外表检查显示他右手掌食指和中指的根部有毒蛇牙印，他的手肿胀发青，这是被毒蛇咬后可能出现的症状；最后，死者的尸检也证实了前述诊断，并且表明，尽管死者生前身体状况不佳，但并无任何实际致死的因素。我要说霍索恩医生协助我进行了尸检，他与我得出该结论的意见一致。”

“你在其体内发现留存毒素了吗？”

“是的，发现了。”

“好的，马尔医生，你说死者是8:40左右去世的，你是否能告诉我们蛇是什么时候袭击他的？”

“这我说不好，恐怕没法说得那么精确。被毒蛇咬伤的情况因人而异，如果被咬者身体健康、及时接受治疗，也不一定会致命；然而本案中，受害人年纪大了，健康状况较差，蛇毒可能很快蔓延。再次重申，这很大程度上取决于伤口本身：进入体内毒液多和少、毒牙刺穿的地方都有影响。举例来说，如果毒液进入了主动脉，那么毒液蔓延速度可能会更快。”

“在本案中，你能把这个时间更精确一些吗？”

“死者年纪大了，健康状况较差。而且，尸检显示他体内毒液浓度较高。所以，我的猜测是，从被咬伤到死亡时间很快，但具体多短，我并不打算说。”

“你认为这段时间是否可能在半个小时以内。”

“是的，我认为有此可能。”

“好的。”验尸官又转问另一个问题，“你是这位老先生的医生吗？”

“是的。”

“你是否可以跟陪审团说一下他的健康状况？身体上和精神上的。”

马尔犹豫了一下，好像在整理思路。“恐怕不是很乐观。”他说道，准备进一步做详细回答。他指出，几个月前，本那比还是个身体硬朗的老年人，而智力状况更是非常出色。然而最近，他的身体和精神健康都在恶化。马尔医生认为，之所以出现这种剧烈变化，是因为她女儿遭遇摩托车事故并不幸身亡对他打击太大。这倒不是说精神衰退会造成大众所说的脑软化（痴呆），但他认为老人已经无法再正常面对日常生活中出现的问题和危机。

“那么你认为，他最近的举止可能会是几个月前精神正常时不会做的？”

马尔表示赞同。

“你认为这同样适用于他的道德标准变化吗？”

马尔认为这个问题较难回答，但最终他承认，由于身体和精神上的变化，他认为老人可能出现了道德感的衰退。

接着是布莱尼·希顿教授。他更多地从学识角度来探讨蛇及被蛇咬伤后的情况，除了一点外，他的证词基本上证实了马尔医生所说的话。

“你是否看过死者研究蛇毒治病的手稿？”验尸官接着问。

教授点了点头。“看过了，”他承认，“是一位警官拿给我看的。”

“这位警官吗？”验尸官边问，边指着兰金督察。

布莱尼·希顿简单瞥了兰金一眼，便点头承认。

“你能看出死者研究的目的是什么吗？”

“能，他显然在研究通过注射毒液来治疗癌症。”

“你是否能告诉我，在做这样工作的人，是否会要求用蛇来协助进行试验？”

教授答不上来。这种试验自然需要使用蛇的毒液才能进行，他认为在特殊情况下，可能真的会用到蛇及蛇毒。

听了这番询问，乔治心里暗暗得意。验尸官问题的走向已经非常明确。这将是一起了不起的案子，本那比偷走毒蛇想用它来做试验，却不慎被咬伤。正中乔治下怀。

验尸官又转而问起蛇的情况。“你是否检查了那条在本那比书房门外水桶中的蛇的尸体？”

“是的，我对它也做了尸检。”

“能够说明一下检查情况吗？”

“是一条雌性蝰蛇，0.93米长，健康状况良好。死因是溺水，但其脖颈出现擦伤及肿胀，可能是被蛇钳所伤。”

“你认为蛇掉进或被放进桶中之前是活着的吗？”

教授耸了耸肩。“蛇被发现时死于有水的水桶中，而死因又是溺水。”他强调，“先生，我认为陪审团各位跟我一样，都能够得出结论了。”

“那么，教授，你认为这条蛇会是被故意放入水桶中的吗？”

“我不认为它自己会进去，如果您是这个意思的话。

但是……”接着布莱尼·希顿概述了前一天下午他跟兰金说的那番话。

“你是否认为，一旦掉进水桶，这条蛇就再也出不来了？”验尸官又问。

“是的。这种蛇不会往高处爬，肯定会溺死。”

“就你之前所述，教授，你是否认为死者受到蛇的威胁，将它抓在手里，却不慎被咬伤，然后下意识地将它扔进了水桶？”

布莱尼·希顿做了一个表示震惊和异议的手势。“不是。”他以科学家的谨慎回答道，“我只是说我认为事情可能是这样的，真正发生的情况我并不知道。”

教授离开证人席后，帕特维太太走上前去。她的陈词让冰冷的听证会也多了一丝人情味，她是真心实意为老雇主本那比感到伤心，而且也决意要捍卫各种人对老雇主的猜测和攻击。

她先简要讲述了自己与这家人的关系。五年前本那比一家搬到“江景”后，她就成为他们家的厨师，而本那比小姐去世后，又被升做管家。教授是个少有的好人，他身体还健康时，非常幽默、又有能力。失去女儿的不幸令他崩溃，最近他已经不再是以前那个本那比了。他总是心不在焉又爱忘事，再小的事情对他来说也是负担。她最近很担心本那比还在做试验的事，怕他可能会被烧到或者受其他伤。

然后她又讲了本那比周三晚上常去利特家串门的事。他去世那天晚上，状态一直很正常，还说自己准备像往常一样去下国际象棋。当晚她休息，清洗完碗盘后就走了，她离开的确切时间是8:05，出门时看到本那比也站在大厅里。他是不是准备要出门，管家也说不好，但她当时是这样认为的。她的助手莉莉·科克伦只是白天工作，那时已经回家了，所以房子里除了教授也没有其他人。

“请告诉我，帕特维太太，”验尸官问道，“你知不知道死者在家里养蛇的事？”

帕特维太太听到“养蛇”二字立刻露出了惊恐和嫌恶的表情。她说教授从来没有做过这种事。

“你为什么这么确定呢？”

证人有点气恼。“像他那样的绅士，绝不会把那种可怕的动物带到有人居住的房子里来。”她愤怒地解释道。

“无疑你说的是正确的。”验尸官机智地承认道，“但是如果你有实际证明的话，我希望听你说说。”

她并没有证明。管家没有见过蛇，但不得不承认，教授的书房里是有一些盒子，而她从未走进去看过。她最后承认盒子里可能放着“任何东西”。教授的书房里的确有各种各样奇怪的仪器、瓶瓶罐罐和小玻璃试管，而且他也经常做化学试验。他也养着试验用的小白鼠，一共有三大笼；还有几只豚鼠。不过后来这些动物都放在屋子外面养了。

接着是利特先生出面做证。他解释说，自己是名小说家，认识死者很多年了。他对死者评价非常之好，不仅仅因为他是个聪明的研究员和科学家，也因为他非常正直，内心善良。但是，他也认可死者在去世前健康状况恶化的说法。

利特又接着讲述了当晚发生的事，与他对兰金讲述的基本一致，只有说到教授要来下国际象棋却并未出现时，利特认为不管怎样，自己当时该去“江景”问问原因。

接着被传唤的人是兰金督察。他表现得有很效率、很专业，简短地陈述完自己的证词，而且只回答被问到的问题，别无他话。

他描述了自己被派来处理这个案子的情况，并总结了自己的发现。他说的每句话都让乔治感到高兴。尽管他话不多，但是表述非常清晰。他显然认为，是本那比偷走了蛇，结果被咬伤，而最简单的摆脱蛇的办法就是把它扔进水桶。可能是为了尽快摆脱并忘记这可怕的事件，他很快就得出了令乔治满意的结论。

对在场的人来说，兰金的证词没有引起什么轰动，都是大家已经知道或猜到的情况。接着被传唤的就是乔治。他朝证人席走去的时候，暗自提醒自己已经处于极度危险之中，决不能过分乐观，免得出什么闪失，落入陷阱。

然而出乎意料，验尸官对他彬彬有礼、十分和蔼。在他温和的提问下，乔治解释说自己担任动物园园长已经11年了。在集团委员会的指导下，他担任着各部门及所有员工的最高主管。

他接着又讲述了本那比教授与委员会协商，要求批准其使用蛇的毒液做试验的事。出于欣赏其试验对人类的重要价值以及本那比教授的成竹在胸，委员会同意了他的请求。五年来，教授都在用蛇做试验，他细心谨慎、技巧娴熟，大家对他都很放心。然而他健康恶化后，已经失去原来的精气神，所以乔治不得不遗憾地向委员会建议，撤销他用蛇做试验的许可，事情也算告一段落。虽然本那比偶尔还是会在蛇馆待一阵，但就乔治所知，他个人再未直接接触过蛇。

被进一步追问缘由时，乔治声称，那条蝰蛇绝无可能自己逃跑，肯定是被既有钥匙又了解必要知识的人故意放走的。这就提及钥匙的掌握情况，乔治懊悔地坦白说自己曾将钥匙落在侧门上。

“死者生前握有哪些钥匙？”验尸官问道。

“在未被撤销许可前，他有通往卡绍路的动物园侧门钥匙，蛇馆大门及几个笼子的钥匙，其中就包括蝰蛇的笼子。许可被撤销后，他交还了蛇馆大门和笼子的钥匙，但体恤他的心情，委员会并未回收侧门的钥匙。”

“您是否恰好知道，我们今天讨论的这种蛇，正是死者用于试验的蛇？”

乔治突然僵住了，他察觉到一丝危险的信号，这一点完全被他忽视了。为了让自己的证词滴水不漏，他本该选择本那比试验正在用的蛇。犹豫片刻，他没有直接回答这一问题。

“恐怕，”他说道，“我无法回答这个问题，我只能说他在用各种蛇的毒液进行尝试，他去世时具体用的是哪种蛇，我也不清楚。”

他的回答似乎并未引起怀疑，验尸官没有继续追问下去，而是转而询问还有哪些人握有钥匙。

这个问题早在乔治预料之中，他回答说他认为员工以外的人不太可能做出偷蛇的事，但他的员工们却也无可怀疑。

问询终于结束了，乔治不禁如释重负。在他之后被传唤的是米利肯，接着又是内斯比特。两人都被问及是否可能有其他人拿钥匙并复制，但他们都坚决否认了这种可能。

内斯比特是最后一名被问询的证人，他离席后，验尸官合上了记事本，开始向陪审团陈词。乔治听完他的陈词，感到轻松和满意。就算是他自己去陈述，也不会比验尸官说得更好、更有利于自己了。

“陪审团的各位，”费雷特开了个场，接着说，“有四个明确的问题需要回答。首先，各位需要辨明死者的身份，如果可以的话；其次，是他的死因；再次，是他死于意外、自杀还是谋杀；最后，是否有人需要对此负责？如果有，那个人是谁？”

“前两个问题我想对各位来说并不算难，几位证人都辨认出尸体就是马修·本那比教授，且并无证据表明证人的证词虚假。第二个问题，各位都看到了医学上的证据，证明死因是被蛇咬伤中毒身亡，我们也并未暗示有其他可能性。因此案情似乎比较直截了当。”

“但是考虑第三和第四点的时候，就不那么确定了，请各位花点时间考虑一下这些问题。”

“动物园蛇馆的一条蛇不见了。我想各位要考虑的第一件事就是蛇是意外逃出来还是被故意偷出来的？各位已经听过三位专家的证词，他们都认为蛇是不可能逃跑的。如果蛇是被故意偷出来的，那么就又引发了一个新问题，是谁把它偷出来的？到了这会儿，各位可以说出自己的见解，也可以认为证据不充足无法得出结论。”

“在这一点上，我想各位应该考虑一下偷出蛇的动机。比如，各位可以认为是死者将蛇拿出做试验的，那这就涉及盗窃，诸位则要考虑以死者的品格是否会做出这样的事。此外，各位需要考虑，你们听到的死者深受打击导致健康恶化的情形。你们还可以考虑另一种可能性：死者的去世，是否会给某些人带来极大的利益，但他可能没想到，这么做会让自己走上一条不归路。”验尸官似乎对刚才自己的一番话十分满意，他又接着说，“更进一步，各位需要考虑，教授那样的健康状况，是否真的能够实施偷窃行为。大家当然还需要记住，如果你接受了这种推论，那么钥匙被落在侧门，而死者通过这个偶发事件获得复制钥匙的难度。”

“但在各位接受这个推论前，你们也必须说服自己，这个推论与其他的证据相吻合。如果是死者拿走了蛇，他用蛇做了什么呢？他是否把蛇放进了证词所说的某个盒子中呢？如果是这样，又发生了什么情况？是蛇逃走了吗？是死者抓起蛇将它丢到书房外的水桶里的吗？”

“如果大家拒绝接受这种假设，你们必须考虑还有谁能把蛇拿走，他又是出于何种目的？而且，你们还必须解释死者是怎样被咬，而蛇又是如何被淹死的。”

“这些都会指引你们思考要回答的第三个问题：他死于意外、自杀还是谋杀？”

“这几种原因中，我想你们恐怕会排除自杀这一项。如果死者一心求死，那他在蛇馆内完成这一步骤即可，只需要将手伸进笼子，而不必大费周章地带蛇出去。此外，根据帕特维太太的证词，死者当天是打算去利特先生家拜访，所以你们很可能完全不同意死者自杀这一观点。”

“那么关于谋杀的可能性，各位就得仔细斟酌了。是否有人将蛇偷走以便安排死者出门或打算出门时被蛇咬伤中毒致死的假象？各位需要记得，那个人，不但有动物园的钥匙，还有死者家的钥匙，而且他必须非常熟悉两座建筑的内部结构及陈设。这件案子中，什么人具备这样的条件呢？”

“更进一步，如果你支持谋杀的推论，那么你们必须找到有动机害死死者的人。我想这方面目前并无相关证据。”

“你们可能会得出结论认为无支持谋杀的相关证据，如果是这样，那么就只有意外一种可能了。各位需要思考，意外的推论是否与你目前了解到的事实相匹配。”

“最后，如果各位认为某人应该对这起意外/自杀/谋杀负责，你应该直言不讳。你们必须明白，你们无须去寻找罪犯，而只需提到你认为有罪的人的名字。”

“现在，如果暂时没有其他想问的问题，请各位退席并考虑你个人要给出的判决。”

陪审团没过多久就达成了统一决议。他们出去15分钟后便回来了，经过验尸官那一番演讲，陪审团在给出的决议上似乎也没多少选择的空间。他们认为马修·本那比教授是在摆弄危险毒蛇过程中不慎被咬伤身亡，而这一意外也不该有任何旁人为之负责。

第十四章

心事重重

问询结束后，乔治在回办公室的路上，心情无比轻松满意。这件事终于圆满结束，也没有带来什么可怕的后果，令他不仅沉醉其中。他想跳舞、想唱歌，想给所有遇到的人买杯酒。但他立刻严厉地责备自己不可得意忘形。尽管危险已经过去，但潜在仍有威胁，只要稍有疏忽，威胁仍然可能卷土重来，因此他现在绝不能懈怠。

同时，他应该表现出对动物园重新开放的喜悦之情，因为街头巷尾口耳相传的本那比偷蛇一事，不仅撇清了动物园的责任，更是维护了动物园的名誉。在向员工们表达祝贺时，乔治有意流露出了欢快的情绪。

接下来几天，乔治都像往常一样在办公室工作，没什么特别的事情发生，这让他相信，如果警方要调查进一步的证据，他也绝不会受人怀疑。大家与他讲话时都神色自然，他相信没人对他的举动产生什么危险的兴趣。

第二天晚上，他又租了那辆格纳特去了欧洛普山，打算处理作案时用过的绳索，心里盼望着这是最后一次租用这辆车。那晚天气比他预计得还好，月明星稀，去山上的人可能都会看到他，但那个时间一般很少有人，所以他倒也不以为意。从另一个角度说，这样的天气也有好处，因为他想把绳子藏在山石之间，但崎岖峡谷在黑暗中也不易攀爬。

乔治没费什么力气就执行了原定计划，将绳索扔进了难以触及的沟壑里。他小心地解开了所有绳结，又把绳子浸入水中几次，直到不太可能留下什么线索为止。旁人看来，这只是根登山者用于攀爬的绳索而已。就算奇迹发生，这根绳子被警方找到，也不会与他产生任何关联。

销毁掉最后一个对他不利的证据，乔治心中的大石头也落了地，他从容地踏上回家的路，决心安定下来度过正常、无可指摘的后半辈子。

不过，这整件事他还是摸不着头脑。他苦笑着想，自己跟警察一样被蒙在鼓里。他不断地问自己，卡珀到底做了什么？他肯定又搞来了一条蛇，因为马尔医生跟布莱尼·希顿都认为本那比是死于毒蛇咬伤。那他是从哪里弄到那条蛇的呢？这种动物可不容易搞到，就算是动物园的授权代表也不一定能行。他一个律师，想在中部地区通过正常渠道购买一条蛇也是几乎不可能的事。乔治猜测，他一定是找了东方的神秘朋友帮忙处理此事，这就说明一切都在他的计划之中。

乔治的好奇心越来越强，最后他终于忍不住打算找卡珀一问究竟。几天后，他在电话亭给卡珀打电话，要求见他一面。卡珀并不同意，不过耐不住乔治软磨硬泡，他终于松口说周六要去趟巴思，如果乔治能在那天下午3点左右等在他的必经之路上，他可以载他一程。

于是乔治乘火车赶到离约定地点最近的车站，又走到了见面地点，正赶上卡珀来接他。一上车卡珀就责怪他强迫召集了这次会面。“你到底是怎么想的，”他愤恨道，“你就不能别这么多事吗？如果有人看到我们俩见面，可能会有各种猜测。事情还远不到高枕无忧的时候，你怎么现在就想把它搞砸了？”

乔治吃了一惊，他解释说自己是好奇心作祟。卡珀闻言十分愤怒。

“你当然不知道是怎么做到的！”他生气地回答说，“你就是个傻瓜，这难道不是你想看到的结果吗？我之前就告诉过你，如果你真的一无所知，那么你的表现就会更有说服力。感谢你自己毫不知情并且一直保持下去吧。”

乔治也很生气，但他清楚卡珀说的是对的。“你没受怀疑吧？”他底气不足地问。

这却激起了卡珀的怒火。“我怎么会知道呢？”他怒火冲天，“不是你被问询了吗？你了解的情况不是跟我一样多吗？老天爷呀，别以为大功告成就犯傻了。”

乔治也恼怒地辩驳了几句，接着又问他宽泛但却也相当重要的问题。“我什么时候才能拿到钱？”

他本以为这会更加激怒卡珀，没想到结果却恰恰相反。卡珀冷静下来，以平静的口吻回答说：“我也在想这件事，我估计能比预期的再多得几千英镑，所以准备给你1000英镑甚至更多些。但是我现在也没办法，不然我早就行动了。”

乔治也考虑过这个问题，但他觉得应该没什么难处才对。“我还指望以你掌握的法律知识，应该有什么门路呢。”他讽刺道。

卡珀做了个不耐烦的手势。“我的确有办法，但这法子不够安全，你该清楚，我现在不能给你支票。”

“那现金呢？”

“我要是有1000张一英镑，早就给你了。但我怎么能不受怀疑地把钱转移出来给你呢？”

“10英镑不行吗？”

“不够安全，10英镑可能会被追踪。”

“这我可不知道。”

“不论如何事实就是如此。银行会记录每笔5镑及以上面额钱币的流通，而且会登记接收者。”

“那你有什么计划？”

卡珀耸了耸肩。“我承认我也不希望这样，但是唯一的办法就是公开行事。你给我写信说想筹一笔钱，问问我是否能做点什么。我会说我能够预付1000英镑，你就假装接受我的提议。”

乔治的确也不喜欢这个主意。他希望的是自己能够悄悄收到卡珀给的这笔钱，越少人知道此事越好。目前本那比一案他并未受到任何牵连，但是案件审理会持续很长一段时间，任何时候如果复盘文件，两人的交易就可能给警方提供之前被遗漏的联系。这可是他绝不希望看到的。

“一英镑你最多能给我多少？”他顿了一下，又问。

卡珀想了想说：“对你来说可能是杯水车薪了。”他最后说，“四五十英镑吧，我想。”

这一次轮到乔治考虑了。“一星期？”他终于问道。

卡珀吓了一跳。“一星期就要？”他有点疑惑地重复道。

“50英镑，一星期内给我，都要一英镑的。”乔治很坚定地回答道，“是不多，但我也能派上点用场。最好这周50英镑，下周40英镑吧。”

卡珀第一次流露出对乔治的赞赏之情，但他赌咒发誓说自己弄不到那么多钱。这样大幅度增加开销会引起银行的怀疑。

“胡说。”乔治反驳道，他已经慢慢找回了自信，“你有那么一大笔遗产入账，如果你不增大开销才会显得可疑。”

“没错，”卡珀嘟囔道，“如果开销是看得见的倒也没什么。如果我买新房或者新车应该没什么问题，因为任何人都会看到钱的去处。但是没什么大额花销、生活照旧的话，拿走一大笔就会显得奇怪了。”

“那好吧。”乔治回答，“你可以每周取50英镑，40英镑给我，剩下的10英镑大肆花费一下。别跟我说你没办法，卡珀，你可不是傻子，而我必须拿到那笔钱。”

协商到最后，两人终于达成妥协。接下来的周一，卡珀会邮寄50张一英镑的纸币给乔治，之后每周寄给他25英镑。

之后，乔治踏上了返回伯明顿的路程，朝另一个火车站走的路上，他的心情极度失望。每周25英镑与他之前所期待的1000英镑一步到位根本是天壤之别。这样他没办法给克拉丽莎和南希买她们想要的车。他也没法完全买下玫瑰小屋，与那些卑鄙的放债人两清。

不过随后，他又觉得自己不该抱怨。这种短暂的不便完全是为了最好的结果打算。在婶婶的遗产未被认证之前，没人会觉得他应该突然有一大笔钱。欠大债权人的那笔钱倒是不愁，更让他担心的那些小额债务，也能够逐步慢慢还清了。这就够了，而且也不会引起什么人的怀疑。

一切都进行得非常顺利。然而令乔治感到惊讶的是，虽然这场密谋及悲剧已经告一段落，但他还是常常想起此事，而且并不开心。因为有钱能够帮自己渡过难关，他心里非常满意，但内心深处却仍旧感到焦虑和不安。他已经得到了自己一直以来想要获得的物质方面的优势，但一种无形的负担却像实实在在的重物压在他心头。在那件小事发生以前，他还没有意识到这种压迫感到底是什么。

过了几天后的一个中午，吃过午饭，乔治偶遇了也在俱乐部的本那比的律师，霍勒斯·汉密尔顿先生。两人聊了几句，话题又说到了刚刚去世的教授身上。

“他是个很好的老人家。”汉密尔顿说道，“我知道他一直是个慷慨之人，但直到我开始查看他的各种文件资料，才知道他到底为多少人提供帮助。当然，他有一大笔钱，不过他把钱都拿去照顾救助机构的伤残流浪狗了。他这一死，肯定有好多人会很难过。”

乔治含混地嘟囔了几句。

“我对其中一个受他救助的人尤其印象深刻。”汉密尔顿继续回忆道，“那人是个司机，因为言辞不当失去了工作和推荐信。本那比在他最为穷困潦倒的时候找到他，本打算帮他置办一辆小卡车，让他可以四处揽活帮人擦车或做点日常家用维修。那人自己也觉得能做点小生意，可以挣钱养活自己。你真该去看看他的希望破灭后绝望的样子，而这只是诸多案例中的一个而已。”

“或许本那比先生的继承人可以继承他的遗愿，继续帮助这些人。”

汉密尔顿耸了耸肩，讽刺道：“是啊。”

那天晚上，乔治辗转难眠，他突然有了一个新角度来审视自己所作所为对别人造成的影响。这个无害又友善的老人，居然被他乔治谋害了！那些正接受本那比救助的人，因为他的恶行，失去了援助和希望。而他做出此等伤天害理的事，并不是像这些人一样为生活所迫——他的物质生活一直很优越——仅仅是为了想博情妇一笑而获得满足。现在，他不得不正视这一铁板钉钉的、赤裸裸的事实：都是因为乔治的帮助，卡珀才能执行自己的计划，让本那比命丧黄泉。乔治知道，他已经成了杀人犯，失去了心态的平和，也不得不背上一辈子都无法摆脱的沉重心理负担。

乔治也终于意识到，这种沉重的负担为何会将他压垮。他知道自己做过什么，也知道自己这样做的原因。他开始思考，在这场“风险投资”中，自己得到什么，又失去了什么。他是得到了钱，但是否已经失去享受金钱的能力？他还是可以与南希见面，但她的陪伴却再也不能让自己感到快乐了吧？他的确在玫瑰小屋建了一个安乐窝，但是否也毁掉了家庭呢？长话短说，乔治用道德负担替代了对经济状况的担忧。他觉得自己的所作所为换来了令人痛苦不堪的烦恼。

但很快他又不再难受了。乔治劝告自己，这些良心拷问都是非理性的恐惧，源于孩提时代的错误教育，比如迷信和胡言乱语。在这个世界上，想要一样东西就得自己去争取。他不必为自己的行为后悔，只需要驱走脑中这些病态的想象，就能重回理智和快乐。

然而，尽管乔治极力想说服自己，但其实心里也知道，这些负担会一直跟着他，直到他死去……

乔治还担心克拉丽莎的事。最近一段时间她的举止令人猜不透，对他的态度也有所转变。她比以前更冷淡了，简直变成了一尊冰雕。克拉丽莎再也不会假装关心他的行踪，好像他只是个不受欢迎却又不得不忍受的陌生人。有时他也担心克拉丽莎已经发现了南希的事，但随后他又肯定地觉得，如果她已经知道出轨的事，肯定会说点什么，那他也就不必再苦苦隐瞒了。

事实上，克拉丽莎了解的也只有哈莉特·科瑞恩恶毒的暗示而已。她放弃了找侦探调查的念头，决定除非再发生新的情况，否则她都会按兵不动，让事情顺其自然、不加干涉。她也知道，乔治只是做了许许多多丈夫会做的一件事，只要家丑没有外扬，那她还是愿意维护小家和对外的地位。毫无疑问，他自己也会厌倦出轨这档子事。尽管对她来说，婚姻就像是某种商业合作，但她还是会像很多遇到这件事的人一样，心情烦乱、闷闷不乐。

不过令她讶异的是，乔治在物质消费方面的观念，竟然有所改观。与卡珀见过面后，周二上午，一封写着“私人信件”的信封放在了他的桌子上。他从里面拿出50张一英镑放进钱包里。这第一笔收入令他心满意足，50英镑不算多，但还是可解燃眉之急，而且一想到每周还会持续进账，他就更是雀跃。

随着危机过去，他又开始渴望见到南希，不过他还没想好，现在去玫瑰小屋拜访到底安不安全。他想，自己绝不能再租车去了，太容易被人追溯。那次与卡珀的见面让他想到一个办法。附近就有三个火车站，距离玫瑰小屋分别是1.6、3.2、4.8公里。他可以轮流坐火车到那里，剩下的路程就步行过去。他从电话亭打给南希，说明天下午去看她。

但是这次会面远不如往常的见面来得满意。事实上，南希不经意间的几句话让乔治大吃一惊、很不愉快。

乔治跟南希解释，自己之所以疏于拜访，是因为动物园丢蛇事件和本那比之死导致他不得不在动物园加班。在案情查明之前，警方形成了谋杀案的推论。他想警方认为这一切与动物园有关，包括自己也有嫌疑，所以等嫌疑彻底被洗清后，他才敢来玫瑰小屋看她，也就不会把警方引到这里了。而南希的回答却让他十分生气。

“这种想法！”她轻蔑地说道。“好像有人愿意谋杀一个可怜老头、还会用这么可怕的方式似的！如果真有人做了这种事，我很希望看到他被吊死。”

乔治勉强振作起来，恳求似的说：“别说这件事了，是件很可怕的事。我们还是想想别的吧。”接着他转而说起了有人闯入动物园偷窃的事，以及完全失控的事态。

他们没有再继续这一话题，但是那晚，乔治回到家坐在书房里时，南希的话又浮现在他的脑海中。南希，这个世界上他唯一深爱（或一厢情愿深爱）的女人，如果知道了真相，会很希望看到自己被吊死！他做的这一切可都是为了她，或者这也是他一厢情愿。他已经失去了妻子、失去了自尊、失去了内心的平和，都是为了她——如果她发现自己是个什么样的人，会希望看到自己被吊死！

乔治感受到一种前所未有的孤独感。如果真相被揭露，不仅仅是南希，所有的人都会乐见他的死亡。克拉丽莎，这个他曾经爱过、也曾经爱过他的女人，恐怕会是例外。她会觉得难过。但这悲伤不是为了他，而是为她自己，因为他给她带来了耻辱与毁灭。她会诅咒他。

乔治独自一人坐着，几天前让他焦虑的想法又出现在脑海中。他似乎看到年老而虚弱的本那比，正在徒劳地与蛇搏斗。老人的眼中充满恐惧和惊骇，而这都是乔治一手造成的。那双眼睛盯着他，不管他看向何处，都带着责备的神色望着他。从墙上的画上，从壁炉中烧得通红的炭块里，从他打开的书的纸张上冒出来。这双瞪着乔治的眼睛里包含着多少责备！发现凶手就是他时，又流露出了多少悲伤与惊讶！

乔治突然咒骂一句，站起身给自己倒了一大杯威士忌，倒上一点苏打水，一饮而尽。酒劲很快就上来了，他的思绪也清楚起来。本那比的声音跟满含责备的眼神都消失了，乔治的人生观也正常起来。根本无须担心——他现在明白，过去的事情已经过去了。毕竟，这个古老的世界并非什么凶恶之地。人生得意须尽欢吧。况且，钱财也源源不断而来，让他可以享受到前所未有的快乐。

他又漫不经心地倒了一杯酒，加上苏打水，转身坐回壁炉火堆前的座椅上。威士忌可真是好东西，他心里边想着，边啜了一口酒。就算情绪极差，酒也能让你重新振作起来。没错，只要还有一杯威士忌，总能让人身心舒适。威士忌是好东西！

突然，他脑中又闪过一个念头，急忙将酒放在椅子旁的桌子上。真蠢！他这么想真是蠢到家了！喝威士忌对他根本毫无帮助。他恐惧地回忆起酒精的另一种作用：它会让人的嘴变松。老天！如果他喝太多，有什么是说不出来的呢！让这些恐怖而绝望的念头浮现在脑海中，也比不慎说出自己的秘密来得好！言多必失——这种情况导致的可怕场面生动地浮现在他脑海中，一想到可能的后果，他顿时感到不寒而栗。遭到逮捕（听说警方逮捕时都非常礼貌友好，不过这只能加剧其过程的恐怖）；等待；庭审；又是等待，这次会有两名狱警陪他；之后……

乔治又打了个寒战，颤抖地拿起酒杯。然而，他却立刻咒骂一句，将酒杯扔进了火堆里。杯子摔碎了，火苗突地一闪，发出嘶嘶声，着得更旺了。该死的！他真是受不了了。他得去俱乐部找人聊聊天。

乔治看了一眼时间——太晚了，来不及去俱乐部了。现在已经晚于他平常睡觉的时间了。不过就现在这种心绪，根本睡不着觉。逐渐地，他情绪好些了，况且现在，也不是安眠的时候。

乔治的思绪平静下来。他想，自己必须戒酒才是。虽说这会很难，但也必须面对。刚开始的几天可能会很难挨，但之后就很简单了。

接着他又想到另一件事。卡珀！如果卡珀跟他情况相似，那他会戒酒吗？他会不会某一天喝多了，结果说出什么不该说的事情？

乔治意识到，从今以后，他是否安全、能否免于牢狱之灾，将全部取决于卡珀的自制力，这让恐惧感又像潮水一般将他淹没。卡珀是个自制力很强的人吗？他不知道。

乔治意识到自己的安危将不受自己控制后，那种惊慌失措的感觉又一次攫住了他。他必须见见卡珀。不管任何代价，都要见他一面，并且让他承诺戒酒。但是这种承诺有意义吗？

乔治越想越觉得冷汗直流。这会是另一个可怕的陷阱吗？如果卡珀的存在会威胁到他的安全，那么只有一种办法能解决此事。

老天，这真是太可怕了！乔治渴望地看着酒瓶，但还是坚决不许自己碰它。他没意识到事情会发展到今天这个地步。如果阴谋还会继续，他决计会受不了的。与其那样，还不如让他死了的好……

他又猛地振作起来。这些只不过是恐惧作祟。自己是因为紧张才感到不适。他想要一个假期……很快就能拿到那笔钱了，然后就去度假。可以去南美或者好望角，只要离开这里，什么地方都行。而且他会带南希一起去。送克拉丽莎去加利福尼亚度假，她一直想去那里看望家族亲戚，然后他自己，带着南希去别处。到时候就能好好享受一番，忘记这些可怕的噩梦了。

尽管有这些勇敢的想法，但乔治内心深知，如果不忘记发生过的一切，他根本没办法好好享受人生。

第十五章

媒体报道

正当乔治在伯明顿与自己的困苦抗争之时，发生在伦敦的几件事，却注定要对他以及与他周围人们的生活产生决定性的影响。

事情发生于询问后第二周的周末——就是乔治与卡珀见面，商量还钱办法的时候。苏格兰场的高级督察约瑟夫·法兰奇正忙着讨一位客人的欢心。这么说可能还不够确切，原因有二。首先，其实是这位客人，很讨法兰奇的欢心，因为亚瑟·米利肯是个聪明、八面玲珑的小伙子，观人察色角度别致，谈吐有趣；其次，他也不算是法兰奇的客人，而是他妻子的客人。

亚瑟·米利肯是法兰奇太太的妹夫，他娶了她最宠爱的小妹为妻。但几年后小妹不幸去世，这成了法兰奇太太这辈子最大的伤痛。但从那时开始，她跟法兰奇逐渐喜欢上了亚瑟，他几个月就来拜访一次，通常会跟他们共度一个周末。

亚瑟·米利肯是伯明顿温斯洛&沃特顿保险公司总部的高级职员。虽说是个职员，但职位级别很高。他有两个兄弟，也都住在伯明顿：一个是彼得·米利肯，也就是我们的动物园饲养员主管；另一个是查尔斯·米利肯，自己经营一个小的汽修厂。

他们聊了一会儿，基本都是亚瑟在说，于是他决定停下来，听听法兰奇最近的见闻。

“最近忙吗？”正在进行的谈话停了一下，亚瑟赶忙问。

“我刚从康沃尔回来。”法兰奇边回答，边往烟斗里填自己最喜欢的混合烟草。

“国家机密吗？”

“才不是呢，发现一个男人死在自家车道，全身毫发无伤。尸检发现他胃里有砒霜残留，所以问题是：他为何要服用砒霜？”

“你找到原因了吗？”

“估计是自杀吧。他年纪大了，老婆却很年轻，但还有另外一个男人牵连其中，当地有些蠢货就认为那是谋杀，但我认为并不是。而且也根本没有证据证明谁有犯罪动机。”

这次轮到米利肯换烟叶了，法兰奇将自己的烟丝罐推了过去。

“真巧，也是在车道上发现了死人。”米利肯边装烟叶边评论，“让我想起伯明顿刚发生的一起很有意思的案子。这件案子很让我们激动，因为我哥哥彼得也被牵连进去了。我想你应该读到报道了，一位用蛇做研究的老教授之死？”

“这我倒没看到，是什么样的案子？”

法兰奇礼貌地表达了兴趣，其实他心里有点不耐烦。他最不希望的就是别人跟他聊罪案的事情，因为这完全算不上令人愉快的话题，而且工作中接触到的案件也已经够多了。但人们似乎觉得跟他聊此类话题才合适，不过法兰奇也知道，要是他们知道自己聊这个话题会显得多无知，恐怕就不会这么做了。但是，毕竟是客人，法兰奇还是打算迁就他一下。

“他也是躺在车道上被人发现的。”米利肯先铺垫了一番，“所以我才记得这件事，不过并不是在自家车道上，而是在他的家庭医生的车道上。老人家在用蛇毒做试验。”他幽默又不失礼貌地概括了一下案件的情况。

“有意思。”法兰奇承认说，明白自己还在尽宾主之仪。

“对吧？”米利肯很满意法兰奇的反应。“而且还有点神秘呢，尽管验尸官最后给出了那样的结论。我得说，算是符合你心意的案子。”

“哦？”法兰奇问道：“怎么说呢？”

“好吧，我也都是听彼得说的。他说不相信是那个老头儿自己偷的蛇，老头儿可没那个胆子，尤其是最近。”

“那么他是怎么解释案件的呢？”

“也没说出个所以然来，就是直觉。他觉得现在得出的结果解释不了这个案件，内情肯定比我们知道的还要复杂一些。”

“但验尸官和陪审团显然不这么觉得吧。”

“我也是这么跟彼得说的。但是彼得说验尸官和陪审团都不如他了解这个老人。他说要偷走一条危险的毒蛇还是很需要胆量的，而老本那比根本没那个胆子。而彼得是个很可靠的人，我想他说的应该有道理。”

不知不觉间，法兰奇想起，很多人在各种场合下，会用“说这话的人可靠”这种方式来拒绝接受某个肯定的推断。就在不久前，他坐在亨利镇警局的办公室里，听当地郡警察局长马什少校说，他不相信百万富翁安德鲁·哈里森会是自杀的，因为他私下认识这个人，觉得他根本不是那样的。那件案子是一个百万富翁，在证券交易所被骗损失一笔后，死在了自己家的游艇里。但是，郡警察局长的直觉，或者说心理学理论，居然被证实了，由此牵出了一桩设计巧妙的谋杀案。这样相似的案例还有几个。心理方面的分析是不可被忽视的。实际上，随着法兰奇的经历越丰富、行动越老练，就越重视心理分析的作用。

不过在这个案子里，这样的心理分析倒好像没什么意义。一个是穷其一生思考人性、辨别人性引发的行动的郡警察局长；另一个却不过是动物园的饲养员主管，二者对他人的判断和心理分析恐怕不可同日而语。彼得·米利肯可能像他兄弟说的那样——法兰奇也见过他，对他评价很不错——但是终究还是比不过一个训练有素的办案人员。另外，伯明顿那样的大城市，验尸官和警察也不可能是傻子。如果他们有与彼得一样的疑问，他们肯定会发现并采取相应的行动。

“我想警方应该是调查过那一方面的了。”他轻松地说，“而且我猜，他们也采纳了医生的建议吧？医生肯定也给出了那样的结论。”

亚瑟同意他的说法。“我自己也不觉得有哪里不对的，”他补充道，“只是彼得好像很肯定的样子。”

“到底怎么偷的蛇呢？”法兰奇问道，“这种活我可不愿意自己干。”

“似乎有一种用来抓它们的钳子，末端绑着皮环。把笼子打开，把皮环滑到要抓的蛇的脖子上，固定好就能把它拎起来了。”

“我想也不太容易弄吧。”

“没错，尤其如果这条蛇来回扭动不想被抓到的话，要是我的话，肯定宁愿让彼得帮我抓。”

法兰奇越想，越打心底觉得这件事矛盾。捕蛇是一项困难而又危险的工作，而且还不能伤到蛇。不但需要大胆，更需要技巧娴熟。

如果是这样的话，彼得·米利肯的想法真的很荒唐吗？一个衰老的科学家真的能做到吗？法兰奇对这个案子更感兴趣了。

“问询的时候，关于本那比的身体状况，证人们怎么说？”他问道。

亚瑟想了一下。“好几个证人都说了，”他接着说，“不过我不记得是谁说的了。有一位医生，马尔医生，还有动物园园长瑟里奇先生，另外还有内斯比特，动物园蛇馆的一名饲养员，还有就是彼得了。内斯比特和彼得应该没什么发言权，可能是马尔医生吧。如果他认为老头儿做不了这种事，应该会提到的。”

法兰奇却不觉得这么肯定。这要取决于验尸官和医生两人的个性了。如果医生傲慢无礼，只想发表个人见解却受验尸官冷落，那他可能会赌气只发表或回答别人提出疑问的意见。

“马尔医生是个什么样的人？”

“很好的一个人。”亚瑟非常热情地回答道，“是个直白又正派的人，乐于帮助任何人，而且医术高明。大家都很喜欢他、信任他，他对人也非常友好。”

这么一来，他就不太可能傲慢地保留什么没被问到的信息。他回答的内容一定很有趣。

“案子经过媒体报道了吗？”

亚瑟得意地笑了。“我就知道你会感兴趣，”他接着说，“我带来了那一期的《伯明顿时报》，就是怕你想看时没有。报道很全面，因为大家都对这个案子感兴趣。动物园有条蛇逃进了城里把大家吓到了，我觉得大多数人都是很害怕的。”

法兰奇点了点头。“当然了，你肯定是考虑周全的。我很想读读这篇报道。你不会也知道警方是否接受调查裁决的结果吧？”

“这我不清楚，我以为有裁决结果他们就会接受的。”

“那倒不一定。但是当然了，如果不接受的话，就很不寻常了。”

“是吗？当然了，这我就没法告诉你了，我可不是他们委员会的成员。”

那天傍晚，法兰奇详读了这篇报道，验尸官似乎处理得很好，警方提供的证据也得出了大家期待的结果。没人试图掩盖死者健康状况的恶化：事实上，甚至是强调了他身体不好。死者年老体衰无法行窃这个问题，也是验尸官自己提出来的，那么陪审团就不会忽略，然而这却并没有影响他们做出目前的裁决。彼得·米利肯也说出了自己的想法，但这个案子里一定是他自己搞错了。

想到这里，法兰奇便把这个案子抛于脑后，转而去做他每周六晚上例行之事了。但是，那晚他躺在床上还没有睡着的时候，这个问题突然又浮现出来。真是个不寻常的案子，发展也很戏剧化。对很多人来说，蛇具有某种变态的魅力，一想到这个可怜的老人是独自在黑暗中面对这样可怕的遭遇，估计很多人都会不寒而栗。

法兰奇很想知道，在那致命一刻到底发生了什么事情。显然，本那比刚出门或正准备出门的时候遭蛇袭击。可能他正要查看蛇是否安全无事，结果不小心让它逃跑了。接着他又抓住蛇的七寸，而处理这个棘手家伙最容易的办法就是把它扔进水桶里。由于受伤时没有别人在场，本那比觉得最好去医生家求助。这种推论合情合理，验尸官保持这种观点倒也没有疑点。

让他有点恼火的是，这个案子怎么就像自己负责的案件，完全占据了他的脑海。他睡不着，也没法停止思考。不知不觉中，法兰奇还是翻来覆去地思索案件细节及其相互的影响。

突然，他想起自己遗漏掉的一个细节，再想它可能掩盖的隐情，心中升腾起一丝激动。他翻身打开台灯，蹑手蹑脚地下楼，找到亚瑟白天给他的报纸，回到卧室。他又读了一遍证词，心中更有几分把握。之后他放下报纸，关上灯，慢慢地睡去了。

到了周一，他在办公室把信件处理完，估摸着助理警察总监莫蒂默·埃里森应该也忙完了，便打电话求见。

“怎么，法兰奇，有什么事吗？”法兰奇走进上司的办公室，莫蒂默跟他打招呼道。

法兰奇把报纸放在旁边的桌子上。“你看过这件案子吗？”他平静地问道。

莫蒂默探寻地望了法兰奇一眼，拿起报纸。“还没看详细的，”他答道，“怎么了？”

“我跟你说说大概情况吧？”

助理警察总监有点忧虑。“如果必须如此的话。”他屏声静气道。

法兰奇了解他的领导，他满意地笑了。“我倒不觉得非这么做不可。”他回答说，“但我想提一点问题，如果你不介意的话。”

“我当然介意，但你似乎很关心此案。不过，你不说出来肯定也不痛快，请讲吧。”

法兰奇十分满意地说了下去。长期的侦查实践让他能够言简意赅地讲完要讲的事。法兰奇说话的时候，莫蒂默一动不动地坐着，他厚厚的眼皮垂下来，遮住了眼睛，像是要打瞌睡的样子。但法兰奇知道，他绝不可能打瞌睡的。他知道莫蒂默正在仔细听他说的话，他那机警的脑袋也在思考和摘取所听到的重要信息。

“然后呢？”等法兰奇说完，莫蒂默问道。

“我突然想到了一点，‘江景’那里根本没找到捕蛇用的工具。”

莫蒂默敏锐地看了法兰奇一眼，又回到了沉思的状态。“你怎么知道呢？”他接着问道。

“我当然不是完全确定。”法兰奇承认说，“但是根据报道提到的事实来看，的确是没有。兰金督察肯定是把屋子彻彻底底搜了一遍，如果他找到了钳子，我想问询时不可能不说。这可是证明这件案子属于意外死亡的非常重要的物证啊。”

“肯定还有其他的。”

“你是说其他用来装蛇的工具吗？”

“是的，袋子、盒子或是网子。”

“我想它们都可以用同样的问题来质疑。如果找到任何与偷蛇相关的东西，兰金都应该提出才是。”

莫蒂默沉默了一阵，接着又抬头说：“法兰奇，我敢说你是对的。不过，为了保证我们俩没有任何误解，你还是直白地把你想到的再说一遍吧。”

“我是这么看这个问题的，先生。想把蛇从动物园带到‘江景’去，一定会需要某些工具。我猜想，当然也不确定，屋里肯定应该有钳夹，这样才好用它来处理蛇。而且，报道提到，蛇的七寸处的确有钳夹夹伤的痕迹，如果钳夹找不到，那肯定是有人把它拿走了。会是谁拿的呢？显然不可能是死者。所以，肯定当时还有其他人在场，把钳夹拿走了。”

“这还不太确定。”

“没错，先生，我承认这并不确定。但是我把它告诉你，这一点绝对需要再进行深入调查。”

莫蒂默先生又一次沉默了。“这些报道里，你有没有推断出什么可能性？”

“某种程度上的确有，先生，不过很不确定。但我觉得是有人想除掉老头儿，这人还了解他的试验，于是决定用蛇来免除自己的嫌疑。我想大概就是这个人偷走了蛇，并且……”

“顺带一提，还解决了老头健康恶化不敢直接摆弄蛇这个问题。”

“没错，先生，我想有一个嫌犯X偷走了蛇，了解老头有去朋友家下国际象棋的爱好，于是就等他周三那天晚上出门的时机。提醒你一下，当晚房子里没有别人。我想他是用钳夹带着蛇去的，然后把它朝死者面前伸过去，死者想躲避的时候却被蛇咬了。”

“这个想法很可怕，法兰奇。”

“非常恶毒，先生，如果有人丧心病狂到这个程度，那决不能放其逍遥法外。”

“我同意。好吧，请继续讲。”

“现在我们来想想嫌犯X的位置。因为天黑，死者未看清袭击者的面容，所以他犯案后安然离去，而且肯定几乎没遇到熟人。但是这个X手上拿着蛇和钳夹，这些东西他会怎么处理呢？”

“他大概已经考虑过水桶的事了？”

“我想也是，先生。但这只能说明蛇的去向，他得考虑把钳夹也放进去还是带走。他的目标就是引导警方认为是死者把蛇放了出来，如果把钳夹放在池塘边，那他的诡计就会暴露。若把钳夹放在装蛇的容器旁边倒是没问题，但他可能进不了本那比的屋子，或是不知道本那比究竟将蛇存放在哪里。”

“那动机呢？”

“这就不得而知了。但是我的线人告诉我，死者非常富有，那么他一死必然会有人获利。”

“这全都只是猜测。”

“我知道，而我与你这次见面的目的，就是请你考虑在这种假设下是否应该采取一些措施？”

莫蒂默先生又眨了眨眼。“你这就把我弄糊涂了，你非常清楚我们是不能干涉办案的。”

“我在想，先生，你觉得需要把这些告诉伯明顿警方吗？”

莫蒂默又沉默了，这次比之前的沉默更久。“我想他们很难会再次调查这个案子。”最后说道，“不过，我同意你的想法，还是有可能的。你的建议是问问他们是否发现了钳夹或其他抓蛇用的装备，对吗？”

法兰奇摇了摇头。“这估计不行，先生。这样干预很可能会惹恼他们。我想你可以把想法写信告诉当地警方，并说这是一名下属提出来的，你只是代为传达，看看是否有价值。”

“纯粹做好人吗？”

法兰奇又咧嘴一笑。“其实这个案子是我妻子的妹夫说起来的，他家的兄弟就在那个动物园做饲养员，所以我才会感兴趣。”

助理警察总监用手摸了摸下巴。“我都能想到，伯明顿警方觉得自己受伤害的表情。”他自言自语道，“要是调换位置，我肯定会伤心的，先生。”

“不会的，先生，我不觉得如此。”法兰奇眨了眨眼，语气却十分坚定，“如果你掌握到对了解事实真相有帮助的信息，一定会非常高兴的。”

“威胁不管用，就来奉承吗？好吧，我总是很吃这一套，我会给当地警方写封私人信件的。”

法兰奇心里五味杂陈地回了办公室。他不确定自己是不是会让人看笑话。这件事他根本不该插手，也没有人咨询他的意见，现在表达观点的需求已经满足，又开始后悔自己为何要这么做。当然了，犯下如此可怕谋杀案的凶手不应该逍遥法外，但他也算不上什么国家的道德卫士。不过，既然莫蒂默先生也接受了他的观点，说明应该不会错得很离谱，不论如何这个问题不归他管了，所以也不必再浪费时间了。

尽管他如此有自知之明，但此案依旧盘旋在他心头，久久不去。如果负责本案的警官非常憎恶和仇视苏格兰场的话，不知道当地警方会怎么处理助理警察总监的那封信。其实不太指望会得到什么进一步的消息，大不了他们会回一封礼貌但态度模糊的致谢信。

不过让他吃惊的是，第二天下午，就在他要下班回家时，收到了助理警察总监的召唤。

他在那里见到了一个看起来非常机警的年轻警官。“这位是伯明顿市警局的兰金警官。”莫蒂默先生介绍道，“你的那些观点真是一石激起千层浪，所以我让你过来安慰安慰他。”

这位受惊的年轻督察似乎就要发表抗议，但他看到法兰奇眨了眨眼睛，便及时打住了抱怨。

“您的推论基本要把这件案子打回重审了，先生。”他微微一笑，开始恭维。“我们局长让我来跟您谈谈这件事。”

“我们只是提出一个想法。”法兰奇巧妙地答道。

“事实上，先生，”刚来的年轻人轮流打量着法兰奇和莫蒂默，又说，“我一开始也认为是谋杀案，但之后情况似乎坚定地向着意外的方向发展，所以我放弃了那个想法。一旦接受了意外的设定，您能明白，我就不再寻找可疑的地方了。”

“这很自然：我自己也是这样的。”莫蒂默先生赞同道，“但是这位高级督察可不好对付，你瞒不过他的法眼。带兰金到你屋里去聊吧，法兰奇。”

法兰奇立刻就喜欢上了这个年轻的督察。他不但没有表现出憎恶的样子，反而感谢法兰奇给自己提了醒。显然，只要对办案有助益，任何帮助他都会欣然接受。而且他也是一个很有效率的人，不但对工作热情，而且对发生在自己手上的案子有刨根究底的精神。

“查案的过程中没有发现什么钳夹，先生。”兰金解释道，“‘江景’那里没有，而动物园也没有丢失任何工具。我们没找到可以装蛇的袋子或网子。死者书房里有三个盒子可能是装蛇用的，但是也没有证据表明里面装过蛇。”

“盒子里的空气应该是充足的吧？”

“专家是这么认为的。我们假设蛇是被装在其中一个盒子里的，因为没有其他东西能够用来装蛇了。”

“都是关得严严实实吗？”

“有一个盒子是上锁的，其他两个没有锁，但盖子是盖上的。”

“蛇可能自己顶开盒子跑出去吗？”

“专家是这样认为的，但也不确定。”

“你的结论呢？”

“我们认为蛇是像您估计的那样，从没有上锁的盒子里跑了出来，盖子是它顶开的。死者在出门要去下国际象棋之时发现蛇逃跑，结果慌乱中被咬伤。”

“听上去的确很合理。”

“但是，先生，你对于钳夹的讨论推翻了这一论断。”

“那你准备怎么办呢？是重新调查还是听之任之了？”

“关于这一点，先生，局长希望您可以过去一趟，到现场查看情况，然后我们再聊聊。这正是他叫我前来的目的。如果这件案子真的是谋杀案的话，我们非常想逮到凶手。”

法兰奇并没有立刻回复，但他的心情很好。这件案子吸引着他，他觉得应该持续关注直到结案。从人道主义的角度说，法兰奇也非常希望见到凶手被捉拿归案，即便动机并不怎么有趣。没错，他愿意前去，而且他相信莫蒂默先生也不会反对的。

在这件事上，他的直觉是正确的。助理警察总监立刻同意让他去一趟，他们商讨决定由他跟兰金一起坐当晚的火车回伯明顿，其他后续事宜再按照官方流程进行。

第十六章

作战会议

第二天一大早，法兰奇就去了伯明顿的警察总部，参加讨论本那比一案的会议。兰金早就在等他了，接着带他去了办公室。

“您可能见不到警司了，先生，他在医院接受手术。”兰金解释道，“但是局长斯通先生会接替他的工作，他说10点来见我们。”

“没问题。”法兰奇说，“正好有时间看看问询的证词。”

“材料我都备齐了，先生，或许你想在警司的房里看？”

“不必。”法兰奇回答说，“这里就挺好，你去忙吧，不用管我。如果我需要什么的话会找你的。”

阅读档案材料时，法兰奇对兰金这个年轻人更有好感了。他写的报告清晰、简洁，整齐地放在一起，更难能可贵的是，他还加了索引。现场照片不多，但照得都很清楚，因此读完档案，法兰奇觉得自己好像到过现场般，精确地了解到那里发生的一切。

警察局长斯通先生过来接见他们，局长是个与莫蒂默·埃里森先生截然相反的人物。他高个子，身材魁梧，但面色沉重、神情忧郁；举止非常官方，尽管对法兰奇也算礼貌，但态度却不甚诚恳。他冷淡地简单地介绍了一下本次会面的目的。

“高级督察，从您的信中得知，您根据本案死者家中没有找到钳夹一点，做出了一些推断。我想听听您对这个疑点的看法，如果您的论述能使我相信本案的确有谋杀的迹象，我会毫不犹豫地重开本案的调查。或许您能拨冗赐教。”

法兰奇早就料到他会提出这种问题，因此他也提前做好了准备。“当然了，先生，”他回答说，“不过请您务必理解，我是根据报纸报道得出的结论，所以本案未公开的细节可能会对这个推论有颠覆性的影响。”

局长微微颔首。

“我把要说的内容以问题的形式表达出来。首先，死者偷蛇、在家用蛇做试验，是否需要钳夹或其他工具辅助？如果需要，但现场却未能找到上述工具，很可能是有人将工具带走了。这个人会是死者吗？如果不是，案发当天，还有他人在场，因此就有了谋杀的可能。”

“鉴于第一个问题引发出的思考……”法兰奇更详细地阐述了自己的观点。

局长听完他的陈述似乎非常惊讶。“我得说您提出了强有力的依据，”他说，“但我不知道这是否有足够的说服力。我同意您的观点，想要偷走一条蛇并把它带到‘江景’，的确需要用到钳夹等工具。但我不敢苟同的是，在家里做试验也必须用这些工具，因为我们并不知道他的试验内容。有可能，我举例来说，死者可能仅仅是把豚鼠放进笼子里，等它被咬后再把它拿出来，这样的话用篮子和绳子就够了。所以这一点上我们持保留意见。”

“我同意，先生。”法兰奇承认道。

“那么我也同意您的推论，如果‘江景’真的有钳夹，那肯定是别的什么人把它拿走了，但我不同意你后面做的这个谋杀案的推论。我想可能会某人仅仅是介入这件事，但并非是杀人凶手。所以我要提问：是死者偷走蛇的吗？”

“证据看来并不支持这个推论。”

“没错，那么会不会是他雇了谁帮自己做这件事呢？看这个案子。假设他贿赂了动物园的职员帮他从动物园偷出这条蛇送到‘江景’，雇的这个人可能使用了钳夹，但他把蛇放进了本那比家的笼子——或者是某个盒子也说不定，然后他把钳夹又放了回去。如果不还，想故意引导的蛇自己逃跑的论断就不成立了。”

这一点法兰奇倒没有想到，但他并不赞同。“我承认，这也是极有可能的，先生。但就个人而言，我认为可能性不大。有人很了解死者的品行，认为他非常正直，不可能做出偷窃这种事。所以贿赂动物园的职员帮他偷蛇，只会比他自己动手显得更卑鄙、更有违其原则。说实话，先生，从证据来看，我认为他没有偷蛇。”

“好吧，那这个先不说，假设你说的谋杀嫌疑成立，你认为谁最有可能犯案？”

“先生，这一点上我还没有证据，不过我知道死者非常富有，那么假设他有继承人的话。”

局长转向兰金，“跟他说说这方面的情况，督察。”

“我们也认为这是一个谋杀动机，先生。”年轻的督察回答道。“死者留下了20000 ~ 25000英镑遗产，因此他的继承人应该有很强烈的谋杀动机。我们找到他的继承人了——死者的侄子，名叫卡珀，是一名律师。他在博山姆执业，那里离伯明顿大概有65公里。卡珀的律所不大，自己住的也很穷酸，这就加强了他的谋杀动机。但他是无辜的，我调查了他的行动，发现案发时他一直待在自己家里。”

这一调查结果推翻了法兰奇的推论。

“那你应该很肯定了？”他有点虚弱地问道。

“绝对确定，死者咽气后医生立刻给他打了电话，估计您记得，那是在死者被咬伤后半个小时以内的事，他是在家里接的电话。然后他跑去附近的维修厂开车，此前车坏了正在那里维修。这一连串的情况都被几名不同的证人证实了。所以先生，他应该是无辜的。”

“而你再没找到其他什么嫌疑人？”

“没有，先生。”

年轻人的回复让法兰奇有点受打击。现在看来，他的这一系列举动反而弄巧成拙，让自己出丑了。他心想，已经多少次了，他怀疑是别人出错，结果却是他自己弄错了。真是自寻烦恼。

不过，斯通欣然邀请他前来表达自己看法的举动本身也很让人惊讶。现在他开始怀疑，斯通最初的动机可能并不简单。他会不会是因为嫉妒苏格兰场，想让“场”里来的人知道知道厉害，因此抓住这个机会邀请他来？虽然不太可能，但也不能排除这种可能性。

不过，尽管法兰奇意识到自己可能搞错了，但他也不打算轻易放弃。他认真思考了一会儿，又表达了一些疑虑和担忧。

“您说的我深以为然，先生，您已经充分思考过很多我没想到的问题。不过这个问题还是让人抱有疑虑，让我再谈一下我现在的看法。”

斯通点了点头，于是法兰奇镇定下来，继续阐述他的看法。“我的第一个问题，经过您的评论后修正，现在陈述如下：如果这件案子只涉及本那比，那他必定会有钳夹或者其他工具。因为必须使用工具才能抓到蛇并把它带回家。他这个岁数的人，应该不敢用箱子装着蛇走这么远的距离。等他回到家，就更不可能再回去一趟还钳夹了，因为他并非那种老谋深算之人。如果我的推论正确，那么钳夹不见了，一定会有另一个人的存在。”

“我想您并不能说上述逻辑一定能推导出这个结果，但是的确有这种可能性。我要指出的是，那另一个人不一定是个谋杀犯。”

“很好，先生，那么假设这件案子里还有一个人。那个人会是谁呢？他要么是死者雇来偷蛇的人，要不就是杀害死者的人。如果他不过是偶尔出现的无辜熟人，那他早该站出来说明此事了。”

斯通又点了点头。

“再探究一下死者的品行，”法兰奇继续说，“他几乎不可能雇用什么人去偷蛇。所以另一种可能几乎是必然的——我并未夸大——就是存在一个凶手。”

“如果您说这是一种可能性的话，我是同意的。但是我认为这种可能性已经被推翻了，因为实地调查并没有发现有动机的潜在嫌疑犯。”

“我觉得，先生，我们是没有立场去说这样的话的。但是，我们也能简单地检验一下这种可能。如果死者真的雇他人偷蛇，那这个人应该很容易就被找到。我并不想强迫大家接受我的观点，这毕竟是贵局的案子，并非我的管辖范围，不过我认为这是很重要的。如果有人帮他偷蛇并将钳夹偷偷放回去的话，我就不再干预案件办理；如果没人承认做了这件事，那我就有理由怀疑本案是谋杀。”

这次轮到斯通犹豫了。他挣扎片刻终于说：“我一直觉得之前的那套推论证据不够充分。不管是死者偷蛇或是贿赂他人协助，这些说法我都不满意。我知道可能有人会说，因为试验内容足以造福苍生，本那比可能对小偷小摸这种罪过视而不见，但即便如此，这种举动还是与他正直的品行不符。所以我才请您专程过来，如果能确定有谋杀这种可能，我就得全神贯注去破案了。”

他的话很诚恳，法兰奇有点惭愧，打消了之前那种想法。

“我觉得你要找出偷蛇人的这个主意很不错。”斯通继续说，“我同意，如果能弄明白这个人到底存不存在，那主要的疑问就解决了。”

法兰奇很高兴。这样一来，不论他或是苏格兰场，都不会受到什么斥责了。他也赞同了其他人的想法。

“从相反的角度去入手怎么样呢？”他继续说，“我是说，假设这一切都与动物园有关，那么会是谁犯下这种罪行呢？”

“我们已经这样做过了。”斯通回答说，“虽然可能做得还不够全面。我们让动物园的人，从园长瑟里奇开始，然后是委员会主席，还有所有动物园职工都做了口供。但是没发现有人有偷蛇的动机。”斯通停了一下，但是法兰奇并没有说话，于是他又继续道：“好吧，接下来的问题是，你能留在这里协助我们调查吗？兰金自己的日常工作都没做完，如果您能抽空协助我们那就太好了。当然了，我会让兰金协助您的。”

事态向着好的方向发展了。这正是法兰奇所期待的结果。“这您恐怕要征得莫蒂默先生的允许，先生。”法兰奇说道，“这不过是形式的问题了，我们最近并不太忙，我想他会同意的。”

所以事情就那样发生了，与妻子妹夫的一次偶然对话，让法兰奇卷进了一宗——可能是他这辈子遇到过最奇怪的案子，而正是这件案子，让他一战成名。

那天剩下的时间，法兰奇都很忙碌，他读了所有与案件相关的报道，拜访了动物园和“江景”，详细了解案发地周边环境，并采访了马尔医生，制订出了后续的调查计划。

第二天，他的“装备”从苏格兰场那边送了过来，那是一个手提箱，里面放着他的眼镜、钳子、瓶瓶罐罐、信封、记事本、相机等勘验的设备。法兰奇很快便开启了第一项工作——列出可能被本那比收买帮他偷蛇的人的名单，然后照名单一一拜访，了解这些人的品性。为此他找来了彼得·米利肯帮忙，亚瑟帮忙引荐两人认识。他本打算先跟乔治见见面的，但不巧的是乔治正好到伦敦去了。

“我不希望别人知道我在做相关调查，米利肯。”他解释道，“我应该跟在你旁边，观察你跟这些人的谈话，看看他们是什么样子的。”

“我明白，法兰奇，但是那样你看不出什么的。因为不可能有人会那样做的。”

事实证明请米利肯来帮忙是非常正确的。在他的引导下，法兰奇与所有的潜在嫌疑人都聊了聊，并没有发现哪个人会这么做。

米利肯斩钉截铁地说本那比不可能是自己去偷蛇的，这让法兰奇印象非常深刻。饲养员主管的出发点是其身体状况而非道德准则。想从有四条毒蛇的笼中挑出一条并带走，这件事超出了这个孱弱老人的能力范围。而这一点，也从侧面加强了法兰奇跟斯通从另一个角度推导出来的结论，所以他认为自己的推论也很可靠。

如果截至目前他的想法是正确的，那么谋杀的可能性就大大提高了。但是法兰奇也怕操之过急、忙中出错：这就意味着他忽视掉了什么东西。所以，在这个节骨眼上，他也没向斯通汇报进展，而是专注于调查可能被本那比收买的人，生怕有漏网之鱼。

现在他庆幸自己这么做了。又读了一遍卷宗，他发现还有一个潜在的嫌疑人，就是科克伦！科克伦会不会是本那比的帮手呢？

他翻查了新闻报道，发现科克伦原本是动物园的守夜人，后来因玩忽职守遭到解雇，而且显然对处理结果心怀不满。他可能因为仇恨而做出这种事，偷蛇可能会让他心理平衡一点——法兰奇满意地想。但是当他继续读下去，发现科克伦的女儿白天竟然在“江景”做女仆，而科克伦本人自从被解雇后，也断断续续在这里做园丁和杂工的活儿，他对这个人的兴趣就更浓了。

正好遇到兰金，他便问兰金是否知道详情。督察显然也很吃惊。

“他现在自己做小生意。”兰金说道，“我昨天正好碰见他，约翰·科克伦坐在一辆组合工作车上，上面有工人在做清洁窗户的工作。”

法兰奇看着他道：“他哪来的钱买车呢，你觉得？”

“你这话有道理，这是个问题，先生。”

“去问问他也没什么坏处。”法兰奇说。

“是的，先生，您想把他叫来问话吗？”

“现在还不必。我们先查查他在哪里买的车吧。你能派个人去查查吗？”

“当然了，先生，我立刻就去办。”

也不知是警方有效率，还是瞎猫撞到死耗子，这次调查很快就有了好结果。不到两个小时，科克伦买车的情况就查到了。

整个组合包括一辆三轮车，一架轻便的长梯和一个装抹布的箱子，还有一些零配件。科克伦是一个人前来买车的。他付的是现金——21张一英镑的钞票。

“金额不大，先生。”兰金直白地说，“他可能是从银行里取的。”

“他是可以这么说。”法兰奇简短地说道，“我想该把他带到警局来了。”

那天晚上9点，法兰奇去警局总部与科克伦见面。科克伦已经来了，法兰奇平复了一下心情，才叫他走进兰金的办公室。

法兰奇既不喜欢他的举止，也不喜欢他的长相。科克伦戒备心很强，而且对突然找他前来表现得很不满。他显然不愿意说出这笔钱的来源，而且怀疑每个问题都别有用心。不过与此同时，法兰奇也看得出，他的行为举止表现出一种愧疚感。

“只是问一两个问题。”兰金开了话头，法兰奇把问询的任务交给了他，“你不想回答的话可以不用回答，不过嘛，”他微微一笑，又说，“协助警方调查总归是明智之举。”

“你问我也问不出什么来。”科克伦回敬道，“我又没做什么坏事，所以我不知道为什么要被带到这里来。”

“我们并不是指控你犯了什么罪，只是想知道，你买车给汉弗莱斯的那笔钱是哪里来的。”

科克伦看上去很吃惊，但并没有坐立不安。“你们以为是我偷的吧？好吧，这次你们可搞错了，我是通过很正常的渠道挣到的那笔钱。”

“很好。”兰金轻松地说，“我也没有说是你偷的钱。但是我们还是想知道，这钱是从哪里来的。”

“那如果我不告诉你们呢？你说过我不必非要回答问题。”

“如果你不回答的话，我们就会怀疑你心里有鬼，这个你应该明白吧？”

科克伦没有回答。兰金安详的态度起了作用，他似乎慢慢恢复了信心。

“是从老教授那里得到的，如果你们非要问的话。”他最后说，“他死之前的一周给我的。”

“很好，我也没有怀疑你，现在如果你愿意再回答一个问题，今天的讯问就结束了。他给你这钱是要做什么？”

“给我买这一套家当的。”他当即回答。

“我不是那个意思，我是说，他为什么要给你钱呢？他是花钱请你帮他做什么了吗？”

这一次科克伦又变得有点挑衅。“没有，他没有花钱请我做事。我帮他干活他会给我付工资，但买车的这笔钱并不是工钱。”

“那他为什么给你钱呢？”

“为什么要给我钱？”科克伦怒道，“为什么，就因为他是个好人。他知道我被动物园开除，丢了工作，其实我根本没犯什么大错！后来他发现我找不到其他正经工作，所以就给我一笔钱，让我能白手起家。而且我再说一遍，也不是我问他要的，他自己提出要给我的。”

“你是说他只是想助你脱离困境吗？”

“我一直都是这么说的吧？当时我是把它当成一笔借款，等我赚钱后再还给他。我本来打算还这笔钱的，如果他还活着的话，但现在我不会再还这笔钱了，不给任何人。”

“还有人知道这笔钱的事吗？”

“除了我的妻子和女儿没有其他人了。”

科克伦似乎只能说出这么多了，于是感谢一番后，兰金打发他回去了。

“我之前也询问过他，先生。”两人独处时，兰金又张口道，“他似乎是个挺正直的人。因为守夜时擅离职守，被动物园解雇了，当时他只是为了回家给生病的妻子喂药。我不是在给他找借口，但是这跟工作时偷偷溜出去喝酒之类的情况不同。之后他也一直在努力找工作，而且也没有发现他说谎。”

“我能感觉他说的应该是实话。”法兰奇回答道。他说话的时候有点心不在焉。他突然想到，他的调查似乎有点本末倒置，其实应该立刻开始调查计划中的第二项调查，那就是：“从布莱尼·希顿那里了解本那比的研究内容。”这位教授的证词，也许能让他们确定本案究竟是意外还是他杀。事实上，这项调查不仅能够证实科克伦是否就是偷蛇的人，还能够解决本那比是否在用蛇做试验这个主要问题。

“我去跟布莱尼·希顿教授谈谈。”他对兰金说，“他读过死者试验的笔记了，对吗？”

“是的，先生，他都仔细看过了。”

“他住在哪里？”

“他住在‘克缔纳’，布卢姆菲尔德公园附近，17路公交车从他门前经过。”

“给他打个电话吧，约一个时间，如果他有空见我，我现在就去。”

20分钟后，法兰奇被领进了科学家的书房里。

“没关系，高级督察。”法兰奇说自己突然来访很抱歉时，布莱尼·希顿回答道，“我自己也是晚睡晚起的，能为您效劳吗？”

“教授，我想了解的事情是，死者去世的时候，究竟在研究什么内容。我知道你看过他的论文，所以我想您大概能回答这个问题？”

布莱尼·希顿递给法兰奇一盒香烟，两人点上烟后，他回答道：“是的，我想应该是可以的，不过我也担心，”他微微一笑，又补充道，“技术性还是很强的，您想听点有机化学的内容吗？”

“不想。”法兰奇坦然地说，“我对这一方面所知甚少。但是我想听的也不是技术细节。我真正想知道的是，他是否真的在用蛇做什么相关试验？”

布莱尼·希顿用锐利的目光看了他一眼。

“这个问题让我很感兴趣。我想这个问题对警察来说是很重要的，但只有您向我提出来。我得承认，这让我也非常困惑。从我找到的论文资料来看，教授去世前正在研究的是印度金环蛇。”

“那您看来，这跟被偷走的那条蛇属于完全不同的属或者种类，对吗？”

“不同种类、不同的毒液。”科学家的声音有点干涩。

法兰奇往前凑了凑，有点神秘地说：“很显然，先生，你明白我想知道什么。我想知道，死者窃取那条蛇，是否真的是做试验之用？”

“您怀疑这个理由吗？”

法兰奇耸了耸肩。“我是非常信任您的，先生，但是我也希望您尊重我的小秘密。目前线索的保密非常重要。”

“好吧。”

“但可以告诉您的是，”法兰奇继续问，“本案存在谋杀的可能，且足以发起谋杀案调查。我现在正在调查中。”

布莱尼·希顿礼貌地表示惊讶。

“您这番话真让人吃惊。”他解释道，“我想不出会是谁杀害了老本那比。我要说，他在这个世界上根本没有仇人。”

“您说的可能是对的，先生，目前我们还不得而知。但是现在您能明白这些问题的目的了吧？”

“没错，我也能做出回答。不管老教授以前生活中是怎么样的，他的研究都非常严谨、精确、有体系。他的整体工作计划都写在笔记里了。在医学界发现少量注射毒液会使血液凝固，且没有其他有害影响之后，世界上的各类疾病都在尝试运用这一发现。本那比的试验是检验这种方法是否能够摧毁癌细胞。他在不停地尝试使用各种毒蛇毒液，只有做完一种毒液试验，才会开始再找另一种毒液。如我所说，他去世的那段时间，实际正在研究的是印度金环蛇，并无其他研究种类。这是对您一个问题的回答。但是第二个问题，我的回答就更确凿了。他早在4个月前，就已经做完了全部与蝰蛇有关的试验。这种毒液证明对他的研究无效。”

这番话激起了法兰奇的兴趣。如果他说的是真话——当然是如此——那么这就证明这条蛇既不是本那比偷的，也不是他收买他人帮他偷的。他向布莱尼·希顿表达了这个观点。

“我一直不相信本那比会去偷蛇或者参与这起盗窃案。”教授回答道，“论文表明，他已经研究过蝰蛇也更让我相信这一点。坦白说我并没有想到有谋杀的可能，但现在既然您这么说，我想这种可能性是很大的。”

法兰奇也是这样想的。结束询问后，他步行回了自己住的旅馆，一路上还在总结今天调查得到的线索。首先，本那比本人几乎不可能去偷蛇；其次，他唯一可以雇用偷蛇的人就是科克伦，但法兰奇认为科克伦并未参与。虽然两种可能性法兰奇都能接受，但偷蛇、雇人偷蛇的情况都没有得到证实。最后，从工作进展来看，本那比并不需要这种蛇。

但是，如果这三点——尤其是第三点——成立的话，验尸官的定案就被推翻了。这样的话，这件案子唯一的解释不就是谋杀了吗?

法兰奇对今天的调查结果很满意。调查还得继续进行——这么想着，他走进旅馆，回屋休息了。

第十七章

侦查审讯

第二天一早，在回警察局之前，法兰奇独自一人坐在旅馆休息室里，回顾自己对案件的看法，并盘算着接下来的调查行动。

如果本案是一件谋杀案，那么很自然地要问：案犯可能是谁？22000英镑遗产的继承人立刻浮现在法兰奇的脑海中：他的动机很明显。那个人就是死者的侄子，一名叫卡珀的律师。但是根据兰金所说，卡珀有不在场证明。案件发生时，他正在约65公里外的家中。

据此又引出两个更深入的问题。首先，还有其他人有犯罪动机吗？其次，卡珀的不在场证明是无可动摇的吗？

就第一个问题，法兰奇想不出别的答案了。死者性情温和、慷慨、友善，深受大家的爱戴。以法兰奇所了解到的，死者没有伤害过任何人，而且他的试验并未成功，也就不存在被同事嫉妒的情形。从目前查明的事实来看，似乎只有卡珀是有嫌疑的。

第二个问题，卡珀的不在场证明是否不可动摇，法兰奇掌握到的信息还不足以回答这个问题。通常他都会怀疑嫌疑人的不在场证明。经历过相当多的案件，一开始嫌疑人的不在场证明看上去非常可靠，但通过后续调查，却发现所谓的不在场证明都是伪造的。所以他目前的首要任务，就是去验证卡珀的不在场证明是否可靠。

除了动机和不在场证明，卡珀又是否符合一个谋杀嫌犯的形象呢？法兰奇拿出了记事本，把想到的点都一一记录下来。根据兰金提供的档案，他先写下了几点对卡珀的印象。

首先，卡珀了解本那比，熟悉他的性格与习惯。他还知道本那比在做毒液试验。因此他有可能设计这样的一个阴谋。其次，他也很熟悉“江景”的结构和通往这里的道路，甚至可能了解帕特维太太惯常离开的时间、死者每周去朋友家下国际象棋的习惯。最后，他也能够在本那比去利特先生家之前出现，并且不会让死者受惊或喊叫的人。总而言之，除了不在场证明以外，他的确是最满足条件的嫌疑人。

不过还得刨除另外一点，卡珀是偷蛇的人吗？

现在并无证据表明卡珀了解蛇和动物园的事情。也无法推断他拥有动物园的钥匙或是使用了这些钥匙。除非兰金看走了眼，不然法兰奇很确定，卡珀是没办法弄到蛇的。

但这蛇会不会是别人帮他弄到的呢？科克伦被辞退后，时不时在“江景”打零工，卡珀可能见过他，知道他被开除的事情。那么他会不会骗科克伦呢？买那辆清洁车的钱，会不会来自卡珀而非本那比呢？

法兰奇想，科克伦买车付的是一英镑的钞票，这是否就是卡珀故意设计的呢？如果是出于慈善目的的捐赠，本那比为什么不用5英镑、10英镑的纸币呢？相反，卡珀却必须使用这种不会被银行记录的一英镑纸币。

思考了一阵，法兰奇觉得目前还推断不出什么结论来。一英镑也可能是本那比存放在家中，以备不时之需的。

虽然科克伦不大可能做出伤害本那比的事，但卡珀也可能接近他，撺掇他做了一些事，并骗他说这是为了本那比好。等本那比死了，科克伦明白过来，但也为时已晚。他会掉入卡珀的陷阱中，出于对自己安危的考虑，也不能吐露半个字。

法兰奇对目前的进展非常满意。虽然还没得出什么启发性的结论，但至少他已经知道下一步该做什么了。他必须去检验卡珀的不在场证明，如果证明非常可靠，那他不得不去调查谋杀案发生时科克伦在哪里。

关于不在场证明的细节，兰金提供的档案里都有，不过他还是想亲自见卡珀一面，这样才能知道他的心情及精神状态。当然了，这样会让卡珀起戒心，不过只要卡珀发现警方正在重新调查这个案子，都会起疑，所以当面去拜访他也就没什么了。

法兰奇在警局总部打了个电话，就跟一名警官坐火车去了博山姆。那是一个只有8000 ~ 10000人口的小镇，卡珀住的房子虽然老旧，却还算不错，坐落在一条曾经很热闹的街上。一楼和二楼是他的律所，楼上两层是卡珀自己的住所。法兰奇先出示了证件，以防职员们议论，然后走进了卡珀的屋子。

“我必须给您看看我的‘工作证’。”法兰奇说道，卡珀示意他坐在椅子上，“伯明顿市警局要我来调查本案中的一两个疑点，与动物园的蛇被偷一事有关，就是那条毒死了本那比教授的蛇。我曾打过电话，希望请您协助调查。”

说话的同时，法兰奇也在不动声色地观察着这位律师。卡珀轻轻咳嗽一声，又抽了抽鼻子。他回答问题时，显得非常有自信。

“高级督察，您可真是吓了我一跳。”他的语气很正常，“我以为这个案子已经结案了，警方还有什么地方感到困惑呢？”

“这个嘛，”法兰奇轻松地回答说，“有一件事，他们实在是想不通，动物园设置了许多预防措施，蛇居然还会被偷走。这个问题可是很严重的，因为如果发生一次，那就可能发生第二次。”

“可以理解，”卡珀谨慎地回应道，“不过我不明白的是，这件事找我有什么用。我只知道问询当场的一些情况，您掌握的信息应该比我更全面才是。不过当然，能略尽绵力我也会不胜荣幸。”

“谢谢你，先生。”法兰奇愉快地回答道，“那我还是告诉您一些额外的信息吧，如果您能保密的话真是不胜感激。”

卡珀严肃地点了点头。

“那么我就告诉您吧，”法兰奇继续说道，做出有点神秘的样子，“我们发现教授是被人谋杀的。”

卡珀的反应让法兰奇很困惑，显然是大吃一惊，但这只是听到消息正常的吃惊，还是饱含着恐惧与内疚的震惊呢？他分辨不出来。

“真是太令人惊讶了。”卡珀说道，他露出一副关切的神情，“听到这个消息我深感遗憾，我想您一定是非常确定才这么说的，但必须承认，我觉得那不太可能。我的叔叔一直很受人欢迎，很难想象他有仇人。”

“这我同意。”法兰奇点点头道，“这个问题也让我们感到很困惑。但是，一定是有某种解释的。”

“是的，如果您说的是对的，那肯定有所解释。”

卡珀自然是不愿意帮忙的，因为调查可能会让他的阴谋败露。法兰奇于是继续说：“卡珀先生，您从专业的角度一定了解，任何有谋杀嫌疑的案件，都需要进行排除性的调查。任何能从死者死去这件事上获益的人，都必须解释自己在案发时的行踪。您是死者遗产的继承人，所以我职责所在，必须来问您这个问题。或许您可以帮个忙，跟我说一下？”

卡珀有点冷漠地笑了笑。“专业角度。如您所说，也让我知道自己并无责任回答这些问题。”他冷哼一声，接着说：“不过，我也不想阻碍司法公正，所以我会把自己所知的都告诉您。周三那天晚上我在这里，就在楼上自己的房间里。这样够了吗？”

“说实话，先生，”法兰奇恳切地说，“还不太够。”

“您或许是想知道我案发前后的全部行踪？”

“如果您愿意的话，先生。”

卡珀从口袋里拿出一个小记事本翻了起来。“我看看，那个周三——不对，我最好翻回周二看看。周二我是在伦敦，那天下午和晚上都约了客户，之后就在伦敦住了一晚。周三午饭前回到博山姆。去出差的时候一直牙疼，时不时地就会发作，周二晚上疼得睡不着，所以我决定周三一定要去看牙医。早上我还在伦敦，就给伯明顿的一个牙科诊所打电话问能不能约周三晚上看病。牙医跟我定的是6点，我差不多4点做完工作，接着喝了杯茶，然后就去了伯明顿。到了预约的时间我又等了一会儿，但是很值得，因为医生把痛的那颗牙补好了。我不记得是什么时候离开的牙医诊所了，但应该是6:45分左右。我回到家差不多8:15，或者再晚个一两分钟。我的车有点不对劲，所以直接开去汽修厂修车了，约好了第二天来开。然后8:30前后吃的晚餐。我知道这么清楚是当时正好看了表。牙医跟我说补好的牙不能太快进食，我记得当时想——等到8:30，补牙的填料应该已经很坚固了。”

“谢谢您，卡珀先生，您说得非常清楚了。之后发生了什么呢？”

“我刚吃完晚餐，就接到马尔医生的电话，说了关于我叔叔的遭遇。”

“当时是几点，您还记得吗？”

“大概是8:50吧，我立刻赶去汽修厂，取到车，然后尽快开到市里去了。”

“这就是我所需要的信息了，非常感谢您的配合。好了，再按例询问一两个问题。您的牙医是谁？”

“克洛夫利街的麦克斯韦医生。不过这些信息我也都跟督察说过了。”

法兰奇估计聊得差不多了，便把记事本装进了口袋里。“很抱歉，先生，您跟他说过那家汽修厂的名字了吗？”

“是的。”

“那么您在伦敦住宿、打电话的地方呢？”

“是的，也都说了。”

“那我就没什么要再麻烦您的了，如果问题重复还请您见谅。”

如果卡珀的陈述无误，那他的不在场证明可以说是无比坚固。法兰奇想不出这种证明要如何伪造，因为他说的每一项都可以进行反复调查和检验。当然最关键的一点，是在8:10，也就是本那比被蛇咬伤的时候，他是在家里还是在家附近。要证实这一点，他需要管家和汽修厂老板的证词，最好还能有汽修厂其他人的证词。为了让这个细节不留疑问，他必须得到这几人的证词。但牙医那边就不必确认了。

他感谢卡珀为他提供的帮助，然后就去找汽修厂的经理问话，兰金的笔记上记了那个人的名字。卡珀的故事看来是真的。他的车是一辆奥斯汀7型小汽车，后边能放下一个大行李架。一个托架螺丝松了，所以车子才吱吱作响。但是当时车子还没有修理，因为卡珀很快就过来取车了，差不多是快9点的时候。不过第二天，等他又把车开回来时，托架已经修好了。

法兰奇回到了伯明顿，但却比离开时更加困惑。从档案里他了解到，兰金获取并检验了所有不在场证明的细节之处。档案里还写了督察在伦敦调查的详情，虽然法兰奇觉得在放弃案子之前，各处细节他都要重新问一遍，但现在却觉得无此必要了。蛇被偷的时候，卡珀似乎真的在镇子上，离“江景”这个悲剧的发生地65公里远。

会不会是他找科克伦帮忙呢？还是卡珀真的是无辜的？法兰奇想不出科克伦要怎么参与到偷蛇的行动中来，但还是认为有这个可能。去听听科克伦怎么说倒是不错。

然而那是一项冗长而没有结论的调查。科克伦说那两晚他都在家里，他的妻子证实了他的说法，不过这些都无法进一步确认。另外，法兰奇也没有看出证词中有什么可疑的地方。他觉得，虽然未经查证，但其陈述可能也是真的。

周六晚上他回了伦敦，然后周日晚上又返回伯明顿。他一直随身带着案件的档案，利用火车上的闲暇时间继续研究。目前为止，调查结果有点令人失望。地方的警察头脑也非常清醒，他提出的一些建议，当地警方也都想到了，而且他们对他的推论提出的反对意见，无可争辩，也有凭有据的。查到现在，法兰奇还没有摸到感觉。

不过，法兰奇也是经验丰富的老警察，既然还存有疑惑，那证明调查还不够清晰、彻底。他相信这是一宗谋杀案，怀疑过卡珀，但事实证明怀疑错了对象。因此，必须找到另外一名嫌疑犯，这光靠模糊的想象是不行的。法兰奇还得深入调查，转动大脑，直到找到解决办法。以前他也遇到过类似的困难，也都通过某种方式一一化解了，那就是——努力工作，别无其他。

到了周一，作为例行程序，他调查了案件中所有相关人员：乔治、柯克曼上校、帕特维太太、莉莉·科克伦，还有其他几个相关人。但也没能从他们那里得到什么有用的线索。

就在那时，他突然想起一个问题，让他觉得自己终于接触到了真相的一角。他曾经遇到过很多利用延时工具制造不在场证明的案子，这起谋杀案，是否也运用了某种类似的工具呢？

对他来说，这并不算是什么奇思妙想。事实上，最初介入的时候，他就考虑过这个问题。但是他所了解到的延时工具都是机械类的，比如延时炸弹就是这类工具的最佳代表。炸弹可以被设定成定时的，或者是在打开装炸弹包裹的一瞬间爆炸，以便让凶手有足够的时间离开现场；手枪扳机上的绳子也是一种延时工具的运用；把毒药放在被害人之后会饮用或食用的东西中也是同样道理。事实上利用这种手法，可以通过延时来达成目的的工具真是数不胜数。

但法兰奇之前并没有遇到过将活生生的动物用在这种手法中的例子，也不知道如何才能实现，因此没有追着这条线往下查。他知道，凶手可以轻松地将蛇装进笼子里，笼子门上有机关，能在某个特定时间点打开将蛇放出，但这种手法并不适用于本案，原因有二。首先，仅仅将蛇放出来并不能保证它一定会袭击本那比，而这种机关设定的初衷应该是能致人死命的；其次，如果凶手使用了这种设备，那么他必定要去案发现场移除机关，不然手法就会被人发现。根据这两个原因，他也想清楚了两点：第一，如果凶手真的设置了机关，那么他就不需要使用钳夹等工具；第二，不管是卡珀或科克伦，都不可能赶在警察前面到达案发现场。

法兰奇现在有点犹豫，是否过早得出这一结论了呢？他还没有充分地思考过这个问题。看来，解决他面临难题的唯一方法，就是全力深入调查。这样就算没查出什么，情况也不会比之前更糟糕。

那天晚上，这个问题始终萦绕在他的脑海。他带着问题上了床，几小时了却仍然没有睡着。突然，一个闪电般的念头击中了他，他又一次感到自己可能离解决难题不远了。

如果真的像他之前想的那样，凶手是利用某种机械装置达到目的的，那么这条蛇会不会根本就是烟雾弹呢？

法兰奇放任自己思考和这条蛇相关的任何可能。如果凶手只是提取了蛇的毒液，并将它抹在某种机械针头上呢？假设是这种浸毒的针头刺伤了教授的手呢？他突然想起中世纪波吉亚家族[①]那臭名昭著的毒药戒指和用慢性毒药杀人的达官显贵们。会不会是握手的时候，把针头扎进受害人皮肤呢？凶手是不是运用了“现代版”的波吉亚家族谋杀手法呢？

法兰奇开始回想本那比手上的伤口。之前是假设他想吓退蛇的时候不幸被咬。但他会不会是抓握了什么涂有毒药的尖锐针头呢？

很有可能。法兰奇越想越激动。那么伤口在哪里呢？

伤口是在死者右手的手掌上，位于食指和中指根部。法兰奇用右手握住左手。没错，食指和中指的确是做抓取动作时会与物品接触的部位。那么凶器会是什么呢？这就要和本那比正要离开家联系起来。一个人要出门的时候，会抓住什么呢？显然应该是门把手。他必须要锁门。会不会毒针就安在门把手上，本那比去抓握的时候，手碰到了

---

① 波吉亚家族是 15 和 16 世纪影响整个欧洲的西班牙裔意大利贵族家庭，也是文艺复兴时期，仅次于美第奇家族最著名的家族。波吉亚家族的“名”不是美名，而是恶名，是一个被财富、阴谋、毒药、乱伦的阴影笼罩着的家族。

毒针?

但法兰奇转念一想，如果是卡珀或科克伦下的手，那这种方法就行不通。警方在两人之前就赶到并控制了现场，凶手在他们眼皮子底下将门把手上的毒针拿走，这有点说不过去。

那么离开家的时候还需要抓什么呢?

尽管仔细思考了很久，法兰奇却还是没得出什么结论。装有毒针的门把手可以解释本那比右手的伤口，就他所知那是唯一一种可能的犯案手法。

第二天一早，抱着一种死马当活马医的心态，法兰奇去了“江景”，看看会不会找到相应的凶器。他让自己扮演要离开家的本那比的角色。要拿什么东西呢?手杖?不对，如果他是被手杖所伤，那手杖应该掉落在现场被警方发现才是，但他们似乎并未找到类似的东西。

他有点不甘心，又去检查了一下门把手。门把手非常普通，没有钻孔安装毒针的痕迹。

法兰奇非常失望。运用延时工具的想法本来还挺像那么回事，现在却证明也是徒劳无功。他一定是找错方向了。凶手不是卡珀，而是另有其人。他想重开这件案子，调查希望本那比死亡的其他潜在嫌疑人。

他突然想到，利特有没有嫌疑呢?会不会他就是警方要找的人?利特似乎没引起任何怀疑，他很好奇这是为什么。或许因为他没有作案动机。但是法兰奇觉得那样的假设很可能是错的。利特或许是有动机的。他可能与教授有其他矛盾，而外人并不知道。

他再仔细思考这种可能，利特其实是可以轻易犯案的。假设蛇是他偷走的，可能是自己偷的，也可能是贿赂动物园的某人。他可以在本那比离开之前，用钳夹夹着蛇去本那比家。或许他伪装一番，从克洛伊河边的那条小路过去，当时没什么人，也不怕被看到。可能本那比正要出门，这时利特出现了，他把蛇拿到死者面前，死者一惊，想挥手赶开蛇，却不慎被咬伤。然后利特把蛇扔进水桶就回了家，顺便在路上处理掉了作案工具，把它们扔进了河里。

法兰奇有点疑惑，兰金居然没有调查这种可能。于是他决定去拜访利特，看看他是个怎么样的人，顺便问问本那比原来打算什么时候去他家。

他走的是“江景”后门那条小路，是在房子的西北角，离利特的房子最近。他正要打开小道上一扇门走过去，却触电般地站住了。

除了没有上门楣，这扇门更像是道屋门而非院门。门是木头做的，不大，锁是弹簧式的。但法兰奇注意到，要开这扇门也需要拧把手！

法兰奇仔细打量着这个门把手。把手是胶木制成的梨型握柄，前端细末端粗，细的那边用小的埋头螺丝固定在转杆上。他弯下腰来检查了螺丝。尽管门把手有些年头了，受到风雨侵蚀，但螺丝却像是全新的。

法兰奇突然兴奋不已，他意识到，这可能就是问题的答案了。本那比要去利特家，必须要拧开门把手，而那晚别人都不会从这里通行，也就不可能有误伤。更重要的是，这里被茂密的灌木丛遮挡，离主屋又有一段距离，凶手完全可以在警方在场的情况下，不动声色地将毒针移除。

法兰奇就像老师擦黑板那样，大手一挥，打消了怀疑利特的念头，转而专心考虑卡珀是否可能在这个把手上安装毒针，谋杀自己的叔叔了。

第十八章

木工作坊

法兰奇知道，只有身心舒适，大脑才会有效运转。不过，究竟是身体不适让他潜意识里很不安，从而分散注意力，还是舒适的姿势能够让大脑充分释放能量，他并不清楚。不过，可以确定的是，问题越难，安静的环境、明亮的火焰、舒适的座椅、提神的咖啡这些条件，对他来说也就越重要。舒适的床，同样也是奇思妙想的“温床”，他回顾自己过去半辈子经历，发现绝大多数令自己头疼的难题，都是在床上想出答案来的。

不过这次碰到的特殊难题，似乎并不需要这么夸张的方法。一旦掌握了总体思路框架，细节的填充就变得简单了。因此他也没做什么准备，就在旅馆休息室挑了个僻静地方坐下，抽上烟斗，读起了摊在膝上的记事本。

假设卡珀是在自己的作坊里设计并制作了这种装

置——他是个不错的业余木工，所以肯定有自己的作坊——这种“波吉亚式”的门把手，上面装有浸过毒液的针，拧门把手的人会被刺中。那么，为了完美达成计划，他还需要再做两件事。在本那比去利特家之前，就要把门把手安装好（但也必须等到其他任何可能的人用过门把手*之后*），而且要在被警察发现之前将它卸下来。会是卡珀做了这些吗？

法兰奇认为这非常可能。“江景”位于伯明顿和博山姆之间，那么卡珀当晚必须至少往返经过这里两次，一次是在8点之前，一次是在案发之后。

心情兴奋的法兰奇这时候才发现，那个所谓的去看牙医补牙的故事，在这个不在场证明中的重要性。卡珀说起这件事的时候他还很疑惑，不过现在完全明白了。这个小小的插曲，完全是为给整个事件打下基础，卡珀之所以要讲这个故事，就是为了解释自己有可能会在“江景”附近出现——因为他从家去补牙的地方刚好要经过那里！

如此说来，拆卸装有毒针的门把手就更为容易了。卡珀是本那比唯一的亲人，至少在这一地区是如此。马尔是老人的邻居，也是他的家庭医生，一听说本那比去世，会立刻赶往查看，也一定会打电话给卡珀。这样，卡珀就能自然地从伯明顿赶来，而他去马尔医生家一定要经过那扇小门，途中停一下换个门把手简直易如反掌。正常来说，他不会被人发现，就算被看见也可以说以为自己叔叔的尸体是在“江景”。

终于得出了一个令人满意的推论！法兰奇心里别提多高兴了，总算在伯明顿警方面前保住了自己面子，他的自尊心迫切地需要这样的案情进展。但也不能过于自信，在说出自己的调查结果之前，一切细节都需要验证。他可不会再冒险了，一定要慢慢地将这个案子敲定。

他开始思考自己都需要验证哪些细节。有三个很明显的点，他将立刻开始着手调查。或许证明这三点就足够了。

首先，他会让兰金秘密地查阅当时在“江景”附近巡逻的巡警的值班记录。他们是否看到过那附近有停车？比如说一辆奥斯汀7型汽车？接着，他要去拜访牙医，验证卡珀去看牙和离开的时间。最后，他要见见马尔医生，听听他对有毒针的门把手的看法。

法兰奇向兰金提出这个请求的时候，兰金表现出了浓厚的兴趣。但是法兰奇却并未向他透露任何细节。“只是一个想法而已。”他含混地说，“如果真有什么发现，我会第一个告诉你的。不要声张，好伙计。你得到的信息，只告诉我一个人就好了。”

然后，法兰奇去了克洛夫利街的牙医诊所，等了快一个小时才见到牙医。不过他并没有抱怨，因为他最终得到的信息非常完整、确切。卡珀说的是实话——至少麦克斯韦先生也记得是这样的。当然，他并不知道卡珀是否真的牙疼到睡不着，但的确有这个可能。他的牙痛已经有好一段时间了，也的确该进行处理了。卡珀打电话预约的时间跟他自己说的一样，是在晚上6点。由于看病的人很多，他晚于约定时间20多分钟才给他看的，接着卡珀6:45分左右离开。麦克斯韦很确定这个时间点，他当时本来有个晚餐的约会，但因为工作繁忙迟到了。

卡珀说自己6:45从牙医门诊出发，8:15回到家中，那么他要在一个半小时内完成换门把手、开65公里路程、把车送到斯隆汽修厂、步行回家这四件事。开着这样一辆小车，卡珀能在这段时间里完成所有这些事吗?

法兰奇认为他可以。据他了解，奥斯汀7型汽车也能够高速行驶。目前的推论滴水不漏，他觉得这个猜测是可以成立的。

不过，最后一项调查不那么顺利，晚餐前马尔医生都没有时间见他，于是法兰奇晚上9点才到医生家拜访。

“我并不乐见有人被警方抓走。”马尔打完招呼后立刻说道，“但是这件案子是个例外，如果真有人用那条蛇谋害了可怜的老本那比，那我非常希望他被绞死。”

“我同意您的观点。”法兰奇回答道，“不过当然了，工作时我们不会被情感蒙蔽眼睛。死者似乎很受当地人的爱戴？”

“我并不完全同意您的描述。”马尔回答道，“他非常安静，也不怎么热衷交际，不算是受人欢迎。但他又很善良，所以认识他的人都很喜欢他、尊敬他。”

“没错。”法兰奇停了一下，似乎在表示礼貌的寒暄已经结束，该开始谈正事了。“我需要问您一个问题，马尔医生，”他继续说，“并且我希望您能对这个问题保密。”

马尔疑惑地看着他。“当然了，高级督察，如果您希望是这样的话。”

“非常感谢，先生。假设本案是谋杀案，当然目前并无证据支持这一推论，我一直在思考可能的作案手法。的确，凶手可以直接利用那条蛇，但我也在想，他会不会是运用了某种机械装置来代替真的毒蛇。假设，举个例子，死者会不会是握到了装有毒针的门把手而导致中毒身亡？您觉得有这种可能吗？”

马尔沉默了好几秒。“您的这种假设很有意思。”他略带怀疑地说道，“但我并不认为有这种可能。有两个原因：第一，本那比手上的伤是被咬的伤痕，而不仅仅是被某种尖利物刺破的痕迹——我是说那个伤口明显是被咬伤的。伤口是两个由毒牙造成的深深刺孔，还有轻微的下颌咬合的印子。当然，这种伤口的确可能是某种机械装置造成的，但我并不知道凶手如何才能做到。第二个原因是更确定的。死去老人体内的毒液，比您说的那种方法接触到的毒液量更多，所以肯定是被蛇咬后它将毒囊内的毒液都注射到了他的手上。”

法兰奇好像被人扇了一个巴掌。要是医生说的没错，那么他的这一系列延时装置的理论就站不住脚了；而推论如果不对，那么卡珀就是无辜的；如果卡珀是无辜的，那么案件应该就是本那比偷了蛇并且死于意外——长话短说，就是本地警方调查无误，是他自己弄巧成拙。

法兰奇失望极了。他并不是对谁有恶意，只是这样一来，他自己、苏格兰场的威望就会受到冲击。

“我想您觉得没有其他可能了，医生？”他沮丧地说。

马尔耸了耸肩。“我是没想到有其他可能，”他回答说，“不过我也不算是这方面的专家，不妨告诉您，这是我处理过的第一起被毒蛇咬伤的病例。您何不去问问布莱尼·希顿教授呢？这是他的专业领域，他会直接告诉您有没有这种可能的。”

“感谢您的提醒，我会去问问的。”

“我可以给他打个电话，如果您现在就想去的话？”

“谢谢您，先生，那就太好了。”

半个小时后，法兰奇坐在了教授的书房里，听到马尔医生的观点再次被权威证实。马尔医生提出的那两点理由似乎是正确的。布莱尼·希顿也不知道有什么机械装置能对死者尸体造成与被毒蛇咬伤相当的效果。

那么这样看来，卡珀一定是无辜的了。他和他的“助手”科克伦——如果算是的话——既不可能出现在现场，给本那比造成那样的伤口，也不可能运用机械装置伪装死者是被蛇咬伤的。

但法兰奇之前再三思考后得出的结论仍旧是谋杀。如果卡珀是无辜的，那么案犯肯定另有其人。他陷入绝望，念头又转回到了利特身上。不过那天太晚了，再打给利特不合适，他决定第二天一早去拜访利特。

不过，到了第二天早上，法兰奇收到的一些新消息让他把怀疑又从利特那里，转回了卡珀身上。

兰金在一位巡警的记录中有了发现。等法兰奇读完巡警的记录，他又一次像追踪猎物的猎人那样，嗅到了令自己兴奋的气味。

悲剧发生当晚，7点不到，那位巡警正好在卡绍路附近巡视。他从利物汉大道转进卡绍路，往“江景”那边走，突然有辆车从前面的小路上开出来。他提到，这条路是沿河自然形成的人行小道，位于莫宁顿和利特家之间。因为沿河路上禁止车通行，那位警官很好奇这辆车是从哪里来的，因此才把这件事记了下来。他走到那条小路上，拿手电筒照了照，看到潮湿的泥地上留下了车轮的印子。车轮印显示这辆车就是匆匆停在路边的。他倒是想不起来是什么牌子的车了，但车子很小，可能是一辆奥斯汀7型汽车。

根据之前已有的推论，法兰奇假定，卡珀的奥斯汀7型汽车就停在“江景”附近，时间是命案当晚7点前，并被巡警看到了。这可能会是巧合吗？法兰奇认为不是。他又兴奋起来，不管从医学角度看起来可不可能，当时停在那里的肯定是卡珀的车，而他也一定是利用某种工具杀害了本那比。

他再一次将利特抛至脑后，又转而思考之前还没想通的问题：到底如何才能断定，卡珀是无辜的，还是有罪的？

仔细思索了半个小时之后，他决定再去一趟博山姆，如果可能的话，也调查一下卡珀的作坊。法兰奇已经不是第一次从现场调查中查获至关重要的作案证据了，但是现在的障碍是他并没有针对卡珀作坊的搜查令，无法强行进入调查。但不管怎么样，他必须试试。

于是他立刻与一名警员动身前往博山姆，中午时分就到了镇上的国王街，街的那头连着卡尔顿街，沿着卡尔顿走个100多米，对面就是卡珀家。

法兰奇并没有拐进卡尔顿街，而是继续往前走，拐进了下一条街——威弗利大道。虽说是大道，却有点名不副实，它是这个小镇的边界线，还有很大的延伸空间。街道宽敞、看起来很是气派，但作为城镇分界线来说还是有点小气。这里只有五六幢房子，房屋间的空隔很大，零星点缀着茂密的灌木和丛生的杂草。越过这片空地，法兰奇能够看到卡尔顿街房屋的背面，从花园间延伸出一条窄窄的小道，连通着两条街。

法兰奇跟同来的警员漫无目的地走着，不知不觉走到了小道旁，离卡珀花园不远的地方。法兰奇对他观察到的情况非常满意。一片果树林遮住了房子的窗户，从家中看不到这条小道，而就在那片隐秘的区域，似乎有个木棚，看起来像是业余爱好者搭的木工作坊。

这时法兰奇却犹豫了。他非常想走进去一探究竟，但如果这样可就违反警察执法的相关规定了。但目前调查的停滞却在诱使他迈出那一步。

他仅仅纠结了一会儿，便下定决心，对警员说："帮我看着点，好吗？"然后蹑手蹑脚走进了花园，穿过灌木丛，走到了木棚门前。门是上锁的，但锁的款式非常老旧。他的钥匙环上一直挂着一些小工具，片刻后他把工具插进了门锁的锁芯，用灵活的手指捏着末端，在里面轻轻地转动。

法兰奇站在花园里小心翼翼地扭锁芯的时候，突然对自己的"天敌"——活跃在英国各处的小偷和窃贼们——产生了一丝同情。比起那群人的惶惶不安，自己还算安全的。今天是工作日，现在是中午12点，卡珀应该还在契约、转易契、侵权案件（之类的）文书中挣扎。法兰奇生气地想，卡珀身为英国法律系统中的中流砥柱，居然罔顾法律底线，知法犯法。不过讽刺的是，自己现在也践踏了法律的底线。恐怕每个做坏事的人，都会这样给自己开脱吧：成王败寇，过程中运用什么手段并不重要，达到好的结果最重要。

突然间他回过神来，重新专注于眼前的事。咔嚓一响，门闩弹起，门锁应声打开。法兰奇走了进去，转身带上了门。

他肯定找对地方了。这里正是卡珀的作坊，里面的布置看上去不算差。屋子的一边放着木匠的工作台，另一边是一台车床和小型通用的开槽刨床。显然，他既做木工也做铁匠。像很多业余爱好者那样，作坊不甚整洁，各种工具和刨片杂乱地扔在工作台和地板上，看上去有好几周无人打扫了。

法兰奇并不清楚自己到底要找什么，所以只能大概看一看。他快速环视一圈，看了工作台，又瞧了瞧各种抽屉和橱柜。不过，没找到任何惹人怀疑的东西。

他在里面待了大约有半个小时，上上下下都查看一遍，但完全没有收获。不过，他也知道，自己必须马上结束这趟“小搜查”，因为卡珀可能在午餐时间来这个木棚。

最后再试一次，他跪在地上，用手电筒照着，翻找地板上的各种碎屑。即便是这样的搜索，法兰奇也有条不紊，他先从一个角落开始，然后平稳地沿着对角线的方向找了过去。

突然，他找到了自己一直想要的东西——搜到车床下的金属碎屑时，发现了一小片胶木。

那是一片深棕色的胶木碎屑，非常小，1.3厘米长，0.6厘米宽，看样子是在加工过程中从什么物件上掉下来的。其中三边都很粗糙，只有一边上面有工具处理的痕迹，切割半径1.3厘米。其两头弯曲，上面还有脊线和凹槽印。

法兰奇凝视着这枚碎屑，激动的心情难以言表。他心里暗想，如果这块碎屑不是来自门把手，自己就把帽子吃了！他小心翼翼地，像拿着一块切割好的钻石一样，将碎屑放进了自己的钱包里，转身继续寻找。

他几乎是立刻又找到了两块这样的碎屑，刚把它们捡起来，脑中却突然有了主意，又把它们放了回去。现在该申请对卡珀的搜查令了，这些证据必须在正式搜查中提取，不然无法作为合法证据呈上法庭。

他转身出去，又巧妙地重新锁上了门，未惊动任何人，悄悄地返回警员那里。几个小时后，两人回到了伯明顿的警局总部。

“我需要你。”他对兰金说，“准备进行另一项问询，希望这一次能够一举成功。可否请你试试找出，在本那比死之前，卡珀是否买过这样形状大小的棕色胶木门把手？”接着他递上一份按照“江景”小门把手画的尺寸简图。

兰金定定地盯着他。“门把手？”他又重复了一遍，“先生，您让我调查的内容真的很让人好奇。但您也不能更仔细地说明，对吧？”

法兰奇觉得自己必须相信眼前的这个年轻人。“只是我的推论。”他说道，“可能没什么可疑的，但我想确认一下。”接着他向兰金解释了自己的想法。

兰金非常吃惊。看起来他和他的长官也曾经考虑过延时装置的可能，只不过由于医学方面的证据还是放弃了这一想法。“如果您能够证明那个问题，先生，那就相当于抓住凶手了。”

“恐怕在那之前我们还要再进行一些调查。不过，如果我们调查的方向是正确的，那这也不算坏事。”

实际上，法兰奇心里的想法要比他现在所说的情况更加乐观。动机方面早已经证明了，现在也有可能证明卡珀有作案的机会。更重要的是，他希望获取到无可动摇的证据，足以证明卡珀就是凶手，最终使其得到应有的审判。

法兰奇对现有调查进展非常满意，他吩咐完兰金，便回旅馆吃晚饭去了。

第十九章

河中搜索

那天晚上，法兰奇将新的推论记录下来，并把已经证明的观点和有待证明的观点分成两组。他很肯定，这份记事不仅价值非凡，更指出了接下来该采取的行动。

首先，他总结了卡珀目前的情况。毫无疑问，他急切想要那笔22000英镑的遗产，但因为老人身体状况良好，遗产迟迟不能到手。既然老天爷还没有带走老头的打算，那他就必须巧妙地“助其一臂之力”了。卡珀非常了解叔叔的研究，于是在此基础上制订了周密的计划。要让老头的去世看上去像是一场事故，同时为了避免招人怀疑，他必须有不在场证明，所以需要使用某种延时装置。他从蛇的身上提取了毒液并将其涂抹在自己布下的陷阱上，然后又将蛇溺死在本那比家，伪装成是本那比做的。

这一切都显而易见，他针对门把手要做的事情也一目了然。首先，他得买几个门把手，因为他必须尝试几次才会得到满意的结果。然后完成延时工具的设计，之后考虑如何放置这个工具。这时候，蛀牙给了他灵感，让他编造出一个晚上牙疼不止、第二天预约看牙的故事。这样，为了去牙医那里看诊，他就“不得不”在合适的时间经过“江景”。而日期和时间的选择，必须是周三晚上8点前，因为本那比8点都会离开家去利特那里下国际象棋，而那一晚帕特维太太也会出门，保证老头死前的遗言不会被任何人听到。

法兰奇似乎看到了那个周三晚上，卡珀实施犯罪的场景。根据他的推论，卡珀是6:45离开牙医诊所，带着那枚致命把手，开车到卡绍路，将车停在利特家旁边的小路上。然后，他带着门把手跑到河边，沿着荒无人烟的河岸，走到那扇小门前。他换好有毒的把手，并把原来的门把手藏在门口不远处。也许是这一次，也许是第二次去现场的时候，他将毒蛇丢在了书房窗下的水桶里。这条蛇一定被他提前淹死在水桶里了。然后他便赶紧回到车上，尽快开车赶回博山姆。到了镇上后，他把车开去汽修厂，作为他回到家的一个时间证据。毫无疑问，汽车托架上的螺丝是他自己拧松的。

卡珀知道自己作为本那比唯一的亲戚，本那比一死，马尔会给他打电话。马尔也的确是这么做的，于是卡珀急忙从汽修厂取回了车，用最快速度开回“江景”，再次停在利特家旁边的小路上。只消片刻，他就能把有机关的门把手换掉，换回原来的门把手。然后，他还要再处理最后一个细节，就能快速跑到马尔那里，完成整个不在场证明了。

那个细节，就是处理掉这个有机关的门把手。卡珀当然*可能*把它放在车里带走，但法兰奇觉得这不太可能，立刻处理掉凶器会比较安全。那么他会怎么做呢？

有一个显而易见又非常简单的办法。他沿着河岸往车的方向跑时，会不会就把把手扔进了河里呢？

法兰奇对自己的推论非常满意。他很确信卡珀就是这样实施整个计划的。他绝对笃定，那个门把手还沉睡在库勒河床的某处，在本那比家和利特家之间的那段河里。

他不禁好奇，这个门把手还能找得到吗？如果可以，那就证明他的推论正确，也证明卡珀有罪了。

巧的是，几个月前他也刚刚经历过这样一件事。当时搜索的是亨利镇的泰晤士河段，搜查结果给了他线索，让他顺藤摸瓜，解决了安德鲁·哈里森的那件案子。当时派潜水员下去搜查的行动被证明是卓有成效的。这一次，他还会那么幸运吗？

他一直坐到后半夜，思考着整个案情，第二天一早，他就求见警察局长，向他解释了整个推论，并提出潜水搜索门把手的建议。那个范围至多90米长、45米宽，但或许也可以缩减至9米见方的一块区域，因为门把手很可能会滞留在“江景”大门对面的河段。卡珀一定急于第一时间就处理凶器。

局长跟兰金都十分吃惊。不过让法兰奇惊讶的是，局长认真听完后，居然没有提出一点反驳的意见，反而对法兰奇的推论赞不绝口，认为他已经找到了案件的真相，并决定立刻展开搜索。

“您建议怎么做呢？”局长问起了进一步的细节，“用特殊的拖勾之类的吗？”

法兰奇认为这样可能不行。“那样会有危险，”他解释道，“会把门把手这样的小物件挤进淤泥里。我不知道里面有没有淤泥，但是我想，这里河水流动缓慢，可能会存在淤泥。所以，我建议派一名潜水员下去，先生。”

斯通先生扮了个鬼脸。“那可能很贵吧？要多少钱呢？”

这法兰奇倒是不知道，但是他想既然搜查范围已经圈定，那么价格也不会高得离谱。“您肯定能从利物浦请到人，要是走运，他可能一天就能完成搜索。这样您大概能得出一个估计的价格。”

局长拿起了桌上的电话，要了利物浦警局。他很快就得到了对方推荐的靠谱公司信息，又过了10分钟，就跟对方经理讨论起派遣事宜了。最终双方商量好，由对方派一个小队来伯明顿，赶明早的第一班火车。

“与此同时，兰金，”斯通先生继续说，“你去找条驳船，把它弄到要潜水的地方去。潜水员肯定还需要什么其他的装备。”接着又给兰金交代了一些技术方面的细节。

第二天早上河边的情形，让法兰奇仿佛又回到了亨利镇的那个案件的打捞现场。也是差不多的时间，他在河边焦急地等待打捞结果，期待其能够确认或驳斥他的推论。接着潜水员捞出了他期待着的证据，虽然不算什么主要线索，但却能解决他的问题。不过这一次，找到他期待的这个东西就能结案了。

相关人员行动非常迅速，潜水员也很快整装待发。他先是穿上几层线衣，又穿上了橡胶与帆布材质的外层潜水服，武装到脖子。接着，他坐下来，挨着另外一名潜水员，抽戴头盔前的一根烟。然后，他慢慢地移动到驳船边，踩着绳梯下水，消失在了水面。

法兰奇注视着他们的一举一动，心中升起一股奇怪的感觉，这种似曾相识的场景他似乎经历过很多遍了。这里的河道很平坦，缓缓地向两个方向延伸而去。向北的水流渐渐消失在东北方向的转折处，向南的水流则流经利弗翰大街桥下的三个灰色的石拱。西河岸有一条旧时的纤路，却不时在附近几幢房子的护栏和大门处中断。东河岸就是市政公园绿油油的草地和挺拔的橡树与榆树。这样美好的画面中，河里却漂着一条丑陋的驳船，其侧面、锅炉、辅助发动机和吊杆上都擦着防锈的柏油；甲板上散乱地堆放着木料和其他杂物。驳船上，两个工人缓缓地转动着像风车一样的气泵，阀门发出柔和的咔咔声。气泵从船的一边伸进水中，在远一点的地方四处移动着，搅乱了如镜子般清亮的湖面，潜水员所在的地方，会快速从水下冒出一串串的气泡。

法兰奇感到时间过得很慢，焦虑的时候总是这样。他用引导绳索圈定了范围，那里或许就有凶手从“江景”门口扔掉的凶器，而潜水员就在大门前河道的一段范围内来回地搜寻。在这块区域完工之前，他都不会延展搜索范围。

这个时候，已经有三三两两的行人聚集在东河岸瞧热闹了。法兰奇编了个理由，说是帮某公司寻找水下排水阀的位置，群众当然不买账，这倒也在他意料之中。直到负责此案的兰金警官被人们认了出来，大家都知道搜寻真正的目的了，于是越来越多的人开始好奇地围观。

突然，法兰奇看到潜水员浮出水面，在挥舞着手中的什么东西，那个地方只有2米深。法兰奇看不清他手里的东西，但显然不是个门把手。但是，这东西被交到他手上的时候，法兰奇还是松了一口气。尽管这个发现还不足以说服陪审团，但其犯罪手段已经不容质疑了。

潜水员发现的是一个小小的螺丝刀，其尺寸正好符合门把手螺丝的大小，一端还装有小小的手电筒，黑暗中正好用得上。它就好像是作家或者发明家用的那种笔，在黑暗中灵光一现时能迅速方便地记下自己的想法。

半小时后，水中的气泡慢慢移动到了绳梯附近，潜水员的头盔浮了上来，像是笨拙的海怪露出了脑袋，而激起的浪花就是它张开的大嘴。潜水员回到甲板上，把一个小东西递给了法兰奇。

那是一个棕色的胶木门把手。

法兰奇满意地接过这个门把手。他的判断又一次被证实了！他最初只是靠着新闻报道就推断出本那比的死并非意外。虽然本地的专业人士给出了他们的见解，但他仍然坚持已见，相信自己，赌上了名誉一战，最终，他收获了成功！更重要的是，他也维护了苏格兰场的名誉，再次证明它才是警察系统内的最高法庭！

法兰奇小心地拿着这个门把手，生怕一不小心会把它弄坏。他甚至来不及换个手势，就急忙带着门把手去了布莱尼·希顿家，把它轻轻地放在科学家的桌子上。

“您好呀，高级督察。”科学家招呼道，“您这是什么东西呀？”

“我正想让您告诉我呢，先生。”法兰奇愉快地回答道，尽管极力克制自己，但还是露出了胜利的笑容。

“您看起来非常高兴。”布莱尼·希顿说道，接着他伸手拿起这个奇怪的物件，准备端详一番。

“小心拿，先生！”法兰奇提醒他说，“您要是不小心，它可能会咬人呢。”

教授顿了一下，探寻地望着法兰奇。“老天呀！”他惊讶地叫起来。接着穿过房间，拿着化学实验用的钳夹回来，用它捏着门把手的中间，仔细地观察。

“您说的没错。”他指着钳夹上间隔1.3厘米的两个小洞和下方1.3厘米处的凹槽，严肃地说道，“您看，这里就是两颗‘毒牙’，而这里，”他接着说，“就是蛇下颌的‘牙齿’。”

法兰奇也笑了：“我是这样认为的，先生。”

“不知道这是怎么用的？”布莱尼·希顿慢慢地翻转着这个门把手，“啊，在这里。”他指着一个直径2.5厘米的圆形凹槽说。“这个阀瓣肯定就是触发的机关。抓住门把手，会用力按压，以致触发某种机关射出‘毒牙’。您觉得呢？”

这显然正是法兰奇所想的。“您能不能把它打开，”他接着问，“让我们也看看这个机关呢？”

“啊哈，”教授回答道，“这您可把我难住了。看起来制作得很结实，我怕我会把它弄坏。”

“那么您是否建议我把它发给苏格兰场做检查呢？”

布莱尼·希顿思考了一会儿。“我建议您拿去给米克少校试试。”最后他说，“他是卫戍部队的警官，是个很棒的人。我知道他的专长是拆解炸弹，他应该熟悉这个的。”

“听上去是最佳人选了，先生。”

“没错，我去联系他。我会告诉他小心操作，他回复了我就告诉您。”

法兰奇本想自己把门把手给送去，不过他想最好还是由布莱尼·希顿出面安排。毕竟，他也不需要等待太久就可以知道最终的结果了。

的确如此。几小时后，教授就打电话叫他过去。

“这是个非常精巧的装置，”自我介绍一番后，米克迫不及待地说，“教授跟我讲过使用的场景了，这正是您要找的那条‘蛇’。”

尽管法兰奇从未怀疑过这一点，但他也欢迎专家的肯定。毕竟他的经验不能作为直接的证据，而米克少校却可以作为专家出庭做证，重复这段证词给陪审团听。“请展示给我看看吧，先生。”法兰奇请求道。

“这个阀瓣，”少校指着圆形凹槽的部分解释道，“其实是按压触发的装置。抓握门把手的动作就会自动触发这个阀瓣，我把它叫触发器，看到了吗？”

法兰奇点了点头。

“按压后这里会释放轴承上的一个小跳闸，这个轴受弹簧的力，会转一个圈，就像一个旋转的照相机快门那样。”

法兰奇又点了点头。

“而这个轴承的另外一面是一个偏心轮，或者说是凸轮，看您习惯于哪种说法。”他指着那里说道，“那里肯定也跟着轴承转一圈，接着就触发了两个巧妙排列的机械装置，也就是我说的控制杆，控制‘蛇’的上下颌的部分。”

“您说得非常清楚，先生。”

“我画了一张草图，”米克继续说，顺手拿起了一张纸，“其实更像是一个图解：两幅草图，分别是触发器和毒牙的部分。您看，偏心轮跟着凹槽内的控制杆转动，能把上下颌的牙齿推出来或者收进去。而上下颌的设计是能推出也能收进去的，所以让手上的伤痕看上去像蛇咬伤的一样，而不仅仅是两个被刺伤的伤口。您听明白了吗？”

“非常明白，先生。”

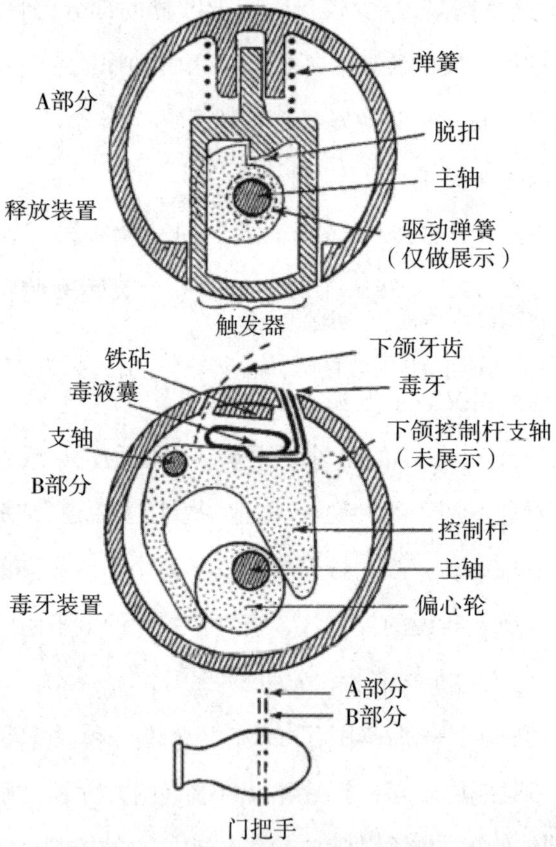
弹簧
A部分
脱扣
主轴
释放装置
驱动弹簧
（仅做展示）
触发器
下颌牙齿
铁砧
毒液囊
毒牙
支轴
下颌控制杆支轴
（未展示）
B部分
控制杆
主轴
毒牙装置
偏心轮
A部分
B部分
门把手

“现在您能看明白，这两颗‘毒牙’其实是空心的：相当于两个小小的铁管，而铁管又与小小的橡胶毒囊相连。‘毒牙’被推出来的时候，毒囊被铁砧挤压，毒液就会进入‘毒牙’中并注入伤口。这整个设计完全是按照毒蛇口腔来的。”

“如您所说的，真是非常精巧了。”

“没错，做工十分精良。这些零部件，包括‘毒牙’，都是铁做的，用来刺穿皮肤的尖端也做得相当锋利。”

“那他的成功简直是理所当然的。”法兰奇笑道。

“没错，还有一处设计得非常精妙。每个人抓握门把手的方式和部位都不太一样，而这个机械，如果没有触碰到毒牙的部分，机关不会被触发。而毒牙的位置，跟触发器的位置完全相反，这就是我说它巧妙的地方。人抓握物体的时候，一百次有九十九次，都需要反方向抓握以平衡上面施加的那个力，你试着拿东西就会发现这个原理了。这就意味着，除非门把手上下都施力，也就是手掌握住了门把手底部的位置，机关才会被触发。”

“他的成功真的是理所当然。”法兰奇又重复了一遍刚才的话。而他心里也十分清楚，卡珀很可能也观察了本那比抓握门把手时的动作。

“好吧。”布莱尼·希顿思回答道，“多亏了你们，我想他不会逍遥法外了。您知道凶手是谁吗？”

法兰奇觉得教授的提问有些敏感。他又笑了笑，抱歉地说道，“这可是国家机密啊！我们不能回答这个问题，为避免有什么不必要的消息走漏。不过我很确定，两位所作的这些努力将帮助我们破案。”

“您太客气了。”米克冷冷地道，“还有一点，我想死者的伤口应该是在右手，食指和中指的根部吧？”

“没错，先生。”

少校做了一个抓握门把手的动作。“那么毒牙一定被设定在合适的方向推出：指针三点钟的方向。”

“没错。”法兰奇同意他的观点，不过这次换他冷淡了，“我在记事本里写的是向东的方向，不过三点钟显然更加精确。”

布莱尼·希顿思笑了。“我想我们都要恭喜您了，高级督察。”他愉快地说道，“不知道您是怎么想到的，但既然能发现这些物证，说明您是下了一番功夫思考的。”

法兰奇也对他表示感谢。“还有一件事，各位，”他继续说，“虽然跟我们之前讨论的内容不太一样。”

他边说边拿出钱包里的胶木碎屑放在桌上，那是他在卡珀家的作坊里找到的。

“什么？”米克大叫一声，把它拿起来仔细端详。接着他笑着看向法兰奇，“您真是会骗人，高级督察！你装作不知道凶手是谁，其实您现在拿出的证据完全足以让他上绞架！我想您也不能说是在哪里找到的吧？”

“我想现在还暂时不能向你们提起他的名字。”法兰奇回答说，“不过我想听听两位对这块碎屑的看法。”

米克将门把手的按压阀瓣一侧向上，然后把碎屑放在阀瓣上，用手指按了按。“如何？”他说着将碎屑放到了对的位置。

这跟法兰奇所料无差。这块碎屑的颜色、薄厚、表面材质与在河中找到的门把手完全一样，被加工过那一面的曲线也跟按压孔相吻合。此外，它的表面弯曲度与门把手的轮廓一致，纹路和钻孔也都跟把手上的分毫不差。显然，这块碎屑就是为了制作触发器而切下来的。法兰奇确定，那些被裁减掉的部分肯定还在作坊里，如果找到，应该能够还原整个阀瓣的形状。

如果真是如此，那么它就成为证明卡珀是凶手的又一力证。没错，法兰奇认为现有的证据已经足够陪审团做出有罪判决了。

当然，卡珀如何获得这条蛇的问题还没有解决。法兰奇感觉这件事可以再等等。现在最重要的是将这个凶手绳之以法。卡珀会越来越焦虑。他肯定已经听说潜水员在河里搜寻的事情了，那么自然明白警方已经调查到关键之处了。他可能会试图逃走，或者是到国外避风头，这就会导致很多麻烦；甚至，他可能会自杀以逃避法律制裁。

想到这里，法兰奇赶忙去警局见了兰金和斯通。两人对他讲述的情况都非常惊讶，并且赞同要逮捕卡珀，越快越好。

“我想，今晚是来不及了。”斯通说道，“我会去获取搜索令，这样您和兰金可以在明晚将他带到警局审讯。”

第二天晚上9点，一辆警车离开伯明顿去了博山姆。法兰奇坐在副驾驶座，而兰金和另一名警官坐在后面。但是这辆车非常宽敞，后座还能再坐一个人。

第二十章

草木皆兵

就在法兰奇调查卡珀这件案子的时候，乔治·瑟里奇也挨过了一段非常焦虑的时间。

虽然已经过了一段时间——算是相当漫长的一段——乔治却又惊又怕地发现，他心中的恐惧和悔恨丝毫没有减轻。相反，他的心理负担更重了。日复一日，他越发神经兮兮、坐卧不安、痛苦不已。

乔治内心最沉重的负担就是说话做事都要小心翼翼、如履薄冰。任何一句不假思索的话都可能会导致灾难。他一次又一次地想象着，自己说了几句当时看来无伤大雅的话，却碰上“听者有心”，被人发现破绽的情形。要是这种想法变成了“瑟里奇怎么会知道的”的疑问，那他离毁灭也就不远了。然而，他却很可能犯这样致命的错误。

因为无人倾诉，他心中的痛苦在不断累积。这个世界上，没有一个人可以帮他分担这个秘密。他必须严守自己这个致命的秘密，让它自己化脓、腐败。本来，妻子应该是自己天然的密友，然而他早就已经失去了她的同情。如果她知道了事情真相，说不定会比以往更甚地诅咒自己——他觉得妻子应该早就开始诅咒他了。那么，俱乐部里的那些朋友呢？*朋友*！只要他稍微透露心事，朋友们绝对会不假思索向警方揭发。是的，他无法向*任何*人吐露心声。

南希也不行。南希现在已经成了最危险的熟人。他渴望着见到她，在她面前好好地休息，听她美妙的声音，用她的同情减轻自己的负担。但他逐渐意识到，这样的机会也已经永远地离他而去了。他真的不敢与她变得那么亲密。因为跟别人的距离越近，就越有可能卸下防备。

另一个让人不安的问题是，他越来越难以将注意力集中在工作上。曾经，这份工作是他快乐的源泉，现在情况却并非如此。之前能泰然面对的工作压力，现在却让他烦乱不堪。他发现自己越来越优柔寡断，不能将注意力专注在手头正处理的事情上。乔治不止一次地发现，赫普沃思女士在兴致勃勃地打量他，像是怀疑他隐瞒着什么秘密，而她很快就能揭穿的感觉。他越来越讨厌赫普沃思女士了，很想把她赶走，却又不敢冒这个风险。

更危险的是，他对精神“良药”的渴望越来越难以遏制。他知道，一瓶威士忌能够帮他摆脱所有负面的情绪，进入一种更愉悦、自信和乐观的状态。但是他却不敢喝酒，所以也就越发神经兮兮、情绪烦躁。

现在的乔治很嫉妒那些良心安宁、自由自在的人。如果他能再有一次选择的机会，完全不知道这些害他与亲友分离的肮脏秘密，那该有多好！他曾经也嘲笑过那些说犯罪记忆会成为负担的人，现在他明白了，当时的自己太无知。经历了这一系列事件，加上时间推移，想重获道德上的清白和安宁，就要付出更多代价。

不久后发生的一件事，让乔治几乎被恐惧吞没。在伦敦待了几天后，乔治有天下午坐火车回到了伯明顿。他读完工作信件，便去俱乐部里打桥牌消遣时间，但却一直提不起兴致。正好，一个牌友被叫走，牌局散了，他也乐得趁机回家。往外走的时候，却在门廊那里遇到了也要离开的马尔医生。

“回家吗？”马尔问道，“想一起走走吗？”

尽管乔治想一个人独处，但他还是同意与马尔一起回去。马尔是个让人喜欢和尊敬的正派人，跟他一起走似乎也是件光荣的事情。于是两人就出发了。

两人先是闲聊了一阵，接着，马尔问他：“你见过法兰奇了没有？”

“前两天都在伦敦出差，”乔治回答说，“法兰奇是谁？”

“你不会没听说过他吧？”马尔惊讶地问道，“他是苏格兰场的高级督察。”

听到这句话，乔治愣住了，心中突然疑惧万分。“我不知道您在说什么，”他说道，尽量显得自己漫不经心，“发生什么事了吗？”

“你真是让我吃惊。”马尔说道，“你难道没听说斯通先生请了苏格兰场的专家来重新调查本那比的案件吗？”

乔治的心仿佛被一直冰冷的手攫住了。他怎么会听到这么可怕的消息？会不会是——不，不可能！他要完蛋了吗？警方现在在怀疑什么？他们不可能*知道*了什么吧？还是他们已经知道了？自己还安全吗？

他强作镇定，但脑袋还是一阵一阵地发昏。恍惚中乔治听到自己回答说：“老天呀，马尔，不是吧？”

“你没听说吗？”马尔的回答有点漫不经心，他并没有注意到乔治的异样，“我以为他们会先去你那里调查一番呢。”

乔治徒劳地掩饰着自己的恐惧。这话是什么意思？马尔的语气怎么有点不高兴？警察为什么要单独找自己呢？

“这是什么意思？”他问道，暗自庆幸天色已晚，“该说的我都已经跟他们说过了，在我这里也没有什么新信息。”

“您可以跟他们讲讲蛇馆养蛇的具体情况。”医生回答说，“我想那应该是很重要的。我一直觉得，只要知道是谁偷走了蛇，我们就能知道一切了。您会发现他们也在调查这件事。”

乔治松了口气，显然马尔并没有起疑。但他的这番话还是让乔治非常沮丧，假如这个苏格兰场的督察在全力调查偷蛇的事情，他会发现什么呢？

但乔治又宽慰自己，他不会发现任何东西的！怎么会呢？他根本没有留下任何蛛丝马迹。没有人可以把他跟这件事联系起来。也没有人知道当晚他进了蛇馆。更不会有人知道，是他把蛇寄给了卡珀。不管卡珀犯了什么错误，他都应该是安全的。

于是，他鼓起勇气告诉自己，跟马尔的对话一定要冷静。终于，在一番令人紧张的谈话后，两人在动物园大门附近分开了，但乔治深知事情并不简单。卡珀肯定是在什么地方露出了破绽，如果他被抓了，自己还能逃脱吗？

接下来的两天对乔治来说简直像噩梦一般。俱乐部里的讨论和猜测简直要把他逼疯了，但他却不敢离开。他必须了解目前调查的进展，而俱乐部就是获取消息最佳的渠道。

第二天晚上，事情到了紧要关头。吃完晚饭，乔治坐在书房里给自己打气，说服自己去俱乐部时，突然听到门铃响。女仆还没来得及递进名片，他就已经知道来的人是谁了。

“高级督察法兰奇和另一位先生想见您，先生。”女仆的眼神满是困惑。

“我稍后就去，”他冷静地回答道，“让他们等一下。”

乔治意识到，他可能即将遭遇人生中最重大的一场危机。现在，他对自己说，该喝点威士忌了——量要小心斟酌，足够壮胆，又不至于失语。否则自己身上有酒味，可能会引起怀疑，法兰奇会觉得他在为接下来的问话做准备——如果不害怕，干吗要喝酒呢？

乔治已经预见到了事件的难度，并且制订好了应对计划。他快速倒了半杯烈酒，加入点水，一饮而尽。接着又倒出一指高的酒，把杯子加到半满，端在手里。他的桌上还摆着不少书和计算的草稿，这些都是事先准备好的。快速环视一周，乔治接着走向门口，打开门，朝门厅方向望去。一个矮胖的蓝眼睛男人向他鞠了一躬，又朝前一步，他的身后是个便衣警察。

“晚上好。”乔治高兴地打着招呼，“请来这里吧，可以吗？今晚真冷，我们坐下说吧？”

说话间，他把圈椅往壁炉旁挪了挪，给陪同来访的警官也拉来一把椅子。法兰奇道过谢就坐下了。“希望没有打扰您。”他开口道，“我看您是在工作吧？”他望了望桌上的书和草稿。

这正是乔治想要的。这既解释了他的怠慢，也解释了他身上的酒味。“没关系。”他轻松地回答说，“我的事不急。”他从橱柜里拿出两个杯子。“两位也喝一杯吗？”

法兰奇摇了摇头。“您太客气了，先生，”他礼貌地说，“不过办案的时候我们不能饮酒。”

“好吧，”乔治又坐回桌边，“您不介意我把剩下这点喝完吧？想抽烟的话还请自便。”他示意了一下壁炉架上的烟盒。

看来办案的时候警察也不会抽烟。法兰奇又一次礼貌而感激地拒绝了乔治的好意，并且解释了拜访乔治的用意。他们想让乔治协助调查本那比教授死亡一案。

“我听说案子重新开始调查了。”乔治冷静地说。威士忌起作用了，他感觉自己状态很好，不但能够控制情绪，也能妥善处理这次会面。“我承认有点吃惊，还以为之前的问询已经得到了满意的结果。”

“那么您觉得死者是意外去世的？”法兰奇饶有兴致地问道。

“我不是那样想的。”乔治公正地回答道，“不过我倾向于这种可能。因为早些时候我自己也得出这样的结论，由于他身体健康急剧恶化，本那比教授不再适合直接与蛇打交道了。您可能已经了解到，是我撤销了他继续入馆试验的许可。”

“的确如此，先生。或许您能跟我讲讲详细情况？我也很想知道蛇馆的蛇都是如何保管的。”

这部分的问答应该是安全的，但乔治每次回答还是要犹豫一下，好像是被问到什么困难的问题——不过停顿应该不会显得可疑吧？不过，随着问答的深入，他反而越来越放松了。法兰奇非常尊敬他，问题也都是不痛不痒的，他对乔治的故事全盘接受，这让他感到很放心。

法兰奇的调查的确非常彻底。他把各种观点都按逻辑顺序串联起来，逐一询问，一定要问个穷尽才肯接着进行下一个问题。若是乔治在管理动物园的工作上有任何懈怠，绝对会很快就被他问出破绽。幸运的是，乔治对业务问题的回答无懈可击。

不过，有个问题还是让乔治烦乱。他发现自己喝得有点多了。虽然立刻产生的效果似乎正好，不过酒的后劲有点大。但就算如此，他还是完美地通过了问询。一个小时后，两位警官离开了，显然对他没有一点怀疑。

烈酒的效果一直持续到他上床睡觉才解除，但清醒后他的反应更强烈。酒劲过了，他的自信也消失了，恐惧又重新袭上心头，更胜以往。法兰奇似乎接受了他的说法，也没什么疑问，但那会不会只是警方不引人怀疑的做法？事实上，这件案子既然重新开始调查，说明他们已经掌握了*某种*谋杀或有罪的推论。一想到这个，乔治就觉得很难受。

之后的一两天，乔治内心的痛苦达到了无以复加的程度。他告诉自己，要是知道正在发生的一切多好，那他肯定不会这么难熬。现在，警方正在坚持不懈地进行努力，将他摧毁、送他走进法庭和监狱、推他去经受比审判更加可怕的事。能够了解最坏的情况，可比现在这样疑神疑鬼好太多了。

压力已经越来越让他难以承受，他真的受不了了，觉得自己几乎崩溃。他开始琢磨起自杀的事情。

那样该多轻松啊，永远的轻松，所有事情都结束了！不必再担惊受怕，不必非要言行合一，不必再装出一副无忧无虑的样子！这样，他就不会再感受到那阴魂不散的目光，不论他走到哪里、做什么，都盯着自己——那是本那比饱含责备的、令人发狂的目光。也让他永远摆脱那种与常人格格不入的负疚感、罪恶感。没错，自杀就能一了百了。

要选个轻松点的方式。还有什么比把手伸进蛇馆毒蛇笼子里更轻松的办法呢？那会是一种快速而几近无痛的死亡方式。或者是煤气中毒。这样会昏过去，也不会有什么痛苦。有很多很多方法，以他的阅历和知识，能够很轻松地让自己在世界上消失。

而且他也真的没什么活着的指望。家庭生活已经一片狼藉，自己的事业也受到威胁，再这样下去，他肯定会失去工作。他的娱乐生活、高尔夫球、俱乐部、兴趣爱好呢？倒也无妨，这全都是他讨厌的。可是，南希呢？

他真的说不好，不知道自己还想不想再见到南希。他知道自己已经失去了她，再也无法信任南希，也感受不到她陪伴的快乐了。那个小屋里，没有等待他的人或事。如果他明天就消失，也没什么好牵挂的。

他没听过坊间故事讲人死后的生活。自杀将会是生命的终结，因为这样的人会永远被遗忘。自杀的人死后是不会得到上帝开导或进入天堂的，因为这种行为绝对不被允许。没错，他将独自一人生活在这宇宙中。再也没有人关心他的好坏，大家只想将他抓起来抵命。他痛恨所有人。可能自杀会让一切都结束。

乔治像做梦一般地起身检查了屋子里的煤气。没错，简单的几步就结束了。他可以用睡衣盖在上面，让煤气集中起来。然后躺在地板上，把头埋在衣服里，直到吸入足够煤气，让一切烦恼全都消失不见。之后就绝对不会意识到任何事情了。

于是他悄悄地锁了门，从床上拿了些衣服，摆弄好煤气，把衣服堆放在地板上。接着，他爬了进去，把头埋进衣服堆里。然后，他用牙咬住了阀门，准备拧开煤气，他确定自己不会有什么感觉的。可能会有点窒息或者头痛，但这吓不倒他。比起他现在想摆脱的精神上的痛苦，这些根本都不算什么。

然而他却猛地惊醒了。自己不能这么做！没错，现在的情况的确很难，他也得做好一切都无法挽回的打算。但是，阀门一旦拧开，事情就将成定局无法再改变了。他就*死了*！他躺在那里，跟自己的软弱做搏斗。

至少现在他已经看到了真相。他怕的并不是肉体上的痛苦——如果会有痛苦的话，甚至也不是肉体的死亡；怕的是自己背负的沉重心理负担，让他无法继续生活，而现在，这些负担甚至给死亡增添了无名而可怕的恐惧感。他告诉自己，死可以，很轻易也很快乐，但必须要先问心无愧才行。尽管他给了自己一个这样的理由，其实心里还是明白，自己是无法面对死亡的。

他摇摇晃晃地站起来回到床上，决定明天再做最后的决定。或许那时他会有什么更好的办法。

他在思考，自己是否要写忏悔书，这样或可得内心平静。他觉得这个可行，但又觉得这远远不够。因为他明白，他一死，大家会知道自己的所作所为，那么他写的这东西也就不能算作真正的忏悔。或许他也不用经历这一切，不用承担可怕的后果呢？

不过他立刻意识到，这种想法毫无理智，是陷入了死循环。为了逃避自己所作所为造成的后果，他必须自己去创造可以接受的后果！无论如何，自杀并不是出路。

与此同时，想要自首的想法占据了他的脑海。这也不完全算是坏主意，因为很多人都能接受这种方式。很多犯罪的人，发现自己承受不了心理负担的时候，就会去警察局自首。乔治觉得自己暂时还做不到那样，但他认为朝那个方向前行应该会有助于减轻自己的负担。

接着他心中涌起一种释然的情绪。他也不必想自首的事情了，因为这绝对没可能。他的自首也会牵连到卡珀。显然，无论如何，他都不能那样做，不但是为了卡珀，也是为了自己的利益考虑。

他又度过了饱受折磨、疲惫不堪的几天。接着发生的一件事情令他越发恐惧。

他在俱乐部听人说，警方在克洛伊河“江景”对岸的那一段，雇了潜水员进行搜寻，好像找到了非常重要的证据。他也表现得非常感兴趣的样子，原因很简单，那就是他也不知道这项发现预示着什么。但是，他的直觉告诉他这会引发大灾难，因此无法抑制地想给卡珀打电话问个究竟。

那天晚上，他去街边电话亭给卡珀打电话。卡珀的措辞十分谨慎，但还是明确地表达了对乔治这通电话的抵触。但是乔治提到潜水员的时候，卡珀的音调变了。他显然深受触动，尽管他没说什么，但还是足以让乔治怕到发抖。“如果被他们找到，那就完了。”卡珀嘶哑地回答道，“你自己小心吧，别来找我。”

乔治沮丧极了，一边想如果担心的事情发生了该如何是好，一边挂掉电话，怏怏不乐地走回了家。

第二十一章

背景调查

法兰奇、兰金和另一名警官坐驾车在黑夜里行驶，最后停在了博山姆警局门口。此时已过晚上10点，他们决定不再耽搁，从这里走去卡珀家只要三四分钟，再花个几分钟就能将他逮捕归案。卡珀只得拿上外套和帽子，简短地给管家交代几句，就跟着他们返回警局。因为带着嫌疑人，路上就要开得慢一点，避免发生任何事故。午夜前，他们应该就能赶到伯明顿警局。接下来就是控告和搜查的程序，这些令人不快的事项差不多12:30之前结束。

出于技术上的原因，他们决定由兰金代表当地警方实施抓捕。当晚预计要做的工作就这么多，但是审讯工作是由博山姆警局的警官负责，法兰奇和兰金第二天再来了解审讯进展。

兰金进警局去了，法兰奇坐在车里沉思。抓捕嫌犯是他做警察最不喜欢的事。追踪嫌疑人跟这不一样，那是一个更需要智商的工作，慢慢地搜寻证据，累积并证明一种可能的推论，其过程充满刺激，偶尔也会让人恼怒。但是等罪犯到案，这件事就变得更专注于人，不再是对事实的拼接。这个过程中，审讯人会给被讯问者带来恐惧和绝望，他不愿意这么做。虽然他提醒自己，他的“被害人”也对他人做了同样过分的事，而且并非出于正义的原因，但这种安慰没什么效果，他还是为此觉得苦恼。

与晚上要主持审讯的当地警察局长一道，几人坐车匆匆穿过六条街，停在了卡珀家的门前。镇子上空荡荡的，显然这里的居民都习惯早睡了，卡珀住的那条街上空无一人。

一位老妇人开了门，她是卡珀的管家。“是的，各位先生，卡珀先生就在楼上。”她显然不知道这几人上门要做什么，毫无戒心地告诉了他们卡珀的位置，“他没在忙，几位要进来吗？”

伴随着沉重而灾难般的脚步，几个人穿过门厅上了楼。过程中，法兰奇似乎听到楼上某扇门轻轻关上的声音，但等他们进入客厅，发现卡珀就坐在扶手椅上，正在壁炉前看什么东西。他身旁的桌子上，放着威士忌、苏打水，还有喝了一半的酒。所有人都进来后，他放下报纸站了起来。不过，他的举止依旧镇定自若，法兰奇觉得他一切正常，只是脸色非常苍白。

“晚上好。”他简短地打了招呼，“各位请坐，不知各位有何贵干呢？”

兰金最后进来，关上了门。接着三个人轻轻地穿过房间，走到“受害人”的身边。

“我们今天要办的事恐怕不太愉快，卡珀先生。”兰金冷冷地说，“抱歉，我要告诉您，我手上有针对您本人的逮捕令，指控您与已故的马修·本那比教授之死有关，时间是今年11月23日晚上，地点是伯明顿市卡绍路的‘江景’别墅。需要提醒您的是，您所说的一切将作为呈堂证供。”

有那么一阵，卡珀一言不发地坐着，脸色却变得惨白。接着，法兰奇好像听到了一声轻微的响动，而卡珀脸上浮现出痛苦的表情。他平静地回答说：“没错，我已经料到了。但我想做个简短的声明，各位请稍坐一下。”

“恐怕现在并不是您做声明的时候。”兰金严肃地说，“您必须立即跟我们走一趟。到时候有大把机会发表声明，想说什么都可以。”

卡珀慢慢地坐下了。警官们站在他的身边，虽然还没碰到他，却已经准备阻止他做出逃跑或自杀的动作。但卡珀坚定地摇了摇头。“我必须现在就说，趁我还能说的时候。”他坚定地回答，“别傻了，我知道自己逃不掉的，也没准备逃跑。请坐吧。”

他的举止如此坚决，兰金也犹豫了。法兰奇看着兰金，突然，他脑中想到一件可怕的事。“让他说吧。”他急切地对兰金说。

兰金耸了耸肩，“那就如您所愿，先生。”

卡珀立刻在逮捕令上签了字，递给警官，接着就开始了自己的陈述。

“在我还能说话的时候，”——他的这句话更加证实了法兰奇的担忧，“我承认杀害了我的叔叔，本那比教授。请别打断，”看到兰金想阻止他，卡珀急切地说，“我早已下定决心要杀害他。我当时非常缺钱，因此用蛇的毒液毒死了他，用的是某种机械毒牙装置。我在通往‘江景’那条小路的门上安装了特殊的门把手，他旋转把手时，毒牙弹了出来刺伤了他的手掌。我想杀害他已经有一段时间了，于是配制了他去动物园的钥匙。就这样，我偷到了那条蛇，然后……”

卡珀顿了一下，脸上又露出非常痛苦的表情。他无助地、直勾勾地盯着前方，似乎费了很大力气才能集中精神。

“我提取了毒液，然……然后把蛇……淹死……”他断断续续地说，接着低下了头，一动不动地坐了一会，突然瘫在椅子中。要不是有警官在旁边搀扶，他可能会直接摔倒在地板上。

几人让他仰面躺在地毯上，法兰奇和兰金急忙对他施以急救，而警察局长也马上给医院打了电话，但这一切都是徒劳。卡珀越来越虚弱，医生匆忙进来的时候，他已经陷入了半昏迷状态。很快，他失去意识，不久便死去了。

法兰奇和兰金交换了一个沮丧的眼神。

“他肯定知道我们要来抓他了。”法兰奇简短地说，“谁给他通风报信了？”

兰金绝望地摇了摇头。“没有人知道，除了我们几个外没人知道。”

“他听说了潜水员的事吧。”法兰奇猜测说，他皱了皱眉，又开口说，“对我们来说可是件‘好事’了，还得解释一番。”

兰金没搭腔，法兰奇继续说：“现在还不需要担心此事。”他态度似乎积极了一些，转身问医生，“医生，他的死因是什么？”

医生指着卡珀紧握着的左手。“目前还没有找到原因，”他回答道，“但是他的手好像肿起来了。不用力气都掰不开。”

“那就用力掰吧。”法兰奇说。

医生弯下腰，将卡珀紧握着的手指掰开。一个圆形的、鸡蛋大小的东西从他手中滚了出来。

“别碰！”见医生要伸手去捡，法兰奇大喊一声，“我知道这个是什么。”

法兰奇小心翼翼地捡起这个圆球，仔细地检查着。如他所料，球上有跟门把手类似的机械装置。显然，卡珀制造门把手的时候做了这个，就是为今天这种场合预备的。毫无疑问，他知道潜水员的事了，明白警察已经查到自己身上。所以，听到门铃，他感到自己大限将至，不动声色地拿出球，攥在左手。如果无事发生，他不会触发机关；如果灾难降临，他只需轻轻一按，机关就会将毒液注进手掌。

法兰奇十分懊恼，他觉得自己比兰金更难受。虽然是由当地警方主持抓捕，但他作为一个经验丰富的高级警官和行动的总督导，还是要不可避免地承担主要责任。犯罪嫌疑人自杀，对他来说，不但是名誉的重大损失，更是对自尊心的沉重打击。就算破了案，找到了罪犯，他却不能接受法律制裁，这让法兰奇之前的努力都成了泡影。这件事的影响真是太糟糕了，恐怕很长一段时间内，法兰奇的内心失落都无法得到平复。

“好吧，”他简短地吩咐兰金，“能请你处理后续的事情吗？给当地警方通知，让他们带法医来处理之后的事情。”

他坐在卡珀的椅子上，愤懑地回想着刚刚发生的一切，而兰金则忙碌地按照程序处理后续一些必要之事。对法兰奇来说，这件案子已经结束了。他可以回去向莫蒂默·埃里森先生及苏格兰场汇报，解释自己为何在最后的细节上功败垂成。法兰奇觉得自己像个愣头青一样，被卡珀耍了。正如他跟兰金说的，这件事需要花很多工夫解释，而且一段时间内他的心情都难以平复。

说实话，这件事的确不怪他，也不怪兰金。显然，卡珀早就做好了这个工具，以备不时之需。他几乎能肯定，这个自杀工具应该是和门把手同一时间做好的，上面都涂了毒液。卡珀听到他们进来的声音，趁他们还没上楼，便把这个球握在手中。这样他就能随时结果自己，却不会引起对方警觉。就算法兰奇料到卡珀会有自杀的举动，也无法阻止，可能他还没迈出一步，卡珀就会用力一握，然后必死无疑。

但是即便法兰奇知道错不在自己，心情却依旧沉重。他或许能逃过责备，但这个失败的事实依旧无法动摇。

他在想什么时候才能回去。或许调查会在明天进行，然后是一些文书工作，把卡珀有罪的证据整理妥当。这样的话，三四天后他就能回苏格兰场，慢慢把这件事淡忘。

突然，法兰奇想起了一个自己忽视的细节。之前卡珀之死令他太过震惊，根本无暇思考——这件案子还没有结束！蛇并不是卡珀偷的！

“兰金！”法兰奇高声喊道。

年轻人正在手忙脚乱地记录医生的陈述，听到叫他，赶忙放下手里的活走了过来。法兰奇把他拉到一个角落里。

“卡珀是不是说过，蛇被偷的那晚，他在伦敦？”他急忙问。

“是的，先生。”兰金干练地答道。他突然领悟到这个问题背后的含义，一筹莫展地盯着法兰奇。

“你查过他的不在场证明吗？”法兰奇进一步追问。

兰金紧张地咽了口口水。“是的，先生。”他的语气已经失去了惯有的肯定，“我去拜访了当时跟他一起的律师，也见过他住的那家酒店的经理。”

“得出肯定的结论了吗？”

“绝对没问题，先生。”

卡珀的遗言一定是想掩护自己的同谋。想到这里，他又兴奋起来，但这一次他竭力抑制着这种激动的心情。“你知道这意味着什么吧？”他问兰金。还没等兰金回复，他就继续说：“没关系，现在这件事不要告诉别人，把医生那边的事情处理完，我们尽快离开。明天一早，我们就过来搜查，看看他的各种文件。你申请的逮捕令应该够用。”

一名当地警局的警官已经来了，自杀相关事宜交由他处理。法兰奇借口说还需要为文书工作做些调查，明天会过来核查卡珀的遗物。同时，他恳请这位警官好好地保护现场。

第二天，法兰奇精神焕发地开车回到博山姆。前一晚——虽然不是自己的错——但他还是栽了一个大跟头。不过，这个案子还未结束。现在，他有机会摆脱不幸。抓捕从犯，将能很大程度上弥补失去主犯的损失。这一次，他一定要特别小心，确保不会再次发生这种不幸的事故。

他在想，自己到底该不该在同谋的事上深挖。他知道本案中，卡珀一定有同谋，但自己一直忙于证明卡珀有罪，几乎没别的时间做其他调查。不过，关注同谋的问题，是任何案件查获主犯后都要进行的下一个步骤，因此也不算疏失。

很快他们开始搜查卡珀家中的遗物，在午饭之前，法兰奇发现的各种证据就让他确信，自己终于要接近完整的事实真相了。首先，他了解到，卡珀非常缺钱。他的桌子里放着一本私人账簿，记录了他这些年在证券交易所的一次次“赌博”。他豪掷——几乎赔个精光——的金额令法兰奇大跌眼镜。更令人难以置信的是，这笔钱都是律所出的。因此，他认定卡珀的犯罪动机非常充分。

接着，他发现了一些文件，虽然看起来没什么用，但是却让他得到了非常满意的结果。这摞文件显示，卡珀一直担任着露西·潘特兰小姐的律师，等法兰奇弄明白这个露西小姐是谁以后，他明白，自己无须继续调查了。这件事揭露了一个前所未有的与动物园相关的线索，还牵涉到一个能轻松偷到蛇的动物园内部人士！法兰奇激动不已，他抛下其他一切事情，专心调查这条线索。这些信件显示，虽然乔治委托卡珀处理潘特兰小姐死后的遗产问题，但卡珀却并没有帮他申请遗嘱认证。不管这件事是否可疑，至少他了解到，卡珀握有这位已逝女士的股票——他觉得自己像老练的船主，正在凶险的海域航行，一瞬间浓雾却消散了。

接下来要调查的方向就很明显了。核验显示，那些证券并未存在银行，而是存在伯明顿的某个保险柜中。法兰奇和兰金带着卡珀的钥匙，回城里查看。

果然，他们怀疑的事情变成了事实。所有的证券都没了，法兰奇检查了卡珀的账簿，上面显示，过去十年间，这些证券已经被分批分时卖出了。

计算其全部现有价值花了一点时间，最后法兰奇发现，乔治损失的数额超过8000英镑。他也意识到，乔治有很充分的成为同谋者的动机。

他坐在那里，思考着乔治的破绽，但是却根本找不到能被当作证据呈上法庭的可疑之处。法兰奇感慨，乔治真是相当厉害，竟然*没有任何地方*有差错。所以下一步要做的，是跟踪他的行踪，肯定能发现警方需要的证据。

一条明显的搜查线索就是研究他的经济状况。兰金对嫌疑人的调查显示，乔治的生活水平与其社会地位是非常符合的，不过，他可能会有一些秘密开支，这才不得不上了卡珀的“贼船”。赌马、扑克、昂贵的爱好、女人，想花钱的办法实在太多了，而法兰奇的任务就是试着找找，在乔治·瑟里奇的生活中，有没有一个这样的“黑洞”。

而调查有两种途径，一是调查蛇被偷走的那晚他的行动轨迹，二是宽泛地调查他的生活状况。还有没有其他办法呢？

法兰奇突然灵光一现，他想起兰金记录的一个情节，当时并没有什么，现在想想却很可疑：乔治曾讲过他把钥匙落在动物园侧门的事。

法兰奇问自己，保管着这么重要的一串钥匙，乔治真的会在用完后忘记把它挂回钥匙链上吗？如果乔治把它挂在钥匙串上了，碰到一辆问路的车，还会把钥匙落在锁上吗？他接着想，乔治说的关于有车问路的情节是不可能发生的。他说，司机下车来问去博山姆的路，但法兰奇明明记得，在那条街的另一头，一直挂着显眼的博山姆方向的指路标志，只要拐进卡绍路就能看到，再问路根本是多此一举。

另一方面，考虑到丢钥匙不久后就发生了偷蛇的事件，乔治试图编造一个钥匙落入他人之手的故事就显得合情合理。

法兰奇回到旅馆，打算在睡觉前，按自己的发现重新回顾一遍卷宗。他相信，用全新的思路再看一遍，一定能找到更多调查线索，总有一条会让他收获自己想要的结果。

第二十二章

坊间传闻

法兰奇又看了一遍卷宗，却有些失望。他精心演绎推理一番，却仍旧没有发现任何可以在法庭上证明乔治有罪的事实证据——此人的行为举止似乎毫无破绽，显然他也没给警探们留下什么可供调查的线索。法兰奇自己或许能肯定地说乔治做了什么，但想要举证却困难重重。

目前最主要的困难，就是如何才能不露声色地进行秘密调查，避免乔治效仿卡珀。法兰奇突然想到，这起案件的最佳突破口就是让熟悉这里的本地警方介入。于是，他打算先拜访警察局长，跟他讨论“作战计划”。

当然，法兰奇调查过卡珀的文件后，就如实汇报了发现同谋一事，但斯通仍旧让他主持后续调查工作。不过，听完汇报的警察局长倒是有点不自然。

“我也是无意中听到点八卦，当时觉得没什么，但听了你的汇报，很受启发。其实，我老婆闲得没事反复跟我提过一件事。当然，她不该那么长舌，我也很讨厌再把她说的内容重复一遍，但是我觉得的那确能给你一点提示。动物园附近有个科瑞恩小姐，她和有些脑袋灵活、精力充沛的女人整天无所事事，总是关注别人的私事，把传播恶毒八卦当成生活中不可或缺的乐趣。”

斯通看了他一眼，法兰奇感激地点了点头。法兰奇了解那种女人，以前人们常用“危险”这个词来形容这类人。她们时常去警局，跟警方讲些关于自己邻居的捕风捉影的故事，但处理这些信息一定得小心，不可操之过急，否则可能会导致误捕。

“她讲得绘声绘色，说是去一个很破落的地方面试女仆，好像是叫布拉姆福德村。那里有个条件还不错的老旅馆，她碰到瑟里奇开着一辆跑车去那里住宿，身边还有位漂亮的陌生女人。她当时各种暗示，含沙射影，而瑟里奇夫人——其实我夫人也在场——说是帮一位朋友在找房子。但是我妻子觉得是真有其事。”

听完局长的话，法兰奇心中十分满意。“那可能正是我们需要的线索，先生。”他明白地说道，“科瑞恩小姐说过是哪一天的事情吗？”

“没有，我把知道的都告诉你了。如果你想了解更多消息，恐怕得去找那位女士了。”

“我尽量别直接去问她吧。旅馆的人说不定会对两人的照片有印象，或者会查到其他什么线索。去调查车也是一个办法。您的手下知道瑟里奇开什么车吗？”

斯通打了个电话。不一会儿一名巡警就走了进来。

“动物园的瑟里奇先生住你巡查的那片儿吧？”

“是的，先生。”

“他开什么车？”

“开一辆马丁，先生，很老旧的款式了。功率大概是9～10千瓦，已经开了五年，但具体我就不太了解了。”

“你见过他们家开跑车吗？”

“没有，先生。”

“看来车可能不是瑟里奇本人的。”巡警离开后斯通接着说，“可能是他租的。”

“没错，可能是他租的。”法兰奇赞同说，“或者是那个女人的，也可能是两个人从别人那里借来的。在有所行动前，我们应该去市里的汽修厂转转。”

“这是个机会，我们得好好把握。”

于是，局长派了一队巡警去各处调查，法兰奇还是坐镇指挥，思考如果调查没有线索，下一步该采取哪些行动。不过，才刚过了一个小时，有名巡警就打来了电话。

“我是从诺福克街的贝利汽修厂打来的，先生。”电话那头传来巡警的声音，“瑟里奇先生在这里开设了账户，有时会租用一辆格纳特跑车。您是需要这些信息吗？”

“是这样的。”法兰奇满意地回答道，“待在那里，我直接去找你。”

法兰奇给兰金打了电话，几分钟后两人就到了汽修厂。他们根据汽修厂的租借记录，查阅了瑟里奇租用那辆格纳特的全部情况。法兰奇记下了所有日期和时间，然后又详细地勘验了那辆车，不过并没有什么值得高兴的收获。

“除了瑟里奇先生，还有别人租用这辆车吗？”他问汽修厂经理。

经理又翻开另一本记录册。“这段时间只被租用过一次。”经理回答说，“这种车型夏天开起来比冬天好。”

这样，法兰奇的工作量就更少了。一小时内，这里临近的车站都接到了电话，被询问前几个月是否见过一辆符合那样特征的跑车。

等回复的时候，法兰奇和兰金又去见了布拉姆福德村旅馆的经理。

经理是个有些自命不凡的小个子男人。他说，不管是自己还是员工，想在只知笼统时间而不知道具体日期的情况下，指认某对男女是否来住宿，简直是无稽之谈，警方的想法太不切实际。不过他也承认，冬天为喝下午茶而来的客人很多——旅馆都是靠酒吧挣钱——但来的客人多，他们也记不大清楚。

法兰奇不想再费唇舌，便把照片递给经理。

经理没有认出照片上的人，不过他们询问女服务生时，她认出了乔治，“这位先生不久前来喝过茶，”她回忆道，“就坐在窗边的位置，有位女士陪他。”

“你不认识那位女士？”

服务生说从未见过那位女士。但她是个细心的女孩，观察到那位女士的很多特征。现在，法兰奇得到了南希模糊的画像，了解到她衣着的大致描述以及她还有顶红帽子。没想到的是，服务生自己对帽子很有研究，她非常喜欢南希的帽子，自己也想买一顶，所以还说出了很多细节。

这样的收获大大超出法兰奇的预料，等他回到伯明顿，发现关于车辆的调查也已经有了回复，禁不住感叹此番调查进展神速。

负责埃佛顿区域的片区警官汇报说，他手下的巡警见过同型号同车牌的小汽车三次，停在村子附近的路上。每次见到，都有个男人坐在车里看书。第一次巡警并未发现任何异常，便走开了。但是由于对其有印象，第二次、第三次他按照规定，将这辆车的情况记录下来。但是，也没发生什么需要巡警出面的事，他也就没打搅那位先生。

第二天法兰奇就去埃佛顿拜访了片区警官和巡警。

“现在，我还想问个问题，”讨论了车的事情后，法兰奇接着问，“我这里有对那位女士的描述和照片，可以帮我指认吗？”

大家传看了两人的照片，片区警官也把其他巡警叫来辨认。一个年轻的巡警——法兰奇马上猜到他可能见过这名女子——有点羞怯地问道：“会不会是维默尔夫人呢？照片跟她有点像，她也有一顶那样的帽子。”

“她看着很漂亮吗？”法兰奇淡淡地问。

显然这位巡警并没有被她吸引。不过，他觉得维默尔夫人那样的相貌有人可能会很喜欢。

“她住在你的片区？”法兰奇又问。

“没错，先生，不过她已经离开了。”

“讲讲你了解的关于她的情况。”

维默尔夫人似乎一直是陪在老太太舍温夫人身边照顾，6个月前老人去世，房子也锁上了，现在空无一人。维默尔夫人离开了村子，不知道上哪里去了。

“去找找她有没有留下新地址？”片区警官探询地看着法兰奇，吩咐巡警们行动。

“好主意，”法兰奇赞同说，“说不定还能找到她的照片，如果可能的话。但我没时间等了，”他接着说，“有任何发现都请通知我，我就在伯明顿警局。”

接着兰金载他回了市里，法兰奇再次核对了乔治的租车记录。6月末有段时间他都没来租车，租车记录直到7月第二周才恢复，这个空隙显得很可疑。核查后，法兰奇想，如果维默尔夫人就是他们要找的女子，雇主死后她离开了村子，能在两周内就找到其他工作吗？不过，他觉得这个假设很值得调查一番。

在警局总部，他起草了一个调查通知，描述该女子外貌特征，并说她很可能在7月第二周买/租了房子、公寓、单间或是找了一份工作。

两天后，他收到了一个叫卡列比小村的片区警官的回复。他们那里的一幢小别墅空了很长一段时间，有位跟描述很相似的女子在7月第二周买下了它，她现在还住在这里。根据通知叮嘱，他们并未前去询问情况，所以说不好她是不是从埃佛顿来的。

两个小时后，法兰奇已经与片区警官会合，秘密打量着玫瑰小屋了。不一会儿，南希从车库把车开出来，慢慢开走了。法兰奇本打算趁着没人进去搜索一番，但现在他有了更好的办法。

“这里的中介是谁？”法兰奇问片区警官，听说是卡列比的一家小公司，他立刻开车过去。

“我询问的是另外一件案子，”他对中介说，“并不是来查萨瑟恩夫人的。”萨瑟恩似乎是维默尔夫人买下小屋用的名字。“我感兴趣的是买房协商谈判的详情。”

中介有些支支吾吾的，他说请高级督察理解，他有责任为客户的业务保密。然而，法兰奇向他保证，如非必要绝不泄露他所说的事情，他只好不情愿地将情况告诉了法兰奇。

有意思的是，玫瑰小屋竟然是亚拉伯罕小贷公司代为购买的。于是法兰奇连夜赶回伦敦，第二天早上，他就去拜访了公司的高级合伙人。

这次拜访，他得到了自己一直想要的证据。他发现乔治·瑟里奇正是那个手头拮据，需要借钱的人；是他买下了玫瑰小屋；是他婚内出轨，导致花销大增。毫无疑问，他一直指望用遗产来弥补亏空。等发现自己的遗产早已被卡珀挥霍一空后，抵挡不住诱惑，参与了卡珀谋杀本那比的密谋。法兰奇非常满意这次调查的结果，这些证据足以申请对瑟里奇的调查。他觉得自己已经掌握了瑟里奇的定罪证据。

如果能将他的嫌疑进一步与犯罪事实相联系就更好了。他自始至终都有这种想法，因此也在同步推进其他线索的调查。而其中一方面的调查在同一时间获得了进展。

他想，若瑟里奇真是卡珀的同伙，那么两人必须会面讨论阴谋的细节，能不能找到会面的蛛丝马迹呢？

两人是什么时候见面的呢？或许是在潘特兰小姐死了以后，她的死毫无疑问会使此事紧急而必要，律师会在葬礼办完后宣读遗嘱，继承遗产之事就会提上日程。而葬礼是10月27日举办的。

法兰奇翻查了乔治租车的记录。10月27日后他租过两次，一次是11月7日，一次是10日。让他感兴趣的是，乔治租车大多数都是在午饭和晚饭之间，也就是下午，但这两次却都是在晚上8:00 ~ 12:30。其他的时候，乔治从没有这么晚租车出去过。

法兰奇很想知道，这两次租车是否就是去见卡珀？他心里这样想着，又回到博山姆，向当地警方了解情况。在针对停车记录进行一番深入的搜查后，又得到了一些很有价值的证据。

11月10日晚上10点左右，也就是法兰奇的第二次深夜租车那回，一个叫詹姆斯·格兰特的年轻人，看到一辆格纳特就停在离卡珀家30多米外的一个小巷里。这个年轻人住在小巷尽头，参加完童子军活动正往家走。碰巧，他是个汽车发烧友，这种型号的车对他来说是双座设计的*最佳*代表，只要攒够钱，他也要买一辆。年轻人甚至记住了车牌号，因为想搞明白这辆车是从哪里来的。了解到这一情况的巡警立刻汇报了这条线索。法兰奇向该童子军组织的秘书处问询，确认了这辆车经过卡珀家的日期和时间。

毫无疑问，乔治在11月10日晚上来过卡珀家。接下来发生了什么呢？就在11月11日，也就是两人会面的第二天，乔治就不慎把钥匙落在了侧门。这当中肯定是有因果联系的吧？法兰奇很确定，钥匙的事一定是他们当晚会面后，商定计划的第一步。他还确定，陪审团也会这么想。更进一步想，不把车直接停到卡珀门前，是否也有避嫌的可能呢？法兰奇觉得自己在接近真相。

没错，现在他手头掌握的证据，已经足够提起诉讼并对其进行逮捕。他像要给检察官做陈情那样，又将各种线索总结了一遍。

乔治·瑟里奇维持婚外情已经有一段时间，所以他要租用豪车，给那位女子送礼物，还有其他各种事项需要花销。他给情妇买了一幢小别墅，并让亚拉伯罕小贷公司预付了这笔钱。而且，他还出于其他目的向这家贷款公司借了现金。可以推断，当时他手头一定很拮据。

因为他婶婶病得很重，所以他一直期待着，婶婶死后能继承一笔8000英镑的遗产。但老人死后，他却从其律师卡珀那里了解到，这个浑蛋挪用了这笔钱，自己连一分钱都拿不到。这样，他的债务和破产危机会逼得他走投无路。

面对这种情况，乔治一定怒火冲天。但他也可以帮助卡珀从而拿到补偿。他要做的就是从动物园偷出毒蛇，寄给卡珀。不过，他可能需要先提取蛇的毒液，然后把它单独寄给卡珀。说不定，他在寄出之前便把蛇淹死了。但不管用什么办法，他都要为卡珀提供毒蛇和毒液，剩下的就交给卡珀了。或许在答应之前，乔治也有所犹豫。不过毫无疑问，最终他还是同意这么做了。

这样的观点有以下事实支持：首先，卡珀自己是弄不到蛇的，因为蛇丢失当晚，他人在伦敦，所以肯定有人帮他。鉴于做此事的人必须有足够的专业知识，乔治当然是不二人选；此外，他已经做过详细的调查，排除了其他动物园职员偷蛇的可能性。

法兰奇想，如果发生了一件事，而唯一可能做这件事的人怀有强烈的动机，那么案件的推断就很肯定了。再加上剩下的证据全都与这种推论相吻合，那么最终结论就只有一个——累积证据的调查方法又胜利了！

怀着满意的心情，法兰奇将结论草拟成报告，交给了伯明顿警察局局长。斯通先生仔细读完，脸上却并无惊讶之色。

“非常棒，要我说的话，高级督察，”斯通边称赞，边放下报告，“祝贺您，我想毫无疑问，您最终追寻到了真相。您现在建议怎么做呢？”

“先生，我们应该有足够证据进行逮捕了吧？”

斯通肯定地点了点头：“我同意，我想不需要再迟疑了。今晚就去他的住所逮捕他如何？”

法兰奇往前倾了倾。“我想过这样做，先生，一般来说我完全同意您的建议。”他说道，“但是这个案件中，我建议进行突击逮捕。我们必须避免逮捕卡珀时发生的悲剧重演。说不定瑟里奇的口袋里也装着一个那样的自杀装置。必须采取突然行动，让他无法使用任何类似的工具。”

斯通沉默了一会儿。“我同意。”他最后开口说，“我们不能再冒着嫌疑人自杀的风险进行逮捕了。您建议怎么做呢？”

“他每天晚上5:30离开办公室，我建议我们在他回家的小路上等着，然后在途中实施逮捕。那时候天已经黑了，但是月光也足够看清来人。”

“很好，今晚行动吗？”

“是的先生，如果您能申请到逮捕令的话。”

“好的，就派兰金去实施抓捕，但您愿意去的话我们会非常欢迎。”

那天晚上，三人悄悄穿过乔治家通往车道的门，不动声色地藏在灌木丛中，守住了通往其家中各条道路以及从动物园过来的那条捷径。警员们在黑暗中就位，等待猎物的到来。

“我听到他走过来，就上前跟他讲话。”法兰奇解释说，“我会说：‘瑟里奇先生，晚上好，能跟您说两句话吗？’然后你们悄悄靠近，抓住他的胳膊。”

“假如他就把球握在手中呢？”

“不会的，他不知道接下来会被逮捕，我们也不能留给他反应过来伸手进口袋的时间。”

三人消失在灌木丛中，静静地等待着。那天晚上寒风阵阵，天气很冷，风穿过丛林间，树木发出沙沙的响声。没风的时候，四周静悄悄的，偶尔有车驶过的声音，此后又重归寂静。这里离市区很远，并没有热闹的喧哗声，法兰奇藏在灌木丛中，难掩兴奋的心情。

5:30已经过去很久了，但乔治并没有回来。

第二十三章

心灵解毒剂

跟卡珀通过电话后，乔治就越来越清晰地感到——危机要来临了。卡珀最后说："如果被他们找到，那就完了。"还说，"你自己小心吧，别来找我。"两句话不断地在他脑海中回响，仿佛预示着灾难的降临。

他愿意付出一半遗产的代价，只为知道此时此刻的事态状况。他感到一股恶势力正在秘密谋划，准备毫不留情地毁灭他，而自己却如刀俎鱼肉，既不能逃避，也不能反击。有的时候，那种孤独的感觉和道德上的压力，让他几近疯狂，而恐惧之感更是无孔不入，蚕食着他的思想和感觉。

第二天，在俱乐部吃午饭的他又受到了沉重的打击。他听说警方已经发现了真相，而卡珀——已经死了。

如果没喝下那杯烈酒，乔治根本撑不过午饭。他当时非常害怕自己已经暴露了，想象着很多人奇怪地盯着他的情形。他们什么都没说，当然了，他们不会说什么。但是等他离开，这些人又会说什么呢？他们会告发自己吗？

那天下午，乔治根本无心处理工作。他绝望极了，想逃离办公室，逃离赫普沃思女士质询的眼神。他越来越肯定，这一次是真的陷入麻烦了。他所犯下的罪行使自己与朋友隔绝，让自己无比孤独；时时产生自杀的念头。现在他意识到，罪恶让他对被捕的下场十分恐惧。要是能够消除这种恐惧感就好了！要是他还能像以前清清白白、坦诚待人、直面一切就好了！即便可怕的结局可能就在面前，那他也不会像现在这样恐惧。

接下来的半天，乔治浑浑噩噩，不知道自己是怎么过来的。如果没有手边那瓶威士忌，他肯定撑不下去。谢天谢地，终于挨到了睡觉时间，他又可以一个人独处了。

但这种轻松的感觉很快就消逝了。他辗转反侧，独处并不能减轻自己心中的重担，反而加重了折磨。他又一次起了自杀的念头。如果他可以*确定*，自杀就是终结的话……

就这样，乔治又在痛苦和绝望中过了两个星期。那之后的一天晚上，他心情差到极点，脑中回顾起自己的童年和所受的教育。他突然想起自己当时学到的几个词，关于去向某人坦陈之类的建议。这些东西在他脑中回响，他明白，毫无疑问，自己一直在自欺欺人：上帝*是*存在的，善恶在他生命中*的确*具有意义，如果说他还有一丝丝希望的话，也是教诲罪人的上帝给予的。

乔治惊觉，自己在下意识地祷告，他已经快30年没有这么做过了。

但即便是祷告，他却没有任何轻松的感觉。相反，他再次想起了一个可怕的念头，那就是自首。乔治吃惊地发现，现在自首已经没什么阻碍了，因为他不再害怕会牵连到卡珀。卡珀已经死了，自己再说什么也不会对他有影响。乔治意识到，现在是否去自首成为亟待决定的重要问题，也是他直面自己命运的机会。

他疲惫不堪，昏昏沉沉地睡去了。醒来后，意识到自己已经下定决心——不管要付出怎样的代价都要去自首，也就能结束自己的纠结了。

第二天一早，他把办公室的各项事情都处理妥当，下午早早回了家，准备完成最苦涩、最困难的一部分，那就是将实情吐露给妻子。

一开始的确很难。她还是那么咄咄逼人，而乔治自己也开不了口。不过最后，她浑身冰冷地领会了他的意思，生气地责骂他。就算乔治不为自己着想，难道也不替她考虑吗？为了让自己轻松一点，就要把她的生活毁掉吗？如果他坚持做这些疯事，她未来会怎样呢？

说实话，乔治起初并没意识到，他的这番话会对克拉丽莎造成什么样的影响。但现在他明白了，克拉丽莎也要为他的错误买单，而自首可能是她需要付出的代价较少的一种方法。

乔治觉得自己可能再也见不到妻子了，因此必须把所有事都告诉她。他犹豫了一下，说出了南希的事，说自己去南希那里寻求温暖是因为两人的婚姻失败，他也承认，这都是他造成的。他还提到了自己做的其他一些阻碍两人关系修复的事情（赌博）。

克拉丽莎意识到他的所作所为无法挽回，整个人反而冷静下来。她冷冷地听完乔治所说的一切，却没有说话，就算乔治最后问她要不要跟自己告别，她也一言不发。于是，乔治转过身，跌跌撞撞地走了出去。

法兰奇和兰金在从办公室到乔治家那条路上等待抓捕他的时候，乔治还在城里漫无目的地乱晃。他最终走到了警局门口，敲了敲门，然后推开门，消失在了门后。

* * * * *

乔治躺在床上，双眼紧闭。他没多少时间了，再过一两周，生命就要结束了。

自从他两个月前的那晚，敲开警局的门，向办公桌后的警官讲述事情经过后，事情的进展非常迅速。他被控犯下谋杀罪名，上庭接受审判，接下来有六周时间等待审判结果。然后，他被法庭宣判有罪，判处极刑——现在，他就在等待一周后那个结束的日子。大家对他都很友善，也很同情他。很多人呈交了对他的缓刑申请，但内政大臣予以拒绝，理由是如果自首就能减轻罪名，那么以后的罪犯会如法炮制以逃避法律严惩。

乔治自己呢，尽管有时想到即将到来的命运会感到难过，但心里却很感谢自己做出的这个决定。他的祷告和自首，都是与上帝进行重要沟通的第一步。尽管他仍旧为自己犯下的罪感到难过，但他知道自己会被原谅，罪孽会被洗清。这样，他也能够充满力量和自信去面对即将到来的未来——这种感觉他以前从未有过。

现在，最困扰他的问题是，如何消除他以前犯下的罪孽造成的影响。他已经照顾不了南希了。他的自首最终保护南希没有被公众所知晓——只有警方知道他们之间的关系。他也写信给南希，为自己对她造成的伤害道歉，但其实没什么用。他很想弥补南希，帮她缓解因为自己犯罪而岌岌可危的经济状况。

然而，这件事却是以他绝对想象不到的方式达成的。卡珀的继承人坚持要将潘特兰小姐的遗产还给他们，而克拉丽莎非常慷慨地分了一份给南希。

乔治对克拉丽莎充满了感激。一天还是两天前，克拉丽莎来见他最后一面。两人在乔治自首前的那番对话，也对克拉丽莎产生了深刻的影响。这几周等待审判执行的时间，她也想了很多，并最终找到了与上帝沟通的方式。她用不一样的视角回顾了自己之前的人生，意识到对于二人痛苦的关系，自己也有责任。虽然自己承担了这么多苦难，但她还在宽慰乔治。那一刻，横亘在两人之间的障碍消失了，他们终于明白建立在坦诚和爱基础上的生活是多么美好，只是后悔没能早些明白这一点。

尽管乔治即将为自己的错误付出代价，他内心却充满着圆满与平和，这是以前从来没有过的。即便最终迎来的是可怕的结果，但他的人生却第一次这么快乐。他这样想着，平和地睡去了。

完

图书在版编目（CIP）数据

动物园谜案 / (爱尔兰) 弗里曼·威尔斯·克罗夫茨著；林雪译. — 北京：中国青年出版社，2019.7

书名原文: Antidote to Venom

ISBN 978-7-5153-5710-2

Ⅰ. ①动… Ⅱ. ①弗… ②林… Ⅲ. ①推理小说－爱尔兰－现代 Ⅳ. ①I562.45

中国版本图书馆CIP数据核字（2019）第148446号

责任编辑：彭岩　刘晓宇

*

中国青年出版社 出版 发行

社址：北京东四十二条21号　邮政编码：100708

网址：www.cyp.com.cn

编辑部电话：（010）57350407　门市部电话：（010）57350370

北京中科印刷有限公司印刷　新华书店经销

*

889×1194　1/32　10.5印张　185千字

2019年9月北京第1版　2019年9月北京第1次印刷

定价：42.00元

本书如有印装质量问题，请凭购书发票与质检部联系调换

联系电话：（010）57350337